試賦與識賦

從考試的賦到賦的教學

游適宏 著

目錄

簡序

　　《文心雕龍·神思》用「積學以儲寶，酌理以富才」，來強調寫作文章時「學」與「才」之不可偏廢。據我個人的體會：其實不只陶鑄文章如此，從事學術研究亦復如此。

　　一個人要在學術上有所成就，除了要「真積力久」，厚植根柢之外，還要富於才識。發掘問題的敏銳度，以及分析問題的縝密度，是學術研究才識的重要指標。展現分析問題的縝密度，才能確保論文的合理邏輯與水準；保持發掘問題的敏感度，才能使論文具有學術的原創性與價值。游適宏的這部論著，大抵展現了他發掘問題的獨到眼光與解決問題的精準策略。

　　適宏在讀學士學位的階段，參加學術論文競賽與論文研討會，其才識就為許多老師所驚豔。我後來指導其碩士論文與博士論文，也很放心的任他發揮，其論文也都深受賦學界的肯定。由於他曾任職於大學入學考試中心，並屢次參與學科能力測驗、指定科目考試、技專校院統一入學測驗、國中基本學力測驗等相關計畫，所以在賦學研究上，他除探索賦學理論之外，還相中了「試賦」這個冷門區塊。

　　試賦制度固然是賦體逐漸僵化的元兇，但所發展的文體形式影響深遠，不祇施於場屋與廟堂，甚至也見於寺廟的登鸞降筆。許多社會現象，有待考述；造成的文化現象，也亟需耙梳。《試賦與識賦》大部分原本是各自獨立的篇章，如今經過彙整統合，一方面揭開賦應用於古代試場、應變於現代課堂的樣貌，同時也讓我們了解一個孜孜於拓殖的學者的研究進路。

簡宗梧　識於板橋蘭竹軒

前言

　　這些年由於有機會以各種形態「陪考」——例如參加考科調整或試題改善的研究計畫、出席討論試題的座談會、閱讀試題分析報告、學習試題編製、撰寫試題評論、支援闈場需求等，因此更能體會考試確實「具有選擇、傳遞、保存、強化現有文化，導引文化發展方向」[1]的意義。以台灣來說，大型升學考試的試題光是考生本身閱讀，就多達「萬眾矚目」的十倍至三十倍，若再加上學校老師、閱卷人員、補教業者、教科書商、考生家長、媒體記者、未來考生等，讀者人數恐怕接近「萬眾矚目」的百倍。一項由考場波及考場之外、這麼多人自願或被迫參與的活動，怎麼可能對社會文化沒有影響呢？中國大陸有些學者主張考試不只是一種工具，且積極提倡「考試學」、「科舉學」必須是專門的學術領域[2]，此即原因之一。

　　留意科舉與文學的相互影響，對中國文學研究而言並非陌生的路徑[3]，唐代省題詩、清代試律詩、明清八股文等文類的探討，都不能離開科舉的背景。至於賦，原本就長時間應用於科舉考試中，自

---

[1]　廖平勝，〈論考試的本質與功能〉，《考試是一門科學》（武漢：華中師範大學出版社，2006年），頁30。

[2]　「考試學」是一九八〇年代廖平勝（華中師範大學）倡導建立，「科舉學」是一九九〇年代劉海峰（廈門大學）正式提出。參閱廖平勝《考試是一門科學》書中〈關於建立「考試學」的報告〉等篇文章；劉海峰，《科舉學導論》（武漢：華中師範大學出版社，2005年）。

[3]　自傅璇琮《唐代科舉與文學》（西安：陝西人民出版社，1986年）後，近幾年中國大陸這類研究專書頗多，例如王勛成《唐代銓選與文學》（北京：中華書局，2001年）、陳飛《唐代試策考述》（北京：中華書局，2002年）、汪小洋、孔慶茂《科舉文體研究》（天津：天津古籍出版社，2005年）、林岩《北宋科舉考試與文學》（上海：上海古籍出版社，2006年）、鄭曉霞《唐代科舉詩研究》（上海：復旦大學出版社，2006年）、祝尚書《宋代科舉與文學考論》（鄭州：大象出版社，2006年）。

然有不少相關的論述，下列只取標題直接明示者就有十餘種，但事實上，凡「唐以後律賦」、「唐以後賦論」的研究，均多少與科舉有關：

張正體，〈唐代的科試制度與試賦體制研究〉，《中華文化復興月刊》20 卷 1 期（1987 年 1 月）

黃仁生，〈論元代科舉與辭賦〉，《文學評論》1995 年 3 期。

鄺健行，〈唐代律賦對科舉考試的黏附與偏離〉，收於鄺健行，《科舉考試文體論稿：律賦與八股文》（台北：台灣書店，1999 年）。

俞士玲，〈論清代科舉與辭賦〉，收於南京大學中文系主編，《辭賦文學論集》（南京：江蘇教育出版社，1999 年）。

詹杭倫，〈唐代律賦對科舉考試的黏附與偏離〉，收於詹杭倫，《清代賦論研究》（台北：台灣學生書局，2002 年）。

吳在慶，〈科舉試賦及其對唐賦創作影響的幾個問題〉，《廣西師範大學學報》40 卷 2 期（2004 年 4 月）。

王士祥，〈唐代省試賦用韻考述〉，《鄭州大學學報》37 卷 6 期（2004 年 11 月）。

劉培，〈北宋後期的科舉改革與辭賦創作〉，《四川大學學報》2005 年 2 期。

許結，〈北宋制科與論理賦考述〉，收於許結，《賦體文學的文化闡釋》（北京：中華書局，2005 年）。

許結，〈鄭起潛《聲律關鍵》與宋代科舉八韻律賦敘論〉，收於許結，《賦體文學的文化闡釋》（北京：中華書局，2005 年）。

許結，〈論清代制科與律賦批評〉，收於許結，《賦體文學的文化闡釋》（北京：中華書局，2005 年）。

潘務正，〈法式善《同館賦鈔》與清代翰林院律賦考試〉，《南
　　京大學學報》2006 年 4 期。

李新宇，〈元代科考賦集《青雲梯》及其文化內涵〉，《江西
　　師範大學學報》40 卷 1 期（2007 年 2 月）。

李新宇，〈元代考賦題目及內涵〉，《山西大學學報》30 卷 2
　　期（2007 年 3 月）。

孫福軒，〈科舉試賦：由才性之辨到朋黨之爭〉，《浙江大學
　　學報》28 卷 3 期（2008 年 5 月）。

對此，許結〈制度下的賦學視域──論賦體文學古今演變的一條線
索〉[4]歸納認為：科舉考賦影響了賦體創作體裁與內涵的變遷，圍繞
科舉考賦也產生了賦譜、賦格、賦話的批評思想，「制度」實與賦關
係深密，是觀察賦體發展的重要切入點。

　　因工作經驗而想加入上述賦學專門話題，大抵即本書上編四篇
文章的撰寫動機。所幸過去曾約略接觸賦學理論，找話題還不算太
難。第壹篇的〈**限制式寫作測驗源起之一考察──唐代甲賦的測驗
型態與能力指標**〉，是想從現代的測驗觀點來看古代的科舉考試，這
種作法，之前已有〈從現代心理測量學看中國的科舉制度〉[5]等研究，
本篇則是將唐代進士科所試「甲賦」視為今日「限制式寫作測驗」[6]
的前驅，除了說明唐代「甲賦」常用來限制考生的項目，並模擬唐
代「甲賦」的七項「能力指標」：「能掌握律賦的基本書寫規則」、「能

---

[4]　許結，〈制度下的賦學視域──論賦體文學古今演變的一條線索〉，《南京大學學
　　報》2006 年 4 期。

[5]　孫開健、吳瓊，〈從現代心理測量學看中國的科舉制度〉，收於劉海峰主編，《科
　　舉制的終結與科舉學的興起》（武漢：華中師範大學出版社，2006 年），頁 267-279。

[6]　「限制式寫作測驗」在近十餘年的大學入學考試與國家考試的「國文」科試題中，
　　幾乎已經取代「傳統作文」而蔚為「寫作測驗」的主流。

掌握協聲押韻的規則」、「能判讀篇題與典籍的關聯」、「能依據篇題，樹立中心」、「能開展中心，層次敘寫」、「能就韻生句，造語流暢」、「能化用古事，切題入勝」，其於「認知歷程」向度上兼顧了記憶、理解、應用、創造等能力層級。第貳篇的〈《全臺賦》所錄八篇應考作品初論〉，則純屬古代科舉賦的探討，但探討對象不是一般常被提到的唐、宋科舉賦，而是作於清代、且生於本土的台灣科舉賦。我最初知道台灣賦，原是因為在 1996 年 10 月 28 日的《自由時報》上讀到杜正勝先生的文章〈台灣觀點的文選〉，他在文章裡推介的王必昌〈臺灣賦〉，過去未曾聽聞，於是好奇蒐集了一些資料，草成〈地理想像與台灣認同：清代三篇《台灣賦》的考察〉一文，先發表於 1999 年的「政治大學中文系第八屆系友學術研討會」，復刊載於 2000 年的《台灣文學研究學報》第 1 期。此後對台灣賦無所用心，每想起台灣師大許俊雅教授盛情邀約將上文收入《講座 FORMOSA：台灣古典文學評論合集》[7]、甚至名列《全臺賦》[8]顧問，都備覺汗顏。此回重新翻檢台灣賦，從為數甚多的科舉賦中鎖定當初係應官方考試而撰寫的作品計八篇，了解其書寫題材與考試場合，並就體製上的特徵提出簡要的分析，期能為「科舉試賦」和「台灣賦」兩個研究主題稍做開拓。

第參篇的〈元代應考學賦手冊——試論陳繹曾《文筌》中的「賦譜」〉與第肆篇的〈考場外的挑戰——試析清代顧元熙《沛父老留漢高祖賦》〉，則從現今的考試文化出發，追蹤科舉試賦時代的類似情況。今日的大型入學測驗，除了升「技專校院」的「統一入學測驗」將於 99 學年度恢復考作文之外，升「普通大學」的「學科能力測驗」

---

[7] 許俊雅主編，《講座 FORMOSA：台灣古典文學評論合集》（台北：萬卷樓圖書公司，2004 年）。

[8] 許俊雅、吳福助主編，《全臺賦》（台南：國家台灣文學館籌備處，2006 年）。

與「指定科目考試」、升「高中、高職、五專」的「國中基本學力測
驗」，都是要考作文的，尤其是「國中基本學力測驗」，「寫作測驗」
是同分比序時的第一順位考科，分數稍低就和理想學校無緣。因此，
市面上的寫作助學書籍琳瑯滿目，無慮上百種，而大家也特別好奇，
能讓閱卷委員給予高分的佳作，究竟是什麼樣子[9]。陳繹曾《文筌》
中的「賦譜」，就是類似今日「升學參考書」的應考學賦手冊，除了
提供「試」前的閱讀準備方向，陳繹曾也建議考生寫賦宜分為起端、
鋪敘、結尾三段，並整理出二十餘種構思、修辭、取材的方式供考
生套用。至於清代顧元熙所寫的〈沛父老留漢高祖賦〉，則與九百多
年前的唐代王棨來個「同題共作」，很像現在準備考試時的「作考古
題」。王棨的〈沛父老留漢高祖賦〉雖非作於考場，但在清代評價極
高，顧元熙這位被譽為「國朝大手筆」的賦家，在清代普遍對唐人
律賦懷有「影響的焦慮」的矛盾心理下，公開自己挑戰名家鉅作的
成果，姑不論後代讀者是否同意他勝過前輩，但此一跨時代競技的
寫作活動，原出自「學好律賦有益於考中科舉」的時代背景，故從
中亦可一窺考試對文學及文化的影響力。此外，本文蒐檢《清代硃
卷集成》所收顧氏鄉試硃卷自書履歷，當可補現有《清朝進士題名
錄》、《清代進士辭典》記載之不足。

　　「考試影響教學」，是目前常聽到的一句提醒與感慨。時至今
日，賦早已不是考試文類，也不再是常用的創作文類[10]，卻還是教

---

[9]　以往大學入學考試（學科能力測驗、指定科目考試）的「國文」和「英文」考科
　　「非選擇題」中的「作文」，除了閱卷委員外，大家從未見過考生真正的寫作狀
　　況。但大學入學考試中心已經決定：自 98 學年度的入學考試起，要向外界公布
　　這兩科的「考生佳作」各十篇，並提供評析，以做為下一屆考生的參考。
[10]　除了特殊狀況，賦在今日已罕見大量作品出現。例如中國共產黨的黨報《光明日
　　報》因設有「百城賦」專欄，吸引不少作者寫賦，已集結前 50 篇為《百城賦上
　　編》（北京：光明日報出版社，2008 年），書的「後記」云：「廣州、瀋陽、哈爾

學上會遇到的文類。如蘇軾〈赤壁賦〉，既是過去國立編譯館統編本
（87 學年度以前）及民間出版社審定本（88 學年度以後）高中國文
教科書所必選[11]，也是現在暫行、未來正式實施的「普通高級中學
必修科目『國文』課程綱要」[12]中「文言文選文四十篇」的其中之
一。雖然我們很想讓學生明白：賦「在古代文學這座百花園裡，也
是一種盛開過的名花」[13]，但同時又自知：賦「與現代生活相隔較
遠，相信在文學上沒有相當程度的人，是不會對它有興趣」[14]、「非
有較深文墨者，不會對賦有更深的了解」[15]，該如何解除這樣的矛
盾，讓「陽春白雪」也變得好聽易懂呢？下編的第伍篇**〈在現代文
學中發現賦──論王文華《蛋白質女孩》與賦的偶合〉**，和第陸篇**〈賦
改編為超文本文學之嘗試──以尤侗《七釋》為例〉**，就是兩點粗淺
的想法。前者是引導讀者從尋常可見、平易近人的現代文學中來認
識賦的特徵，而王文華的小說《蛋白質女孩》是一個再適合不過的
例子。《蛋白質女孩》並未刻意採用賦的書寫方式，然其押韻、設辭
問答、恢廓聲勢、儷辭排句、徵材聚事、詼笑諧趣等言語修飾，以
及騁才競奇、微言託諷的寫作心態，卻無一不與賦相合。因此，我
們不但可以透過閱讀一本流行小說，體會素稱古雅的賦有何特徵，

濱、石家莊、合肥、重慶等數十個城市還以『百城賦』為契機，開展了全市徵賦
活動。」

[11] 目前編售高中國文教科書的出版社有 6 家（三民、東大、南一、康熙、翰林、龍
騰），6 家的「交集」課文約 16 篇，蘇軾〈赤壁賦〉為其中之一。

[12] 新的課程綱要「試用」於 95 學年度入學的高中生，原預計於 98 學年度起正式實
施，但現在可能暫緩。

[13] 程千帆，〈辭賦的特點及其發展變遷〉，曹虹、程章燦註釋，《程千帆推薦古代辭
賦》（揚州：廣陵書社，2004 年）。

[14] 簡宗梧師，《賦與駢文》（台北：台灣書店，1998 年），「自序」。

[15] 孟兆臣，《中國古代常用文體規範讀本（賦）》（長春：吉林人民出版社，2004 年），
「前言」。

甚至還能由「賦體因子」偶然實現於一部暢銷書的情形，證明「賦體因子」並非只會帶來「為文造情」、「板重堆砌」的缺陷，而應該是創造驚奇效果的文學元素。至於將賦改編為「超文本文學」（hypertext literature），則是順應文學傳播媒介演變的趨勢，將賦「通電上網」，以吸引現代讀者的目光。這便猶如「生鏽的文學主環」[16]放在古董店裡，難免被認為是行家才得鑑賞，但若放在網路拍賣或電視購物平臺上，就變得人人可買可看。何況以賦家們喜歡「辭務日新，爭光鬻采」的心態若生於今日，絕不會錯過將文字、圖象、動畫、聲音融為一體的嶄新書寫形式。本篇以清代尤侗〈七釋〉做為改編的實驗對象，其實也不是單純把一篇文字移到電腦螢幕上而已，而是將原作改用電腦軟體重新創造為互動式文本，讀者因此可自選閱讀路徑，從「不忠於原著」的遊戲情境接近賦，甚至進一步體認賦自生於深宮之中、長於貴遊之手以來即具備的遊戲性質。

　　除了想辦法讓讀者易於理解、樂於接近，賦在今日的教學上，還有一項新的課題，就是與本土接軌。台灣主體意識的強調，使近年來的「國文」教材有不少改變，像沈葆楨的對聯、郁永河的筆記、鄭用錫、丘逢甲的詩，皆已獲選於高中「國文」課本；而95學年度起暫行的「普通高級中學必修科目『國文』課程綱要」，「台灣古典散文」在「文言文選文四十篇」中就佔了四篇，俟此課綱正式實施，又將提高為八篇[17]。至於台灣賦被選入讀本者，目前唯沈光文〈台灣賦〉[18]。然而沈光文這篇最早的〈台灣賦〉應該不是真品[19]，所以

---

[16] 簡宗梧師，〈生鏽的文學主環──賦〉，《國文天地》14卷6期（1998年11月）。

[17] 原本的四篇為：陳第〈東番記〉、藍鼎元〈紀水沙連〉、郁永河〈裨海紀遊選〉、連橫〈台灣通史序〉。新增的四篇為：陳夢林〈望玉山記〉、鄭用錫〈勸和論〉、吳德功〈放鳥〉、蔣渭水〈快入來辭〉。

[18] 田啟文，《台灣古典散文選讀》（台北：五南出版公司，2004年）頁17-31。

[19] 沈光文原作以佚，唯盛成認為現存的沈光文〈平台灣序〉內容悖謬，應係范咸根

若真要選註一篇以「台灣」為名的賦，最理想的仍推王必昌〈台灣賦〉，而這也是前述杜正勝先生〈台灣觀點的文選〉建議選為「國文」教材的作品。但事實上，王必昌〈台灣賦〉閱讀難度頗高，對教、學兩方面都相當費力，因此第柒篇的**〈研究物情與褒贊國家——王必昌《台灣賦》的兩個導讀面向〉**，便嘗試歸納其解釋綱領：一是將之視為當時風土民情的客觀記錄，我們以「研究物情」的態度來追溯它、考證它；另一則是關注特定歷史背景下的作者，是用何種角度來看待台灣屬於大清帝國疆輿的事實，又是如何透過賦的書寫來「褒贊國家」。如此既對王必昌〈台灣賦〉做為「十八世紀台灣風土百科」有所肯定，也不忽略其「附登於邑志」須「有裨於風教」、身為「盛清疆輿賦」須「為封疆增色」的特徵。

　　此外，賦的教學，多少會介紹一些賦的「基本知識」，甚至必然在某些預設為「已知」的背景下談論作品。例如我們可以從未讀過一篇漢賦或司馬相如賦，卻能斷言漢賦是賦的經典、司馬相如是傑出的賦家，就是因為這些言說已被認定「經研究證實」。每個學門都有這類知識，它引導學門內的研究者篩選研究課題、設立基本假定、思考詮釋策略，當然也提供初學者做為必備（必背）定律。在關於賦的入門介紹中，往往把「賦分為四類——古賦、俳賦、律賦、文賦」、「賦盛於漢魏六朝，至唐而衰」當成「經研究證實」的「已知」，但這究竟原本是誰分的類？是誰下的判斷？第捌篇**〈解析賦學常識之一——「賦分為古賦、俳賦、律賦、文賦」的形成〉**和第玖篇**〈解析賦學常識之二——祝堯《古賦辯體》「賦衰於唐」的賦史論述〉**，即是對我們熟悉的分類與史觀進行追溯。其實這兩項常識都來自元

據沈光文〈台灣賦〉和〈台灣輿圖考〉改寫而成，因此嘗試將〈平台灣序〉中的部分內容，還原為「沈光文〈台灣賦〉」。詳參盛成〈沈光文研究〉，《台灣文獻》12 卷 2 期（1961 年 2 月）。

代祝堯的《古賦辯體》，無論把「古賦」區分為「俳體」、「律體」、「文體」，或是建構「楚辭體→兩漢體→三國六朝體→唐體→宋體」的「古賦」演變史，祝堯的目的都是要將「律賦」貶為異端以鞏固「古賦」，延續的是當時國家選才「棄摛章繪句之學」的思維。其後明代徐師曾《文體明辨》改編了祝堯的見解，推出「古賦、俳賦、律賦、文賦」之名，但其用意還是為了「別裁偽體」。民國以後，徐師曾原立的名目又重新被填充，不同學者的蓄意「誤讀」、踵事增華，使得「賦分為古賦、俳賦、律賦、文賦」雖然一直變動調整，卻成為接受度最高的賦體分類法。至於「賦衰於唐」的觀點，在祝堯《古賦辯體》中本為「陷律賦於不義」而設，每個人的論述都有其意識形態，每個時代的論述亦有其共同需求，倘若誠如曹明綱《賦學概論・前言》所指出：賦的研究長期落後同屬韻文的詩、詞、曲，原因之一就是「元代祝堯一味推崇『兩漢體』而貶低六朝以來的賦作之後，明、清就一直流傳著『唐無賦』和『唐以後無賦』的觀念」，則祝堯的觀念是否還符合這個時代的需求，就值得教學前預先思辨了。

　　本書所收九篇文章，七篇均刊載於國內學報或論文集，刊見處和收入本書時所做的修改幅度，皆於各篇題目註解交代，謹此向各篇文章之匿名審查人致謝。當然，我更要感謝碩、博士論文的指導老師簡宗梧教授，畢業多年只勉強湊出這一本綆短汲深的小冊，我知道老師一定不會滿意，但能藉此向老師報告這些年除了「陪考」之外，也沒有完全拋棄舊業，或可消除內心慚惶之百一。

上編　考試的賦

壹、限制式寫作測驗源起之一考察

——唐代甲賦的測驗型態與能力指標[*]

一、緒說

　　儘管「寫作測驗」屬於「主觀測驗」（subjective tests）而信度較低，但因為「寫作測驗」不只兼有語文輸入和輸出技能的測試，更包括了詞彙、語法等範疇及組織、分析等能力的測試，所以被視為效度高、足以看出考生語文運用能力的測驗型態[1]。「寫作測驗」的實施，很少採用「自由寫作」（free writing），大多採用「有指導的寫作」（guided writing）或「有限制的寫作」（controlled writing），其方法包括：提供參考材料、限制寫作內容、限制段落、限制體裁、限制長度等[2]。以大學入學考試中心 84 學年「學科能力測驗國文考科」的兩個非選擇題為例——「文章擴寫」要求將《孟子‧盡心》：「山徑之蹊間，介然用之而成路，為間不用，則茅塞之矣」，撰寫成「闡發引文旨趣」之「200 至 300 字的白話短文」，「命題作文」要求「不得以詩歌或書信體寫作」，皆為這種「有指導」或「有限制」的寫作試題。

---

[*]　本文原刊於《考試學刊》（大學入學考試中心學報）第 3 期（2007 年 12 月），收入本書時略做修改。

[1]　劉潤清、韓寶成，《語言測試和它的方法》（北京：外語教學與研究出版社，2004年），頁 181。

[2]　劉潤清、韓寶成，《語言測試和它的方法》（北京：外語教學與研究出版社，2004年），頁 175。

　　由於考試院考選部在民國 91（2002）年的《國家考試國文科專案研究報告》中提出「限制式寫作」的名稱[3]，且於對外公告的「國家考試國文科『作文』題型範例」中，將「限制式寫作」與「傳統式作文」並列為兩種國家考試的「國文作文」題型[4]，因此近年不斷有期刊論文[5]、學位論文[6]、專書[7]探討「限制式寫作」。其中仇小屏《限制式寫作之理論與應用》又將原本考選部所公布之相對於「傳統式作文」的「限制式寫作」分為兩類——「引導式寫作」與「限制式寫作」[8]：

　　　「引導式寫作」與「限制式寫作」在以往是混而不分的，通
　　　常又稱為「供料作文」、「給材料作文」、「非傳統作文」、「新
　　　型作文」等。……但「引導式寫作」與「限制式寫作」畢竟

---

[3]　仇小屏，《限制式寫作之理論與應用》（台北：萬卷樓圖書公司，2005 年），頁 6。

[4]　參見：http://wwwc.moex.gov.tw/public/Data/6615166171.pdf，「考試院考選部／為民服務／下載專區／國家考試國文科『作文』題型範例」。

[5]　如顏智英〈鎖定「修辭」能力談「限制式寫作」〉（《國文天地》22 卷 1 期，2006年 6 月）、李靜雯〈論「限制式寫作」題組在國中寫作教學中的運用——鎖定主旨置於篇末與篇外的能力〉（《國文天地》22 卷 2 期，2006 年 7 月）、陳正治〈「限制式寫作」題型的處理〉（《國教新知》54 卷 1 期，2007 年 3 月）等。

[6]　如胡秀美《結合讀寫教學進行國小五年級限制式寫作教學之行動研究》（嘉義大學國民教育研究所碩士論文，2004 年）、黃秀莉《國民小學限制式寫作之行動研究》（花蓮師範學院語文科教學碩士班碩士論文，2004 年）、顏福南《國小三年級學童實施限制式作文教學之行動研究》（新竹教育大學語文學系碩士論文，2005年）、張月美《繪本融入限制式寫作教學之行動研究》（花蓮教育大學語文科教學碩士班碩士論文，2006 年）、陳行薇《傳統與限制式命題作文教學之研究》（高雄師範大學國文學系碩士論文，2006 年）等。

[7]　如仇小屏《限制式寫作之理論與應用》（台北：萬卷樓圖書公司，2005 年）、仇小屏等《小學「限制式寫作」之設計與實作》（台北：萬卷樓圖書公司，2003 年）。

[8]　依據國家考試國文科專案小組編寫、考選部於民國 91 年出版之《國家考試國文科命題參考手冊》，「限制式寫作」分為 14 種類型：翻譯、修飾、組合、改寫、縮寫、擴寫、設定情境作文、引導式作文、文章賞析、文章評論、文章整理、仿寫、看圖作文、應用寫作，「引導式作文」屬其中之一。

有其相異處，最重要的區別是：「引導式寫作」中所給的說明只是用作引導，並不具有強制性；但是「限制式寫作」中所給的說明不僅有引導的作用，而且還是一種條件的限制，具有強制性，所以可以說是一種「強勢的引導」。[9]

依據上述的區分，仍以大學入學考試的國文試題為例，則 96 學年「指定科目考試國文考科」非選擇題第二題，雖要求「不得以新詩、歌詞或書信的形式書寫」，但考生還是在無提示的情況下以「探索」為題進行寫作，應屬於「傳統式作文」；而 90 學年「學科能力測驗國文考科」非選擇題第二題，在題目「最遙遠的距離」之前先提供一段敘述：「什麼是最遙遠的距離？有人以天文學的角度說：還在不斷擴大、無從探測邊界的宇宙，就是最遙遠的距離；也有人說：最遙遠的距離，是生與死的永遠分別；更有人說：最遙遠的距離，是我就站在你面前，你卻不知道我愛你。請就你自己的感覺、經驗、知識或省思，以『最遙遠的距離』為題，寫一篇文章，文長不限」，即為「引導式寫作」；至於 96 學年「學科能力測驗國文考科」非選擇題第二題，考生須針對一則寓言闡釋其中「玫瑰」與「日日春」的處世態度，並就其一說明自己較認同的原因，且作答限 300 至 350 字，才是典型的「限制式寫作」。

　　「限制式寫作」雖是現代產生的分類名目，但符合「限制式寫作」的語文測驗其實在科舉時代早已有之。清代八股文和試帖詩被認為「高度程式化」[10]，指的就是寫作上的限制。上溯至科舉制度初步確立的唐代，也可以找到「限制式寫作測驗」。按唐代「每歲貢人」的「常科」係以「明經」、「進士」兩科為主，這兩科行「三場

---

[9]　仇小屏，《限制式寫作之理論與應用》（台北：萬卷樓圖書公司，2005 年），頁 4。
[10]　王炳照、徐勇，《中國科舉制度研究》（石家庄：河北人民出版社，2002 年），頁 199。

試」均於唐玄宗開元二十五年（737）頒布〈條制考試明經進士詔〉時確立──「明經」科的三場是：帖經、問義、時務策[11]；「進士」科的三場是：帖經、雜文、策[12]。其中「帖經」是經書填空默寫，「問義」[13]是經書要義口試，都不是「寫作測驗」。而「策」是唐代科舉最重要的試項，「各科目幾乎無不試策」，「與其說唐代科舉是『以詩取士』，倒不如說是『以策取士』」[14]，但「策」並非單純的「寫作測驗」，試看白居易、韓愈分別撰擬的「進士策問」試題：

> 問：百官職田，蓋古之稍食也，國朝之制，懸在有司，兵興以還，吏鮮克舉。今稽其地籍，則田亦具存；計以戶租，則數多散失。至使內外官中有品秩等、局署同，而厚薄相懸不啻乎十倍者。斯積弊之甚也，得不思革之乎？請陳所宜以救其失。（白居易〈試進士策問〉，《文苑英華》卷 474）

> 問：《周易》之說曰：「乾，健也」。今考「乾」之爻在初者曰：「潛龍勿用」；在三者曰：「夕惕若厲，無咎」；在四者曰：「無咎」；在上者曰：「有悔」。卦六位，一「勿用」，二「苟得無咎」，一「有悔」，安在其為「健」乎？又曰：「乾以易知，坤以簡能」，「乾」之四位既不為易矣，「坤」之爻又曰：「龍戰于野」，戰之於事，其足為簡乎？《易》，六經也，學者之所宜用心焉，願施其辭、陳其義焉。（韓愈〈進士策問〉，《文苑英華》卷 474）

---

[11]　陳飛，《唐代試策考述》（北京：中華書局，2002 年），頁 51。

[12]　陳飛，《唐代試策考述》（北京：中華書局，2002 年），頁 131。

[13]　「問義」至唐德宗建中 2 年改用須以文字寫出的「墨義」，但之後在實施上有時仍恢復「問義」。參閱陳飛，《唐代試策考述》（北京：中華書局，2002 年），頁 57。

[14]　陳飛，《唐代試策考述》（北京：中華書局，2002 年），頁 3。

針對上述的提問，考生要「施其辭」來回答，固然是寫作能力的展現，但終究還是得依據「積弊」提出具體可行的「救其失」之道，或依據《周易》的內容「陳其義」，故「策」所偏重的仍是政策內容或書本知識，其次才是語言運用；且科舉試「策」通常並未就字數、韻腳等予以限制，即使可列屬「寫作測驗」，也不是「限制式寫作測驗」。唐代科舉的「限制式寫作測驗」，唯在「進士」科的「雜文」場。

　　「進士」科試「雜文」，係自唐高宗永隆二年（681）頒布〈條流明經進士詔〉立為定制。此前「進士」科雖然也有「策」之外加試文章的情形，但至此方行兩場試[15]。開元二十五年（737）「進士」科又加試「帖經」而為三場試，「雜文」原居第二場，但中唐以後，依據李觀〈帖經日上侍郎書〉、牛希濟〈貢士論〉等文獻[16]，「雜文」已調至第一場[17]。「雜文」所考的兩篇文章，起初文類不定，後來專用一賦、一詩，其時間清代徐松認為當在唐玄宗天寶之際[18]，羅聯添以為應延至代宗大曆時期[19]，陳鐵民則前推至玄宗開元年間[20]。「雜文」場所用的賦、詩，唐人稱為「甲賦」、「律詩」：

---

[15]　陳飛，《唐代試策考述》（北京：中華書局，2002 年），頁 129。

[16]　李觀為德宗貞元八（792）年進士，其於〈帖經日上侍郎書〉云：「昨者奉試〈明水賦〉、〈新柳詩〉，……」可知「雜文」是在「帖經」的前一日考。唐末牛希濟〈貢士論〉則明曰：「天子制策，考其功業辭藝，謂之進士。……大率以三場為試：初以詞賦，謂之雜文，復對所通經義，終以時務為策目。」

[17]　傅璇琮，《唐代科舉與文學》（西安：陝西人民出版社，1995 年），頁 172；廖健行，《科舉考試文體論稿：律賦與八股文》（台北：台灣書店，1999 年），頁 139。

[18]　徐松，《登科記考》（京都：中文出版社，1982 年）。

[19]　羅聯添，〈唐代進士科試詩賦的開始及其相關問題〉，《中國歷史學會史學集刊》17 期（1985 年）。

[20]　陳鐵民，〈梁瑤墓誌與唐進士科試雜文〉，《北京大學學報》43 卷 6 期（2006 年 11 月）。

> 兩漢射科，本於射策，故公孫弘、董仲舒之倫，痛言道理。
> 近者祖襲綺靡，過於雕蟲，俗謂之甲賦、律詩，儷偶對屬。（權
> 德輿〈答柳福州書〉，《全唐文》卷 489）

> 及睹今之甲賦、律詩，皆是偷折經誥，侮聖人之言者。……
> 試甲賦、律詩，是待之以雕蟲微藝，非所以觀人文化成之道
> 也。（舒元輿〈上貢士論書〉，《全唐文》卷 727）

「甲賦」、「律詩」均屬「限制式寫作測驗」，但考生作「律詩」所受
的限制，並不算多：

> 唐代的試律詩要求比較寬一些，沒有具體的限韻，沒有固定
> 的句數，有時也不一定要像近體詩一樣押平聲韻。現存的一
> 些同題詩作，如柳宗元、李行敏的同題〈省試觀慶雲圖〉用
> 韻就完全不同。李程與張仲方各有一首〈賦得竹箭有筠〉，張
> 仲芳詩竟然用仄聲韻。[21]

> 一般情況下，唐代試律詩的用韻都是以詩題中的一個字作為
> 限韻字，並且以五言六韻十二句為常，並不在題目中作特別
> 要求。但有時也把用韻及字數在考試時標明，如貞元十五年
> 己卯（799 年）博學宏詞科試「終南精舍月中聞磬詩」，明確
> 標明「題中用韻，六十字成」。[22]

倒是「甲賦」自唐玄宗開元二年（714）以「旗賦」為題，並限「風
日雲野，軍國清肅」為韻後，幾乎都在試題上明訂韻腳使用規則，
且限韻字往往構成短句，如「君子藏器待時」（射隼高墉賦，大曆二

---

[21] 汪小洋、孔慶茂，《科舉文體研究》（天津：天津古籍出版社，2005 年），頁 52。
[22] 王兆鵬，《唐代科舉考試詩賦用韻研究》（濟南：齊魯書社，2004 年），頁 8。

年)、「日麗九華,聖符土德」(日五色賦,貞元十二年)、「觀彼人文,以化天下」(人文化天下賦,乾寧二年)之類,實即限制賦篇的書寫主旨。因此,要從唐代科舉找出符合「限制式寫作測驗」條件的考試項目,「甲賦」的特徵無疑較「律詩」明顯。

　　「甲賦」的「甲」係「令甲」之意[23],但從現存唐代《賦譜》[24]的敘述來看,「甲賦」也可以對應到一種不同於「古賦」的「新體」賦[25],也就是北宋歐陽脩《居士外集》的「近體賦」[26],現今通稱的「律賦」。當「新體賦/近體賦/律賦」形成「賦」的次文類,其概念自當與「甲賦」有所不同──「甲賦」專用於考試,「新體賦/近體賦/律賦」則包含平居之作;例如晚唐王棨現存「律賦」46篇,但他應咸通三年(862)進士科所作的「甲賦」只有〈倒載干戈賦〉。

---

[23] 周中孚《鄭堂札記》:「唐人稱應試之賦為甲賦,蓋因令甲所頒,故有此稱」。金聖歎〈答徐翼雲〉在談「律詩」之名時也說:「唐律詩之『律』字,此為法律之『律』,非音律之『律』也。……當時天下非無博大精深之士也,然而一皆頫首其中,兢兢不敢或畔,於是以其為一代煌煌之令律也,特尊其名曰『律』。……此正如明興以書藝取士也……於是以其為一代煌煌之令甲也,特尊其名曰『制』,言義固四子之義,而制乃一王之制也。夫唐人之有『律詩』之云,則猶明人有『制義』之云也。」

[24] 現存《賦譜》是日本平安朝(西元794年~1186年)時期的抄本,可能是由名僧圓仁於唐宣宗大中元年(847)攜回日本,現藏東京五島美術館,全文可見於張伯偉《全唐五代詩格彙考》(南京:鳳凰出版社,2005年)。《賦譜》原著者不詳,但書中數度引用浩虛舟〈木雞賦〉,浩虛舟為唐穆宗長慶二年(822)進士,〈木雞賦〉為當年試題,固可推知其成書必在西元822年之後,而可能在西元847年之前;柏夷(Stephen R. Bokenkamp)則懷疑此書或許就是浩虛舟的《賦門》。參閱詹杭倫〈唐鈔本《賦譜》初探〉,《四川師範大學學報》增刊7期(1993年),收於詹杭倫、李立信、廖國棟合著的《唐宋賦學新探》(台北:萬卷樓圖書公司,2005年)。陳萬成〈《賦譜》與唐賦的演變〉,收於《辭賦文學論集》(南京:江蘇教育出版社,1999年)。

[25] 《賦譜》:「凡賦體分段,各有所歸。但『古賦』段或多或少,若〈登樓〉三段,〈天臺〉四段,至今『新體』,分為四段。」

[26] 歐陽脩《居士外集》卷八標題為「古賦」,卷二十四的標題則是「近體賦」。

然而，無論是唐代《賦譜》討論「新體賦」，或後代賦學專著討論「唐人律賦」，往往都是在「科舉考試」的背景下進行，且係基於「應付考試」的需求設定討論主題；也就是說，他們的觀察素材雖不以唐代專用於考試的「甲賦」為限，而旁及不必用於考試且為「甲賦」所歸屬的「新體賦／近體賦／律賦」，但最終的探索目標還是唐代「甲賦」。

本文的研究目的，即在初步判定唐代「進士」科所試「甲賦」係一「限制式寫作測驗」的基礎上，繼續藉由唐代《賦譜》與宋代、清代賦學專著的分析，說明：（一）「甲賦」做為一項「寫作能力」的測試，它具有何種特點？（二）「甲賦」做為「限制式寫作測驗」，其常用來限制考生的項目為何？（三）現代測驗往往公布「能力指標」做為試題編製與考生準備的方向，「甲賦」若以此角度觀之，可提出哪些模擬的「能力指標」？期能顯現唐代「甲賦」做為「限制式寫作測驗」前驅之一的意義，並開展「限制式寫作測驗」的研究面向。

二、唐代甲賦為句段篇分立合一的寫作測驗

劉勰《文心雕龍・章句》：「夫人之立言，因字而生句，積句而成章，積章而成篇」，寫作測驗也可依文句單元的大小，分為「單句寫作」、「成段寫作」與「成篇寫作」[27]。表面上看，唐代甲賦屬於「成篇寫作」，但依《賦譜》所示，其中也包含了「單句寫作」和「成段寫作」的測驗功能。因為一篇合乎評閱者期待的賦，須以數種特

---

[27] 張凱，《語言測驗理論與實踐》（北京：北京語言文化大學出版社，2002 年），頁 73。

殊的句型為基礎，考生必得熟悉這些造句原則；而一篇賦又須分為八段，各段在篇中有其特定的表義功能，考生也得學習聯想、推闡、分析等構成段落的方式；最後，八個段落銜接連貫，組合成「篇」。

（一）測驗句子寫作能力

透過特有的句型，唐代甲賦可以有效檢測考生的造句能力。依據《賦譜》的整理（參閱表 1-1），這些句型可分為五種：「壯」、「緊」、「長」、「隔」、「漫」。除了「漫」以外，其餘四種都是「屬對成聯」的形式。此外，應視情況於句子前、後加上適當的「發」（發語詞、連接詞）與「送」（句尾語助詞），使文氣順暢。《賦譜》甚至還提供一篇賦宜用多少「壯」、「緊」、「長」、「隔」、「漫」的建議：

> 約略一賦內用六、七「緊」，八、九「長」，八「隔」，一「壯」，一「漫」，六、七「發」；或四、五、六「緊」，十二、三「長」，五、六、七「隔」，三、四、五「發」，二、三「漫」、「壯」；或八、九「緊」，八、九「長」，七、八「隔」，四、五「發」，二、三「漫」、「壯」。[28]

從上述的數量來看，各句型的重要性或許不同，但不能偏廢。能熟悉這些句型並恰當造句，不僅是寫甲賦的入門初階，也是考生賦作給予評閱者的第一印象，倘若「句」的階段就生硬蹇澀，勢必很難通過「段」與「篇」的考驗。

---

[28] 詹杭倫，《賦譜校注》，收於詹杭倫、李立信、廖國棟合著，《唐宋賦學新探》（台北：萬卷樓圖書公司，2005 年），頁 80。

表 1-1　《賦譜》所示句型及虛詞表

壯	上下聯皆〔3 字句〕。		
緊	上下聯皆〔4 字句〕。		
長	上下聯皆〔5 字句〕，或皆〔6 字句〕，或皆〔7 字句〕，或皆〔8 字句〕，或皆〔9 字句〕。		
隔	輕隔	上聯〔前句 4 字，後句 6 字〕，下聯同。	
	重隔	上聯〔前句 6 字，後句 4 字〕，下聯同。	
	疏隔	上聯〔前句 3 字，後句不限字〕，下聯同。	
	密隔	上聯〔前句 5 字或以上，後句 6 字或以上〕，下聯同。	
	平隔	上聯〔前句 4 字，後句 4 字〕，下聯同。 上聯〔前句 5 字，後句 5 字〕，下聯同。	
	雜隔	上聯〔前句 4 字，後句 5 或 7 或 8 字〕，下聯同。 上聯〔前句 5 或 7 或 8 字，後句 4 字〕，下聯同。	
漫	上下句不對仗		
發	原始	如：原夫、若夫、觀夫、稽其、伊昔、其始也	
	提引	如：洎及、然則、矧夫、於是、已而、是故、借如、乃知	
	起寓	如：嗟乎、至矣哉、大矣哉	
送	如：也、哉、而已		

（二）測驗段落寫作能力

唐代甲賦一般須寫八段。每一段，都是一組前後銜接連貫的句子。在形式方面，它是句子的組合：

> 字少者居上，多者居下。「緊」、「長」、「隔」以次相隨。凡賦以「隔」為身體，「緊」為耳目，「長」為首足，「發」為唇舌，「壯」為粉黛，「漫」為冠履。[29]

---

[29] 張伯偉，《全唐五代詩格彙考》（南京：鳳凰出版社，2005 年），頁 563。

但光是「緊」、「長」、「隔」串接起來還不夠，它們彼此是「耳目」、「身體」、「手足」的搭配，亦即一段之內的「緊」、「長」、「隔」須有緊密的邏輯關係，它們構成一個整體，表達一個完整、明晰的中心意義，繼而各段（韻）有其主旨：

> 凡小賦如人之元首，而破題二句乃其眉，惟貴氣貌，有以動人，故先擇事之至精至當者先用之，使觀之便知妙用。然後「第二韻」探原題意之所從來，須便用議論。「第三韻」方立議論，明其旨趣。「第四韻」結斷其說以明題，意思全備。「第五韻」或引事、或反說。「第七韻」反說，或要終立意。「第八韻」卒章，尤要好意思爾。[30]

例如唐德宗貞元十二年（796）的「進士」科試「日五色賦」，是年狀元李程所寫的「第三韻」：「時也寰宇廓清，景氣澄霽。浴咸池於天末，拂若木於海裔。非煙捧於圓象，蔚矣錦章；餘霞散於重輪，煥然奇麗。」除了依序以「緊」、「長」、「隔」造句，彼此也連貫成「形容日色映耀之美」的意義，發明篇題旨趣。

（三）測驗篇章寫作能力

　　照《賦譜》的看法，一篇賦除了各段自成單元的「緊」、「長」、「隔」是「耳目」、「身體」、「手足」的關係，整篇賦也如同一副人體，自當「頭」、「項」、「腹」、「尾」俱全，「腹」還包括「胸」、「上腹」、「中腹」、「下腹」和「腰」：

---

[30] 李薦，《師友談記》（台北：台灣商務印書館影四庫全書，冊 863），頁 176。

> 至今新體分為四段：初三、四對約三十字為「頭」；次三對約
> 四十字為「項」；次二百餘字為「腹」；最末約四十字為「尾」。
> 就腹中更分為五：初約四十字為「胸」，次約四十字為「上腹」，
> 次約四十字為「中腹」，次約四十字為「下腹」，次約四十字
> 為「腰」。都八段，段轉韻、發語為常體。[31]

> 其「頭」：初「緊」，次「長」，次「隔」。即「項」：「原始」，
> 「緊」，……次「長」，次「隔」。即「胸」：「發」、「緊」、「長」、
> 「隔」，至「腰」如此，或有一兩簡以「壯」代「緊」。……
> 即「尾」：「起寓」、次「長」、次「隔」，終「漫」一兩句。[32]

於是，儘管八個段落各成獨立單元，但整篇賦仍是一項有機組合，
倘若彼此間配置不當、聯繫脫序，將如人體部位倒錯、身材比例失
衡般，無法構成和諧而統一的整體。因此，考生縱能分別寫出「探
原題意」、「明其旨趣」、「引事」、「反說」諸段，要進一步將它們連
貫成順當嚴密的篇章，又需要更好的組織能力。

三、唐代甲賦常見的限制規則

（一）字數限制

　　依現存文獻看，唐代甲賦通常要求考生寫 350 字以上。例如唐
貞元十四年（798），禮部試「鑒止水賦」，據當年進士呂溫《呂衡州

---

[31] 詹杭倫，《賦譜校注》，收於詹杭倫、李立信、廖國棟合著，《唐宋賦學新探》（台
　　北：萬卷樓圖書公司，2005 年），頁 77。
[32] 詹杭倫，《賦譜校注》，收於詹杭倫、李立信、廖國棟合著，《唐宋賦學新探》（台
　　北：萬卷樓圖書公司，2005 年），頁 78。

集》所收〈鑒止水賦〉，題下註明：「限三百五十字已上成」；又如唐貞元十六年（800），禮部試「性習相近遠賦」，據白居易《白氏長慶集》卷二十一所收〈省試性習相近遠賦〉，注云：「以『君子之所慎焉』為韻，依次用，限三百五十字已上成」。

　　唐代《賦譜》所提供的甲賦寫作篇幅長度建議──「計首尾三百六十字左右」，顯然受此影響。倘若各段僅使用「緊」（8字）、「長」（10－18字）、「隔」（16－24字）各一，則一段約有42字，八段至少也有336字。

（二）押韻限制

　　唐代甲賦除部分如開成二年（837）試「琴瑟合奏賦」、開成三年（838）試「霓裳羽衣曲賦」未就押韻設限外，大多要求考生遵照預先指定的韻部進行寫作。韻部數量依洪邁《容齋隨筆》的統計，有三韻、四韻、五韻、六韻、七韻、八韻數種[33]，然其所謂押「三韻」的〈花萼樓賦〉，據《文苑英華》所存諸作來看，實以「花萼樓賦一首并序」八字為韻，而非以「花萼樣」三字為韻。此外，開元十八年（730）試「冰壺賦」，以「清如玉壺冰，何慚宿昔意」為韻；乾寧二年（895）試「曲直不相入賦」，以題中「曲、直」兩字為韻；可知韻部數量除四、五、六、七、八外，尚有十韻及二韻者。

　　唐代甲賦的限韻方式頗多，茲先歸納清代浦銑《復小齋賦話》、王芑孫《讀賦卮言》、李調元《雨村賦話》的記載，簡圖如下：

---

[33]　「唐以賦取士，而韻數多寡、平側次敘，元無定格。故有三韻者，……有四韻者，……有五韻者，……有六韻者，……有七韻者，……八韻有二平六側者，……有三平五側者，……有五平三側者，……有六平二側者，……自太和以後，始以八韻為常。」洪邁，《容齋隨筆》（台北：大立出版社，1981年），上冊，頁368-369。

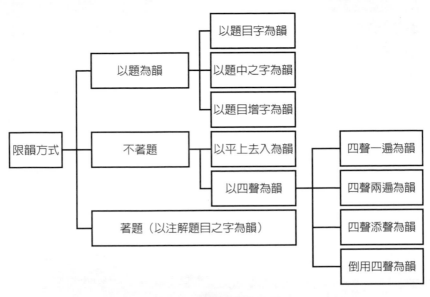

圖 1-1

「以題為韻」的「以題目字為韻」，浦銑《復小齋賦話》認為尚有題目「賦」字押或不押之別：

> 唐賦限韻，有「以題為韻」者，「賦」字或押或不押，姑舉一二。如元稹〈郊天日五色祥雲賦〉、郭適〈人不易知賦〉、劉珣〈渭水象天河賦〉，俱押「賦」字；王起〈元日觀上公獻壽賦〉、王棨〈聖人不貴難得之貨賦〉、呂令問〈掌上蓮峰賦〉，俱不押「賦」字。[34]

---

[34] 浦銑，《復小齋賦話》，卷下，見何沛雄編，《賦話六種》（香港：三聯書店，1982年），頁54。

而「以題中字為韻」，有讓考生自行就題目中任選數字為韻者，也有指定題目中某字為韻者：

> 有以題中八字為韻者，如王棨〈詔遺軒轅先生歸羅浮舊山賦〉，隨意撿八字用也。有截取題中上幾字者，如〈漢武帝遊昆明池見魚銜珠賦〉，以題上七字為韻；〈皇帝冬狩一箭雙兔賦〉，以題上六字為韻；〈曲直不相入賦〉，以題中「曲、直」二字為韻是也。[35]

此外尚有「以題目增字為韻」，例如上述〈花萼樓賦〉以「花萼樓賦一首并序」為韻。

　　唐代甲賦的限韻方式以「著題」居多，此即王芑孫所謂「官韻之設，所以注題目之解」[36]、李調元所謂「凡賦題限韻，莫不于本題相附麗」[37]。然亦有「不著題」者，即「以平上去入為韻」和「以四聲為韻」，浦銑《復小齋賦話》：

> 唐人賦以「平上去入」限韻者，或直押本字，如「平」用「庚」、「上」用「養」，李子卿〈山公啟事賦〉是也；或不押本字，隨意四聲中各用一字，閻伯璵〈都堂試才賦〉是也。[38]

> 唐人限韻，有「以四聲用韻」者，只用四聲也。有從入至平者，「四聲倒用」也；有平、上、去、入周而復始者，四聲之

---

[35] 浦銑，《復小齋賦話》，卷下，見何沛雄編，《賦話六種》（香港：三聯書店，1982年），頁54。

[36] 王芑孫，《讀賦巵言》，「官韻例」。見何沛雄編，《賦話六種》（香港：三聯書店，1982年），頁19。

[37] 李調元，《賦話》（台北：世界書局，1962年），卷2，頁13。

[38] 浦銑，《復小齋賦話》，卷上，見何沛雄編，《賦話六種》（香港：三聯書店，1982年），頁65。

後再用一平聲，共五韻也，如高郢〈吳公子聽樂賦〉；或四聲
之後，又押平、上二聲，共六韻也，如李雲卿、王顯〈京兆
府獻三足烏賦〉；有以兩遍用四聲為韻者，則八韻也，如錢仲
文〈豹烏賦〉。[39]

依據上述，「以平上去入為韻」有寬嚴之別，或等同於指定「平」、
「上」、「去」、「入」四字所在的韻部，或只要在四聲各韻部中分別
任選一韻即可。而「以四聲為韻」雖未指定韻部，但從聲調的排序
輪轉，仍可變化出多種限制。

　　唐代甲賦雖然對韻部設定選擇條件，但一般並不要求按順序押
——「唐人賦韻有云『次用』韻者，始依次遞用，否則任以己意行
之」[40]，且「從年代看，越是往後，賦文的韻腳順序跟限韻字的順
序越不一致」[41]。又所限之字若遇兩字同韻，考生也有自行調整的
空間——「唐律賦限韻中兩字同韻者，或押作一段，或仍押兩段」，
「大約限韻多者，則同韻可併，少者則各自為段也」[42]。

（三）篇章主旨限制

　　唐代甲賦「著題」的限韻字往往是一個短句，「所以注題目之解，
示程式之意」[43]。例如咸通三年（862）試「倒載干戈賦」，賦題出
自《禮記・樂記》：

---

[39] 浦銑，《復小齋賦話》，卷上，見何沛雄編，《賦話六種》（香港：三聯書店，1982年），頁 54。

[40] 李調元，《賦話》（台北：世界書局，1962 年），卷 2，頁 18。

[41] 王兆鵬，《唐代科舉考試詩賦用韻研究》（濟南：齊魯書社，2004 年），頁 18。

[42] 浦銑，《復小齋賦話》，卷上，見何沛雄編，《賦話六種》（香港：三聯書店，1982年），頁 66。

[43] 王芑孫，《讀賦卮言》，「官韻例」。見何沛雄編，《賦話六種》（香港：三聯書店，1982 年），頁 19。

武王克殷，反商。……濟河而西，馬散之華山之陽而弗乘，牛散之桃林之野而弗復服，車甲釁而藏之府庫而弗復用。倒載干戈，包以虎皮；將帥之士，使為諸侯，名之曰「建櫜」，然後知武王之不復用兵也。

賦題限韻字「聖功克彰，兵器斯戢」，可說是上引原文的撮要概括，因此當年進士王棨所寫的〈倒載干戈賦〉便依原典的時間線索，從「有罪必罰，無征不克」寫到「罷師旅，休甲兵」，其中「倒干戈而是載，鑄劍戟以欣同」、「既不授其豹略，乃長包於虎皮」、「罷刃銷金，道無慚於齊帝；放牛歸馬，德寧愧於周王」諸句，均從原典衍出。類似的考題如大曆十四年（779）「進士」科試「寅賓出日賦」，賦題典出《尚書・堯典》，意謂「恭迎太陽昇起」，而限以「大明在天，恆以時授」為韻，即是要考生從「太陽示民作息」的方向書寫；或如貞元十年（794）「進士」科試「進善旌賦」，限韻「設之通衢，俾人進善」，則引導考生從「堯設進善旌，聽取百姓意見」的故事推闡題意；又如貞元十七年（801）「進士」科試「樂德教冑子賦」，限韻「育才訓人之本」，等於要考生從《尚書》「舜命夔典樂，教冑子」的記載，論述「音樂」與「育才訓人」的關係。

因此，唐代甲賦的「限韻」，不但是形式上選用押韻字的限制，同時也是內容上樹立篇旨的限制。這樣的限制有兩方面的意義：一是「限制篇章主旨」能建立較客觀的評閱標準，因而較便於試卷優劣的區別。二是對文化典籍的熟悉與運用，是最高層次的語言能力，透過「賦題──限韻字──文化典籍──賦篇主旨」的連鎖關係，可有效檢驗考生在文化典籍上的閱讀基礎，也使甲賦的考試，從一般交際用的寫作能力測試，提升為較高層次的寫作能力測試。

四、唐代甲賦能力指標試擬

　　今日測驗機構通常會就所辦理的考試公布測驗內容或能力指標，其目的大約有三：一是做為試題編製的依據，二是提供考生學習與準備的方向，三是檢核測驗是否達到預期的成果。雖然唐代「禮部」從未對任何科舉考試項目列出「能力指標」，但「套用」現代觀點來模擬唐代甲賦的「能力指標」，將有助於了解該項測驗「考什麼」、「怎麼考」等問題。這番「揣摩比附」所參考的文獻，主要是清代賦話。清代賦話的作者為了應付科舉而鑽研唐人賦篇，其心得雖然不能直接挪用為「能力指標」，但他們針對「如何寫才能贏取評閱者肯定」所做的推敲，若經適當歸納、轉化，恰可為「命題者或評閱者想從答案卷中看到什麼」提供解答。

　　由於唐代科舉試甲賦主要是為了檢測考生的語文寫作能力，而「賦」只是可用以達成這項檢測之多種文類中的其中一種，因此模擬的「能力指標」不應專為「賦」量身打造。但又因為書寫某種文類，便得依循該文類的成規，所以下文乃將「能掌握律賦的基本書寫規則」別置一項，其餘六項則從「跨文類」的角度，將「能力指標」撰擬為多種文類通用的形式，以符合唐代科舉試甲賦係「以偏概全」來觀測考生寫作能力的原始用意。

（一）能掌握律賦的基本書寫規則

　　此指科舉律賦在書寫時必須遵循的形式條件，包括上文已指出的：以「壯」、「緊」、「長」、「隔」、「漫」造句，每段由「緊」、「長」、「隔」為主組成，一篇賦分為八段，每換一段轉一韻等。

（二）能掌握協聲押韻的規則

　　賦是「韻文」的一種，因此在考試中檢查考生能否正確協聲押韻，原屬合理。但因文筆優劣、文意深淺見仁見智，聲韻對錯則有憑有據，所以「按其聲病，可以為有司之責，捨是則汗漫而無所守」[44]便成為評閱者避免被質疑的說詞，考生也據以建立應考的基本認知——「一言一字必要聲律」，「不協律，義理雖是，無益也」[45]。

　　《太平廣記》有一則〈韋鮑生妓〉的故事，假託南朝江淹對謝莊談論窺閱唐代甲賦的心得，自嘲若以二人名篇應考，也將因犯聲病而遭黜落：

> 數年來在長安，蒙樂遊王引至南宮，入都堂，與劉公幹、鮑明遠看視秀才。予竊入司文之室，於燭下窺能者制作，見屬對頗切，而賦有「蜂腰」、「鶴膝」之病，詩有「重頭」、「重尾」之犯。若如足下「洞庭」、「木葉」之對，為紕謬矣；小子拙賦云：「紫臺稍遠，燕山無極。涼風忽起，白日西匿」，則「稍遠」、「忽起」之聲，俱遭黜退矣，不亦異哉？[46]

「洞庭」、「木葉」之對，指謝莊〈月賦〉「洞庭始波，木葉微脫」，前句二、四字皆平聲，後句二、四字皆入聲，此即「蜂腰」；而江淹〈恨賦〉「紫臺稍遠，燕山無極。涼風忽起，白日西匿」，除「白日西匿」亦屬「蜂腰」，第一、三句句尾的「遠」、「起」都是上聲，故為「鶴膝」。這則故事反映了當時閱卷審辨音韻的嚴密，也顯示「能掌握協聲押韻的規則」是唐代甲賦的重要能力指標。

---

[44] 歐陽脩、宋祁，《新唐書》（台北：鼎文書局，1980 年），頁 1166。

[45] 李薦，《師友談記》（台北：台灣商務印書館影四庫全書，冊 863），頁 176。

[46] 李昉，《太平廣記五百卷》（台北：新興書局，1958 年），頁 2558。

（三）能判讀篇題與典籍的關聯

　　儘管唐代進士科考詩、賦，常遭批評「考文者以聲病為是非，而惟擇浮豔」[47]，進而引發對讀書人「驅馳於才藝，不務於德行」[48]的憂慮，但事實上，每一個考試項目對執政者而言，都擔負著「天下英雄入吾彀中」[49]的任務，賦雖是一項寫作測驗，只要經過設計，仍可成為「意識形態國家機器」[50]的一環。於是經常看到的現象是：考生在試場裡表面上寫的是賦，但因賦題取自國家所重視、據以塑造知識分子的典籍，故考生的「創作」其實只是對典籍的「複寫」。例如「天行健賦」、「射隼高墉賦」取自《周易》[51]，「垂衣治天下賦」、「梓材賦」取自《尚書》[52]，「執柯伐柯賦」、「庭燎賦」取自《詩經》[53]，「善歌如貫珠賦」、「王言如絲賦」取自《禮記》[54]，「眾星拱北賦」取自《論

---

[47]　賈至，〈議楊綰條奏貢舉疏〉，《全唐文》卷 368。

[48]　劉峣，〈取士先德行而後才藝疏〉，《全唐文》卷 433。

[49]　王定保《唐摭言》卷一：「（太宗）嘗私幸端門，見新進士綴行而出，喜曰：『天下英雄入吾彀中矣。』」

[50]　阿圖塞（Louis Althusser）認為，國家不僅可聽從於軍隊，也聽從於思想的效力，亦即聽從於意識形態這個中介，因此，他區分了兩類國家機器——「鎮壓性的國家機器」（Repressive State Apparatus）和「意識形態國家機器」（Ideological State Apparatuses），「鎮壓性的國家機器」主要是以鎮壓方式產生作用，「意識形態國家機器」主要是以意識形態方式產生作用，國家以之生產眾人「應該」具備且信仰不疑的國家觀、道德觀、價值觀等，以利於統治的維持及社會的穩定。參閱曾枝盛，《阿爾杜塞》（台北：遠流出版公司，1990 年），頁 165-166。

[51]　〈乾卦‧象辭〉：「天行健，君子以自強不息。」〈解卦‧象辭〉：「公用射隼于高墉之上，獲之無不利。」

[52]　〈武成〉：「惇信明義，崇德報功，垂拱而天下治。」〈梓材〉：「若作梓材，既勤樸斲。」

[53]　〈豳風‧伐柯〉：「伐柯伐柯，其則不遠。」〈小雅‧庭燎〉：「夜如何其？夜未央。庭燎之光，君子至止，鸞聲將將。」

[54]　〈樂記〉：「故歌者，上如抗，下如隊，曲如折，止如槁木，倨如矩，句中鉤，纍纍乎端如貫珠。」〈緇衣〉：「王言如絲，其出如綸。」

語》,「王師如時雨賦」取自《孟子》[55]……,考生若無法判讀題目出處,不夠熟悉典籍義旨,是絕無可能屬對造句、謀段成篇的。

　　唐代甲賦將「篇題判讀」視為衡量考生高下的依據,可從穆宗時一起「重試」事件得到印證:

> 遂命中書舍人王起、主客郎中知制誥白居易,於子亭重試,內出題目「孤竹管賦」、「鳥散餘花落詩」,而十人不中選。詔曰:「國家設文學之科,本求才實,苟容僥倖,則異至公。……鄭朗等昨令重試,意在精覈藝能,不於異書之中,固求深僻題目,貴令所試成就,以觀學藝淺深。『孤竹管』是祭天之樂,出於《周禮》正經,閱其呈試之文,都不知其本事,辭律鄙淺,蕪累亦多。」[56]

主司認為「孤竹之管,雲和之琴瑟,雲門之舞……」典出《周禮‧春官》「大司樂」,並非「異書」或「深僻題目」,考生「不知其本事」便等於學藝不精。因此,能否判讀篇題與典籍的關聯,雖未必對「辭律鄙淺」有直接的影響,卻關係到書寫內容的正確性。

(四) 能依據篇題,樹立中心

　　指定篇題,就是畫給考生構思並組織材料的前進路線。但一個題目可能是一個詞組,甚至是一個句子,此時必須認清題目的關鍵字眼,才能真正樹立文章的中心,因此清代賦話總會特別強調:

---

[55] 《論語‧為政》:「為政以德,譬如北辰,居其所而眾星共之。」《孟子‧梁惠王》:「湯一征,……民望之,如大旱之望雲霓也。……誅其君而弔其民,若時雨降,民大悅。」

[56] 劉昫主編,《舊唐書》(台北:鼎文書局,1980 年),卷 168。

賦貴審題。拈題後，不可輕易下筆，先看題中著眼在某字，
然後握定驪珠，選詞命意，斯能掃盡浮詞，獨詮真諦。[57]

得題後，先須審題，看何字當著眼，何處當輕帶，何處當極
力發揮，就題之曲折以作波瀾。……否則，發揮處未免輕重
倒置，或與題旨刺謬，亦不自知。[58]

李調元曾舉例分析，謝觀〈越裳獻白雉賦〉所以成為佳作，即是能
緊扣「獻」字而不泛詠「白雉」；相反的，蕭穎士〈聽早蟬賦〉所以
不盡理想，乃因題目的關鍵應在「聽」、「早」二字，但蕭穎士在書
寫時卻僅鋪排了有關「蟬」的典故：

唐謝觀〈越裳獻白雉賦〉云：「作獻靡遼東之豕，不緇殊墨子
之絲。一以見澤兼鳥獸，一以彰德被蠻夷」，帶定「獻」字落
墨，不是專賦「白雉」，古人相題精審如此。[59]

唐蕭穎士〈聽早蟬賦〉云：「爾雅辨其名體，詩人詠夫章句。
味編本草之錄，聲徹上林之賦。歌郗宰之化，偶范綏而見稱；
飾趙王之冠，與貂尾而胥附。莊篇載痀僂之志，孔氏感螳蜋
之捕。」疏蟬事以成文，猶是初唐風氣，後來名手，校練益
精，題有「聽」字、「早」字，必須從此著筆，撏撦故實，已
落第二義矣。[60]

---

[57]　余丙照，《增註賦學入門》（台北：廣文書局，1979 年），頁 8。

[58]　江含春，《楞園賦說》。

[59]　李調元，《賦話》（台北：世界書局，1962 年），卷 3，頁 25。

[60]　李調元，《賦話》（台北：世界書局，1962 年），卷 1，頁 4-5。

於是，想像中的唐代甲賦評閱標準是：「如〈涼風至〉、〈小雪〉、〈握金鏡〉諸賦，須看其處處不脫「至」字、「小」字、「握」字，不然，便可移入「涼風」、「雪」、「金鏡」題去矣」[61]，考生若能辨析題目中「當著眼」與「當輕帶」之處，進而鎖定中心「獨詮真諦」，自可勝過同場其他「輕重倒置」的對手。

（五）能開展中心，層次敘寫

確立書寫中心之後，「如何鋪衍成八段」是考生要面對的下一個難題。此時考生必須具備「生發」的能力，將舉一反三、觸類引申的聯想施用於篇題與中心上，訣竅在於「將一題擴張為數題」：

> 初學作賦者，每苦無生發，以不講層次之故也。每一題到手，須將題之前後細想一番，分作數層，然後將所限之韻配合，某層宜用某韻，某韻宜用某字，或平敘，或提頓，隨時變化，初無一定之質，惟期不凌獵、不重複而止。其有么麼小題不能分層次者，即於用意之虛實深淺處分之，則無層次亦有層次矣。蓋不分層次，一題只是一題；既分層次，一題遂成數題。視為一題，則生發少；視為數題，則生發多；此理之必然者也。[62]

有些題目原本就包含數個敘寫面向，考生要留意的是：「凡題皆有前路、後路，逐層洗發，自有天然次第」[63]，李調元曾以陸贄〈冬至日陪位聽太和樂賦〉為例，分析安排層次的手法：

---

[61] 浦銑，《復小齋賦話》，卷上，見何沛雄編，《賦話六種》（香港：三聯書店，1982年），頁 64。

[62] 顧南雅，《律賦必以集》，「例言」。

[63] 李元度，《賦學正鵠》（清光緒 17 年經綸書局刊本），卷 1。

> 唐陸贄〈冬至日陪位聽太和樂賦〉，先敘「冬至」，至敘「陪位」，然後敘「作樂」，末以「聽」字作收煞，循題布置，渾灝流轉。[64]

有些題目原不容易處理，如「題中正面無可刻劃者」，李調元認為：「勢不得不間見側出，以敷佐見奇」。他以薛逢〈天上種白榆賦〉「或全或缺，陌蟾桂於月中；莫往莫來，鄙蟠桃於海上」為例，賦題「天上種白榆」典出古樂府〈隴西行〉：「天上何所有，歷歷種白榆」，這個想像使古人以「白榆」做為星宿之名。篇中為了描寫白榆星現身的風采，薛逢找來其他仙境做為烘托，遂成佳句[65]。

樹立中心，只是為篇章固定綱繩，透過聯想或分析延伸敘寫面向，才能織成一張網罟。所以，「能開展中心，層次敘寫」是相當重要的能力指標。

（六）能就韻生句，造語流暢

考生若不想在「檢查聲韻」的階段就被淘汰，勢必得遵照指定的韻部押韻。但若遇到想表達的意思找不到合適的押韻字，或者一些押韻字本來就很難造句，考生便得花費心思尋求突破。在「個人情志」與「規定韻部」的磨合上，賦論家的建議是「因下求上」、「就韻生句」：

> 能賦者，就韻生句；不能者，就句牽韻。[66]

---

[64] 李調元，《賦話》（台北：世界書局，1962 年），卷 4，頁 29。

[65] 李調元，《賦話》（台北：世界書局，1962 年），卷 1，頁 5。

[66] 鄭起潛，《聲律關鍵》（台北：台灣商務印書館影宛委別藏，冊 116），頁 11。

> 凡詩賦皆從韻生，必先因下句以求上句，因下聯以求上聯，
> 庶無湊韻成聯之弊。[67]

至於難造句的字，首推「虛字」。雖然「限韻有虛字，亦不得不治」，但治得好往往令人嘆服驚豔。王芑孫《讀賦卮言》即推薦白行簡〈韞玉求價賦〉「韞藏之則能爾，求沽諸則吾豈」、無名氏〈審樂知政賦〉「卜商之告文侯，古則如此；端賜之問師乙，歌如何其」、白行簡〈濾水羅賦〉「功且知其密矣，用寧憂於已而」等，分別將「豈」、「其」、「而」押得精當漂亮[68]，李調元也說：

> 唐無名氏〈煉石補天賦〉云：「卿雲初觸，當碧落以麗乎；銀漢同流，激清霄而節彼」，押「彼」字用歇後語，原本經籍，便不涉纖，崔損〈霜降賦〉云：「笳聲乍拂，怨楊柳之衰兮；劍鍔可封，發芙蓉之礪乃」，亦用此法。韋肇〈瓢賦〉云：「安貧所飲，顏生何愧于賢哉；不食而懸，孔父當嗟夫吾豈」，押「豈」字，更妙合自然。[69]

> 賦押虛字，惟「亦」字最難自然，如侯喜〈秋雲似羅賦〉以「蘭亦堪采」為韻，賦末押「一言有以，千秋只亦」之類。又賦押「於」字最難生別，「相於」、「所於」之外，不見可用者。唐陳章〈水輪賦〉：「罄折而下隨悠彼，持盈而上善依於」，生別而彌復自然也。[70]

---

[67] 李元度，《賦學正鵠》（清光緒 17 年經綸書局刊本），序目。

[68] 王芑孫，《讀賦卮言》，「官韻例」。見何沛雄編，《賦話六種》（香港：三聯書店，1982 年），頁 21。

[69] 李調元，《賦話》（台北：世界書局，1962 年），卷 3，頁 26。

[70] 李調元，《賦話》（台北：世界書局，1962 年），卷 4，頁 32。

評論中屢屢強調「自然」,「虛字」押得穩貼自然,「句」和「聯」便搖曳有神,順暢出色。例如「安貧所飲,顏生何愧于賢哉;不食而懸,孔父當嗟夫吾豈」一聯,不但兩則來自《論語》的典故與篇題「瓢賦」相契,更配合押「豈」字而改寫兩段孔子的話——「賢哉!回也。一簞食,一瓢飲,在陋巷,人不堪其憂,回也不改其樂。」(雍也)與「吾豈匏瓜也哉?焉能繫而不食?」(陽貨)類此因難見巧的表現,必能吸引評閱者的目光,甚至可能因一聯而獲得拔擢。

(七)能化用古事,切題入勝

「運用典故」自六朝以來就是文人炫才的方式,唐代甲賦既用於掄才,自亦偏重援引古人古事。秦觀「才見題,便類聚事實,看緊慢分布在八韻中」[71]的提醒,無疑已將「從記憶檔案蒐索典故」視為應考作賦的首要步驟。

考生所用的典故必須與題目相關,這是最基本的操作門檻:

> 何謂擇事?故事雖多,切題為工。如「高祖從諫若轉圜」,高祖從諫事甚多,第五聯云:「著始前陳,已反楚權之撓;足方後躧,遽回齊國之封」,有「轉圜」意。……如此用事,可見精切。[72]

其實賦篇內的典故倒不一定與篇題直接相關,「凡賦句全藉牽合而成,其初兩事不相侔,以言貫穿之,便可為吾所用」[73]。例如唐代楊譽〈紙鳶賦〉:「才與不才,且異能鳴之雁;適人之適,將同可狎

---

[71] 李薦,《師友談記》(台北:台灣商務印書館影四庫全書,冊863),頁176。
[72] 鄭起潛,《聲律關鍵》(台北:台灣商務印書館宛委別藏,冊116),頁10。
[73] 李薦,《師友談記》(台北:台灣商務印書館影四庫全書,冊863),頁176。

之鷗」，寫「紙鳶」卻用《莊子》、《列子》典故，被譽為「神來之筆」[74]。然而真正可探測作者功力的，乃是「避熟」、「食古而化」、「以不說出為高」，浦銑對謝觀、王棨的欣賞即緣於此：

> 用典以不說出為高。謝觀〈吳阪馬賦〉：「乍同曲突，收將宮徵之音；又似豐城，指出斗牛之氣」，雖用「蔡邕爨桐」、「張華劍氣」事，卻不說出「桐」與「劍」字，亦是避熟法。[75]

> 食古而化，乃為善用，故實若堆垛填砌，毫無生趣，奚取哉？王棨〈涼風至賦〉云：「悄絲管于上宮，陳娥翠斂；颭楹檻于華省，潘鬢霜形」，如此用〈長門〉、〈秋興〉二賦，令人無從下注腳，真上乘矣。[76]

賈餗〈蜘蛛賦〉：「其身也或垂之如墜，其絲也亦動而愈出。成章無札札之聲，不漏得恢恢之質。夜居于外，同熠燿之宵行；日就其功，異蟻子之時術」，更是一個經典的例子。此段固是描寫蜘蛛，卻挪用不少典籍的文句，包括出自《詩經・豳風・東山》的「熠燿宵行」，《詩經・周頌・敬之》的「日就月將」；出自《禮記・聘義》的「垂之如隊」，《禮記・檀弓上》的「夜居于外」，《禮記・學記》的「蛾子時術之」；出自《老子・五章》的「虛而不屈，動而愈出」，《老子・七十三章》的「天網恢恢，疏而不漏」；出自古詩十九首〈迢迢牽牛星〉的「札札弄機杼」和「終日不成章」。像這樣「么麼小題，卻能驅使六籍」、「令人無從下注腳」的寫法，自是「由其讀書貫串，故信手拈來，無不入

---

[74] 李調元，《賦話》（台北：世界書局，1962 年），卷 2，頁 15。

[75] 浦銑，《復小齋賦話》，卷下，見何沛雄編，《賦話六種》（香港：三聯書店，1982 年），頁 83。

[76] 浦銑，《復小齋賦話》，卷上，見何沛雄編，《賦話六種》（香港：三聯書店，1982 年），頁 60。

妙也」[77]。事實上，考生若真能如〈蜘蛛賦〉這般「驅駕典故，渾然無跡；引用經籍，若己有之」[78]，恐怕評閱者也得自嘆弗如了。

（八）小結

上述七項「能力指標」，又可依據 2001 年新修訂的「Bloom 認知領域教育目標」[79]，訂出它們在「認知歷程」（Cognitive Process）向度上的能力層級。「認知歷程」依序可分為記憶（remember）、理解（understand）、應用（apply）、分析（analyze）、評鑑（evaluate）、創造（create）[80]：

1. 記憶：從長期記憶取回有關知識。
　　1.1　確認（recognizing）
　　1.2　回憶（recalling）
2. 理解：從口述、書寫和圖像溝通形式的教學資訊中建構意義。

---

[77] 李調元，《賦話》（台北：世界書局，1962 年），卷 2，頁 15。

[78] 孫梅，《四六叢話》（台北：世界書局，1962 年），頁 99。

[79] 西元 2001 年，L. W. Anderson 和 D. R. Krathwohl 等人主編的《A Taxonomy for learning, teaching, and assessing: A revision of Bloom's taxonomy of educational objectives》一書，針對 B. S. Bloom 和 D. R. Krathwohl 等人在 1956 年所提出的「認知領域教育目標分類」，予以新的分類建制，將原本單向度的認知歷程，改為雙向度的列聯表（two-dimensional contingency table）此表分為知識（Knowledge）、認知歷程（Cognitive Process）兩個向度，前者包含四項，即事實知識（factual knowledge）、概念知識（conceptual knowledge）、程序知識（procedural knowledge）、後設認知知識（metacognitive knowledge）；後者包含六項，即記憶（remember）、理解（understand）、應用（apply）、分析（analyze）、評鑑（evaluate）、創造（create）；行列交叉，共有二十四項評量重點。參閱簡茂發，〈2001 年修訂 Bloom's 認知領域教育目標分類體系評述〉，《選才》125 期（2005 年 1 月），頁 2。

[80] 葉連祺、林淑萍，〈布魯姆認知領域教育目標分類修訂版之探討〉，《教育研究月刊》105 期（2003 年 1 月），頁 100-101；簡茂發，〈2001 年修訂 Bloom's 認知領域教育目標分類體系評述〉，《選才》125 期（2005 年 1 月），頁 3-4。

2.1　說明（interpreting）

2.2　舉例（exemplifying）

2.3　分類（classifying）

2.4　總結（summarizing）

2.5　推論（inferring）

2.6　比較（comparing）

2.7　解釋（explaining）

3. 應用：面對某情境執行或使用一個程序。

3.1　執行（executing）

3.2　實行（implementing）

4. 分析：分解整體為許多部分，並決定各部分彼此間或與整體結構的關係。

4.1　辨別（differentiating）

4.2　組織（organizing）

4.3　歸因（attributing）

5. 評鑑：根據規則和標準下判斷。

5.1　檢查（checking）

5.2　評論（critiquing）

6. 創造：集合要素以組成一個具協調性或功能性的整體，重組要素為一個新模型或結構。

6.1　通則化（generating）

6.2　規劃（planning）

6.3　製作（producing）

根據上述，則「能掌握協聲押韻的規則」屬於「記憶」，「能判讀篇題與典籍的關聯」屬於「理解」，「能掌握律賦的基本書寫規則」屬

於「應用」，其餘的「能依據篇題，樹立中心」、「能開展中心，層次敘寫」、「能就韻生句，造語流暢」、「能化用古事，切題入勝」均屬於「創造」。圖示如下：

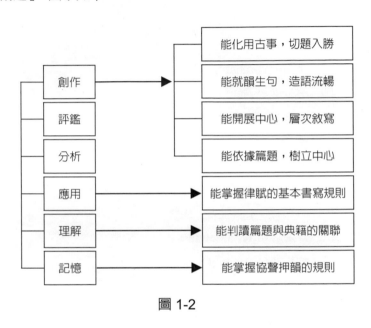

圖 1-2

五、結語

　　觀察近十餘年來大學入學考試與國家考試「國文」科，「限制式寫作測驗」出現的頻率越來越高，幾乎已經取代「傳統作文」而蔚為「寫作測驗」的主流。而「限制式寫作」的應用日廣，也開啟了與之相關的研究議題與教學設計。本文嘗試對「限制式寫作測驗」進行「追本溯源」的探勘，認為唐代科舉「進士」科「雜文」一場所考的「甲賦」、「律賦」，其實都是「限制式寫作測驗」，可說是今日「限制式寫作測驗」的前驅。其中「甲賦」對考生的寫作限制，

往往比「律詩」更嚴，故本文選擇唐代甲賦，說明其常見的限制方式、模擬其「能力指標」，一則探索「限制式寫作測驗」在研究上可以延伸的歷史面向，同時也透過現代測驗觀點的審視，讓我們對唐代「科舉試賦」有更清楚的了解。

　　唐代科舉「進士」科先試「雜文」（無論起初在第二場，或後來調至第一場）後試「策」的設計，其實可用「基礎考試」與「進階考試」的概念推想其關係。從現存文獻來看，雖然「甲賦」的題目往往也出自經典古籍，但考生作賦還是著重在「引而申之，觸類而長之」的鋪寫技能，字數約三、四百字；「策」則像是長篇的問答題，偏重政策方向或書本知識的「見解」，字數長達數千者所在多有，例如皇甫湜在憲宗元和三年（808）應制舉所寫的〈賢良方正直言極諫策〉，針對試題中述及的政治缺失詳陳改進建議，全文有四千餘字。這樣的測驗型態設計——即將「限制式寫作測驗」列為「基礎考試」，並以「作答須就特定事物提出見解」做為「進階考試」有別於「基礎考試」的要素，或許也可以做為今日設計大學入學考試與國家考試「寫作測驗」的參考。

貳、《全臺賦》所錄八篇應考作品初論[*]

一、緒說

　　在「台灣古典文學」的研究領域，「賦」原本乏人問津[1]，即使到許俊雅 2006 年發表〈回顧與前瞻——近二十年來台灣古典文學研究述評〉一文，仍指出「賦」是尚待深入探索的文類之一[2]。究其原因，除了「賦」長期處於「中國古典文學研究」的邊陲位置[3]，更重要的是「台灣賦」文獻零散，蒐羅匪易。2000 年游適宏提出〈地理想像與台灣認同：清代三篇《台灣賦》的考察〉時，「附錄」只列出 76 篇「台灣賦」[4]，至 2006 年 12 月《全臺賦》出版時，全書已匯集了 196 篇「台灣賦」。《全臺賦》係由台灣師範大學國文系教授許俊

---

[*] 本文原刊於《逢甲人文社會學報》第 15 期（2007 年 12 月），收入本書時略做增補與修訂。

[1] 除劉登翰等人的《台灣文學史》曾提及高拱乾〈台灣賦〉、杜正勝曾於〈自由時報〉推薦王必昌〈台灣賦〉可列入國文教材外（杜正勝〈台灣觀點的文選〉，原載《自由時報》1996 年 10 月 28 日，後收入杜氏《台灣心‧台灣魂》），就屬盛成和龔顯宗因研究「沈光文」而留意沈氏〈台灣賦〉（盛成〈沈光文研究〉，刊於《台灣文獻》12 卷 2 期，1961 年 2 月；龔顯宗〈台灣文化的播種者沈光文〉，收於《台灣文學研究》，五南圖書出版公司，1998 年）。

[2] 許俊雅，〈回顧與前瞻——近二十年來台灣古典文學研究述評〉，《漢學研究通訊》25 卷 4 期（2006 年 11 月），頁 41。

[3] 郭紹虞〈賦在中國文學史上的位置〉：「有些講文學史的人，……以為漢賦在文學史上為最無價值，或且不認之為文學，這由於太偏於只主抒情的文學之故。」見郭紹虞，《照隅室古典文學論集》（上海：上海古籍出版社，1983 年），上冊，頁 86-87。

[4] 游適宏，〈地理想像與台灣認同：清代三篇《台灣賦》的考察〉，原刊《台灣文學研究學報》1 期（2000 年 6 月），後收錄於許俊雅主編，《講座 FORMOSA：台灣古典文學評論合集》（台北：萬卷樓圖書公司，2004 年）。

雅、東海大學中文系教授吳福助主編,透過國家台灣文學館籌備處的研究計畫,以一年的時間編纂完成,收錄明鄭(1661~1683)、清領(1683~1895)、日治(1895~1945)時期的賦近二百篇,各篇均附提要,交代內容與出處;且以善本校勘,訂正傳抄上的訛誤;並酌予分段,加上新式標點,俾利閱讀[5]。《全臺賦》的出版,解決了許多「台灣賦」徵文考獻上的問題,對日後的研究者提供絕佳的助益。

由於清代不少「台灣賦」與「台灣方志」關係密切,加上近年來的文學研究對「地理╱空間」課題頗為關注,因此,「台灣賦」的研究焦點幾乎都在「地理賦」上[6]。除了崔成宗〈台灣先賢洪棄生賦研究〉屬於個別賦家研究之外[7],兩本相關的碩士論文——塗怡萱《清代邊疆輿地賦研究》(暨南國際大學中文系,2003年)、王嘉弘《清代台灣賦的發展》(東海大學中文系,2005年),以及其餘單篇論文如游適宏〈地理想像與台灣認同:清代三篇《台灣賦》的考察〉、〈十八世紀的台灣風土百科:王必昌的《台灣賦》〉、〈以賦佐志:王必昌《台灣賦》的地理書寫〉、柯喬文〈它者的觀看:清代台灣賦的權力話語〉、陳姿蓉〈清代台灣賦與台灣竹枝詞之以較研究〉、吳盈靜〈賦

---

[5] 凡下文所引之《全臺賦》內容皆據此本,為免註腳過繁,將以逕標頁碼方式註明出處。

[6] 塗怡萱《清代邊疆輿地賦研究》對此研究進路有過簡要的說明:「當我們要對於邊疆輿地賦中的輿地景觀與現象,加以分析與論述時,必須注意的則是,『人對環境的主體警覺性』為何?『被認知的對象是什麼』?亦即文人對於輿地現象的觀看、選擇、轉述中,其所觀看的是什麼?抱持的觀看態度又是如何?而在這樣一個與地理空間的互動中,不論是尋找歸屬的地方,對神話空間的需求,或是地方的親切經驗,與對鄉土的附著性,這些有目的的選擇與停留,所建構的文本之地理焦點,相對於外在真實地理的存在,也就隱藏著文本中更為真實的意義。」,頁22。

[7] 收於《東亞人文學報》第9輯(韓國:東亞人文學會,2006年)。

詠名都尚風流：諸羅進士王克捷《台灣賦》一文探析〉、陳芳汶〈東
寧才子施瓊芳及其《蔗車賦》初探〉等[8]，討論對象都是有關地理景
觀、物產民情的賦篇。但目前見錄於《全臺賦》的作品，還有為數
甚多的「科舉賦」：

> 清嘉慶、道光之後，台灣文風隨著教育的日漸普及，台灣本
> 土文人興起，科舉律賦的寫作風氣普遍，……文人大量創作
> 的科舉賦已成為這時期台灣賦的主流，從數量上可以清楚地
> 看出形勝賦的衰退與科舉賦的興起。[9]

雖然「這些因為科舉考試制度下所產生的賦作，跟台灣本地的
風土、歷史、形勝等較無關聯」[10]，但若以過去忽略「唐宋賦」中
「律賦」的態度，來對待「台灣賦」中的「科舉賦」，不免有些缺憾，
因此本文選擇《全臺賦》中的「應考作品」為探討對象，期能繼續
為「台灣賦」的研究稍做拓展。

本文所謂《全臺賦》「應考作品」，係指《全臺賦》中因參加官
方考試而寫的賦，暫時排除在學校、書院等為準備考試而撰寫的習
作。因此像來自《瀛洲校士錄》的十五篇賦，依書前徐宗幹〈序〉，

8　游適宏〈十八世紀的台灣風土百科：王必昌的《台灣賦》〉，《國文天地》16 卷 5
期（2000 年）；游適宏〈以賦佐志：王必昌《台灣賦》的地理書寫〉，《龍華科技
大學第一屆中國文學與文化全國學術研討會論文專集》（2002 年）；柯喬文〈它
者的觀看：清代台灣賦的權力話語〉，第六屆「文學與文化」研討會論文（2002
年）；陳姿蓉〈清代台灣賦與台灣竹枝詞之比較研究〉，《中華學苑》56 期（2003
年）；吳盈靜〈賦詠名都尚風流：諸羅進士王克捷《台灣賦》一文探析〉，第一屆
「嘉義研究」學術研討會（2005 年）；陳芳汶〈東寧才子施瓊芳及其《蔗車賦》
初探〉，《（台灣科技大學）人文社會學報》3 期（2007 年）。
9　許俊雅，〈全臺賦導論〉，《全臺賦》（台南：國家台灣文學館籌備處，2006 年），
頁 42。
10　王嘉弘，《清代台灣賦的發展》（東海大學中文系碩士論文，2005 年），頁 110。

乃是「試竣」後「集諸生徒於東海書院旬鍛而月鍊之」（頁 141）的
作品，便不列入；或如洪繻現存賦三十四篇，其中〈庾亮登南樓賦〉
自云係「丁亥中秋後院課」，當撰於書院中的小考，其餘不少律賦也
可能是「因練習需要而假設考題所創作的賦作」[11]，但因都不是在
參加官方考試的場合所寫，故亦不列入研究範圍。

　　依據《全臺賦》為諸賦所撰寫的提要，確定為參加官方考試而
寫的賦計有四篇——曹敬〈露香告天賦〉為「曹敬三十一歲時參加
科舉考試所作，後由當時的學政徐宗幹取錄為一等一名」（頁 224）；
丘逢甲〈窮經致用賦〉「為光緒三年（1877）所作，題目旁署名『光
緒丁丑年臺灣府學閩粵經古第二名，丘逢甲』」（頁 258）；洪繻的兩
篇〈鯤化鵬賦〉，分別註記「癸巳年原月二十八夜作，陳太守觀風」
（頁 313）、「癸巳年原月二十九旦作，陳太守觀風」（頁 315）。但依
程玉凰《洪棄生及其作品考述》，洪繻因「觀風」而寫的賦不只上述
兩篇。蓋上述兩篇〈鯤化鵬賦〉原收錄於「癸巳」年集結的《寄鶴
齋臺郡觀風稿》，然洪繻尚有一本《寄鶴齋觀風稿》，收錄因「孫太
尊甲午孟冬觀風台灣府」而寫的二十多篇作品，其中包含了四篇賦
——〈班固燕然山刻石賦〉、〈虞允文勝金人於采石磯賦〉和兩篇〈西
螺柑賦〉[12]，所以，《全臺賦》所收的洪繻賦作中，應有六篇屬於本
文所指的「應考作品」。本文即以此八篇作品為觀察對象，設定「文
獻校勘」、「題材回顧」、「背景掌握」與「體製辨析」四者為「初論」
的範圍，除了檢視這八篇作品在文獻編校上些許的問題，繼而了解
其書寫題材與考試場合，並就體製上的特徵提出簡要的分析。

---

[11]　王嘉弘，《清代台灣賦的發展》（東海大學中文系碩士論文，2005 年），頁 110。
[12]　參閱程玉凰，《洪棄生及其作品考述》（台北：國史館，1997 年），頁 269-273。

二、曹敬與丘逢甲賦的編校問題

上述《全臺賦》的八篇「應考作品」，其中曹敬〈露香告天賦〉和丘逢甲〈窮經致用賦〉在斷句標點和文字校勘上稍有未妥之處，茲說明如下。

（一）曹敬〈露香告天賦〉

該賦依《全臺賦》所稱，係「據曹敬家族後人曹永和所珍藏曹敬《原稿本》為底本，並參考《重抄本》、《曹敬詩略集》進行編校」（頁 183），文字並無訛誤，唯斷句略有微瑕。賦篇第五段，《全臺賦》頁 225 作：

> 燒香庭曲，冒露階前；露浮白彩，香裊青煙，葭湄宛在，蘭室藹然。一笻一袍，拜從月下；一琴一鶴，祝向雲邊堪笑。米顛拜石為丈，更嗤蘇晉；繡佛逃禪，比楊關西。辭金暮夜，如趙康靖投豆；當年無慚爾室，不愧於天。

此賦以「知我者其天乎」為韻，第五段應押與「天」同韻的字。但依上文斷句，則「一琴一鶴，祝向雲邊堪笑」、「繡佛逃禪，比楊關西」俱未押韻，故畫底線處當依律賦常見句式調整斷句：

> 一笻一袍，拜從月下；一琴一鶴，祝向雲邊。堪笑米顛拜石為丈，更嗤蘇晉繡佛逃禪。比楊關西辭金暮夜，如趙康靖投豆當年。無慚爾室，不愧於天。

且若依原斷句，文意上也有難解之處。蓋「繡佛逃禪」乃唐人「蘇晉」之事，典出杜甫〈飲中八仙歌〉：「蘇晉長齊繡佛前，醉中

往往愛逃禪」[13]，曹敬此處是並舉「米芾」[14]、「蘇晉」二人堪嗤可笑，實非「米芾嗤笑蘇晉」。又「辭金暮夜」為東漢「楊震（楊關西）」之事，與「趙康靖投豆」是不同的典故：

> 大將軍鄧騭聞其賢而辟之，舉茂才，四遷荊州刺史、東萊太守。當之郡，道經昌邑，故所舉荊州茂才王密為昌邑令，謁見，至夜懷金十斤以遺震。震曰：「故人知君，君不知故人，何也？」密曰：「暮夜無知者。」震曰：「天知，神知，我知，子知。何謂無知！」密愧而出。[15]

> 趙康靖公概，騭德長者，口未嘗言人短。中歲常置黃、黑二豆於几案間，自旦數之，每興一善念，則投一黃豆，興一惡念，則投一黑豆。暮發視之，初黑豆多於黃豆，漸久反之。既謝事歸南京，遂徹豆無可數。[16]

曹敬此處乃並舉「楊關西」、「趙康靖」二人之事，強調告天祝禱應省察內心，無愧無祚，若斷句作「辭金暮夜，如趙康靖投豆」，便文意混淆了。

（二）丘逢甲〈窮經致用賦〉

該賦據《全臺賦》所稱，係「依《丘逢甲遺作》（世界河南堂丘氏文獻社）進行校編」（頁 258），然該版本不甚理想，且移至《全臺賦》時校稿偶有脫誤。茲分述如後。

---

[13] 蘇晉傳見《舊唐書》卷 100、《新唐書》卷 128，但均未提及「繡佛逃禪」。
[14] 《宋史》卷 444，〈文苑傳·米芾〉：「（米芾）知無為軍，……無為州治有巨石，狀奇醜，芾見大喜曰：『此足以當吾拜！』具衣冠拜之，呼之為兄。」
[15] 見《後漢書》卷 54，〈楊震列傳〉。
[16] 見張光祖《言行龜鑑》卷 2，〈德行門〉。

　　蓋《全臺賦》移錄《丘逢甲遺作》時不慎脫漏兩處。其一是第三段：「讀書人作宰相，不離正名分正朝儀；居官者有大儒，何疑家事國事天下事」，此聯當為「隔對」，上、下聯的第二句卻字數不等，經覆核《丘逢甲遺作》，下聯第二句當為「不離正名正分正朝儀」，脫一「正」字。其二是最後一段：「況我朝經學是崇，用才是務，豈容務博而荒，人待出身，毋致操刀所誤」，此處五句押兩韻，和律賦習慣不合，經覆核《丘逢甲遺作》，「豈容務博而荒」之前脫漏「士如有志」，當作「士如有志，豈容務博而荒；人待出身，毋致操刀所誤」，乃成一「隔對」。

　　但事實上，《丘逢甲遺作》在抄錄並標點〈窮經致用賦〉時就有欠妥之處，今將參讀「廣東丘逢甲研究會」所編《丘逢甲集》[17]的結果說明如後。

　　首先是第一段：「君不見董江都之力學也，生涯經史，兩風磨礱」，「兩風」當作「雨風」；「磨礱」是砥礪之意，「兩風」意不甚通。

　　其次是第二段，《全臺賦》頁 258 作：

> 公羊傳側，兩眼浮青，<u>園有花不看，門謝客而恆局</u>。見道雖明，猶鑽故紙，及鋒而試，待發新硎，<u>豈真百城難求遍覽，其實理歸一貫，無過專經</u>。

「園有花不看，門謝客而恆局」上下句字數不等，不合律賦習慣，經核對《丘逢甲集》，「園有花不看」脫一「而」字。又該賦「以題為韻」，此段當押與「經」同韻的字，但「門謝客而恆局」顯然未押韻，這是因為《丘逢甲遺作》誤寫「局」字為形近的「局」字，「局」乃「關閉」之意，韻協且意通。又「豈真百城難求遍覽，其實理歸

17　廣東丘逢甲研究會編，《丘逢甲集》（長沙：岳麓書社，2001 年）。

一貫，無過專經」，「百城」之前脫漏「書擁」二字，復原後始成一「隔對」。故整個第二段當作：

> 公羊傳側，兩眼浮青。園有花而不看，門謝客而恆扃。見道雖明，猶鑽故紙；及鋒而試，待發新硎。豈真書擁百城，難求遍覽；其實理歸一貫，無過專經。

最後是第四段，《全臺賦》頁 259 作：

> 以筆削為依歸，任是非之錯綜，胸有竹而不疑，智有珠而不恐，<u>到此曰：「引經決獄，隨手都平想當年。入室下帷，苦心誰共</u>，與其五車之鴻博徒誇，曷若三冬之麟史足用。」

蓋第四段當押與「用」同韻的字，但「隨手都平想當年」於韻未協。經核對《丘逢甲集》，「到此曰」應作「到此日」，上文畫底線處當作：「到此日引經決獄，隨手都平；想當年入室下帷，苦心誰共」，始為一通順的「隔對」。

三、八篇應考作品的書寫題材

《全臺賦》所錄八篇應考作品的旨趣，俱見書中各篇「提要」，茲不贅述。至於其書寫題材，約可歸為兩類：一為典籍故實，〈鯤化鵬賦〉、〈露香告天賦〉、〈窮經致用賦〉、〈班固燕然山刻石賦〉、〈虞允文勝金人於采石磯賦〉五題屬之；另一為台灣風土，〈西螺柑賦〉屬之。由於這些賦是應考之作，題目乃命題者所訂，故題目是「老調重彈」或「自出機杼」，實與作者無涉。

　　〈鯤化鵬賦〉典出《莊子‧逍遙遊》，乃一舊題——《歷代賦彙》卷一二八收有唐代高邁〈鯤化為鵬賦〉。但高邁的賦並無「限韻」，屬古體賦，賦中有相當長的排比：

> 張垂天，激洪漣，海若籲其後，陽侯騰其前，洶如也，皓如也，蛟螭為之悚怖，洲島為之崩騫，如此上未上之間，邈矣三千；接海運，摶風便，飛廉倏而走，羊角忽而轉，勃如也，蓬如也，雲溟為之光掩，山澤為之色變，如此高未高之間，騰夫九萬。

其賦略謂「鵬」之大，「鷦鷯」、「斥鷃」、甚至「鴻鵠」、「鳳凰」都顯得微不足道，藉以譏諷「凌雲詞賦，滿腹經史，婆娑獨得，骯髒自是」。而洪繻〈鯤化鵬賦〉之一，則強調「下達何如上達」、「小知不及大知」，是以應追求「海闊而隨其萬變」、「天空一任其所之」的生命，逍遙自適，與高邁賦的著眼點不盡相同。

　　洪繻於光緒二十年（1894）所作的〈班固燕然山刻石賦〉、〈虞允文勝金人於采石磯賦〉，分別以東漢大破匈奴、南宋奇襲金人的史實為題材，無論命題者或寫作者是否暗藏「借古諷今」（頁317）、「以古鑑今」（頁319）之意，題目皆前所未見。古代知名戰役甚多，《歷代賦彙》「武功」類也有不少賦是以歷史戰役為書寫題材，如高郢〈曹劌請從魯公一戰賦〉、韋充〈漢武帝勒兵登單于臺賦〉、李銑〈孫武試教婦人戰賦〉、陸瓌〈垓下楚歌賦〉、王棨〈三箭定天山賦〉[18]等，但以「班固」、「虞允文」故事為題，乃為新創。

---

[18] 唐高宗時，大將軍薛仁貴領兵擊九姓突厥於天山，九姓先令數驍發數十人挑戰，仁貴發三矢射殺三人，九姓餘眾立即下馬請降，仁貴並坑殺之。九姓自此衰弱，不復為患。

　　〈露香告天賦〉和〈窮經致用賦〉從題面上看不出典故，其實前者以宋代趙抃為書寫對象[19]（頁 224），後者則以漢代董仲舒為書寫對象（頁 258），俱為新題。《歷代賦彙》「文學」類中賦題有關「經書」者不少，如〈壞宅得書賦〉、〈漢章帝白虎殿觀諸儒講五經賦〉、〈太學創置石經賦〉、〈御註孝經臺賦〉、〈端午獻尚書為壽賦〉等，丘逢甲的〈窮經致用賦〉，不僅首度將「董仲舒」帶入賦裡，且先從董氏治《春秋》「三年不窺園」的典故寫「窮經」，次敘「策對天人」、「引經決獄」明其「致用」，布置妥貼，允為佳構。

　　〈西螺柑賦〉一題與前述五題不同，儘管《歷代賦彙》「花果」類中也有〈植橘賦〉、〈橘賦〉、〈瑞橘賦〉、〈洞庭獻新橘賦〉、〈柑賦〉等詠物傳統，但「西螺柑」為台灣特產──清代丁紹儀《東瀛識略》卷五：「西螺柑，產彰化之西螺，蒂如梅花，色紅微黃，大者如缽，味甘而鮮」，因此該題並非憑據典故，而是關涉本土風物。在台灣古典詩中，亦可見詠「西螺柑」者，略舉其二：

> 經冬萬樹實盈枝，品比溫台遠勝之。藏待來年春二月，攜同斗酒聽黃鸝。（呂敦禮〈西螺柑〉）

> 踰淮化枳笑區區，試問江南有此無。書字從甘名不愧，醫人消渴病全蘇。梨雖清品難為偶，蔗亦長材惜太粗。今日孫枝傳遍處，丰栽不減味微殊。（黃清泰〈詠西螺柑〉）

此外，《全臺賦》另有楊浚〈西螺柑賦〉（頁 242）與吳德功〈蜜柑賦〉（頁 251），陳漢光所編的《台灣詩錄》中，也有另一首黃清泰〈詠西螺柑〉（中冊，頁 546）、胡承珙〈西螺柑〉（中冊，頁 630）、

---

[19] 「趙清獻公抃，日所為事，夜必衣冠露香，拜手以告于天，不可告者，則不為也」。見張光祖《言行龜鑑》卷 2，〈德行門〉。

施鈺〈西螺柑〉(拾遺,頁79),足見「詠西螺柑」乃台灣極具特色的書寫傳統。

四、八篇應考作品的考試場合

(一)清代科舉試賦概況

清代科舉試賦的場合,據余丙照《賦學入門》、陶福履《常談》的記載是:

> 自有唐以律賦取士,而賦法始嚴。……我朝作人雅化,文運光昌,<u>欽試翰院</u>既用之,而<u>歲、科兩試及諸季考</u>,亦藉以拔錄生童,預儲館閣之選,賦學蒸蒸日上矣。[20]

> 國朝專為翰林供奉文字、<u>庶吉士月課、散館、翰詹大考</u>皆試賦,外如<u>博學鴻詞</u>及<u>召試</u>亦試賦,而<u>學政試生員</u>亦用詩賦。[21]

上述考試中,「博學鴻詞」和「召試」均是特殊的甄才考試,非定期舉行。「博學鴻詞科」在清代一共只舉行兩次,一次是康熙十八年,另一次是乾隆元年;「召試」則在皇帝巡幸時舉行,康熙皇帝舉行過兩次,乾隆皇帝舉行過十三次[22]。其餘的試賦場合可略分為兩類:一是地方的基層考試,如「歲、科兩試及諸季考」、「學政試生員」屬之;另一則是與翰林院相關的考試,如「欽試翰院」、「庶吉士月課、散館、翰詹大考」屬之。

---

[20] 余丙照,《增註賦學入門》(台北:廣文書局,1979年),頁1。

[21] 陶福履,《常談》,《叢書集成初編》。

[22] 楊紹旦,《清代考選制度》(台北:考選部,1991年),頁223-231。

　　清代定期舉行的科舉考試分為四級,「童試」和「鄉試」屬地方級,「會試」和「殿試」屬中央級,「童試」於「寅、巳、申、亥」年舉行,「鄉試」於「子、卯、午、酉」年舉行,「會試」和「殿試」於「丑、辰、未、戌」年舉行,三年一輪,其實施的次序如下圖[23]:

童生➜ | 童試 | 秀才➜ | 鄉試 | 舉人➜ | 會試 | 貢士➜ | 殿試 | 進士

圖 2-1

但賦並不用於「鄉試」、「會試」、「殿試」三階段,而用於初級的「童試」。「童試」又分為三級,即「縣考」、「府考」、「院考」,通過後即為秀才。「縣考」與「府考」一次考四場或五場[24],通常於第三場試賦[25];「院考」兩場,於兩場前另加的「經古場」試賦。

　　俟秀才一路通過「殿試」成為進士,除鼎甲第一名確定授「翰林院修撰」,第二、三名確定授「翰林院編修」外,其餘進士須再參加「朝考」決定職位。在各類職位中,以「翰林院庶吉士」最優。經錄取的庶吉士們分發到「翰林院庶常館」接受一段時間的學習(通常為三年),期滿結業時,「散館」考試裡又會遇到賦。而翰林院及詹事府中所有翰林出身的官員(不含庶吉士),每隔數年仍要參加皇帝親試的「翰詹大考」,此一關係陞遷的考試也會考賦[26]。

---

[23] 劉兆璸,《清代科舉》(台北:東大圖書公司,1979 年)。

[24] 商衍鎏,《清代科舉考試述錄及有關著作》(天津:百花文藝出版社,2005 年),頁 5-6。

[25] 俞士玲〈論清代科舉與辭賦〉一文參考《海鹽士林錄》的記載,「咸豐元年辛亥科試」之「縣考」「二覆」(即第三場)試〈捐金於山賦〉,以「金生於土捐之在山」為韻。又「府考」「二覆」則試〈綠天賦〉,以「綠陰生晝靜」為韻。見南京大學中文系主編,《辭賦文學論集》(南京:江蘇教育出版社,1999 年),頁 667。

[26] 參閱詹杭倫,《清代賦論研究》(台北:台灣學生書局,2002 年),第六章〈清代律賦對科舉考試的黏附與偏離〉,頁 245-248;潘務正,〈法式善《同館賦鈔》與

　　儘管「賦」在清代科舉中的重要性不如「八股文」和「試帖詩」，但既為考試項目，就會出現助學書籍。據林文龍〈考季閒話科舉時代的參考書〉：

> 賦選，與試帖詩選略同，流傳較少。台灣最常見的是《少嵒集》，為道光間夏某的個人選集。……《竹笑軒賦鈔二集》，道光二十四年春鐫，百忍堂藏版，丹陽孫清達編，不分卷，一冊。各篇均著明題目的出處，並有圈點、眉批、評語三項。[27]

此外，清代台灣尚有集合各類考試文體的選集，由現存《瀛洲校士錄》收賦十五篇來看，道光末年的《東瀛試牘》、乾隆後期的《臺陽試牘》、雍正年間的《海天玉尺編初集》、《海天玉尺編二集》等[28]，應該都有賦篇集錄。

（二）《全臺賦》應考作品的書寫場合

1. 童生院考：丘逢甲〈窮經致用賦〉

　　《全臺賦》：「〈窮經致用賦〉為光緒三年（1877）所作，題目旁署名『光緒丁丑年臺灣府學閩粵經古第二名，丘逢甲』，時年丘逢甲十四歲，當時主考官為丁日昌」（頁 258）。楊護源《丘逢甲：清末台粵士紳的個案研究》對此有較詳細的說明：

> 1877 年（光緒三年），丘逢甲時年十四，是年台灣府舉行歲試。（父親）丘龍章認為丘逢甲年紀雖小，但學識已大有長進，

　　清代翰林院律賦考試〉，《南京大學學報》2006 年 4 期，頁 102。

[27]　林文龍，《台灣史蹟叢編》（台中：國彰出版社，1987 年），下冊，頁 228。

[28]　這些書名引自許俊雅〈全臺賦導論〉，許俊雅、吳福助主編，《全臺賦》（台南：國家台灣文學館籌備處，2006 年），頁 8。

不妨讓其應試，或增長些許經驗。故丘龍章便虛報丘逢甲為
十六歲應試，並親自陪同丘逢甲至台南赴考。……歲試應考
者需寫一賦、一詩、一詞。當年丘逢甲應試是科之賦題為〈窮
經致用賦〉，……詩題為〈賦得「海色本澄清」得清字七
律〉，……詞牌為〈窮經致用調寄西江月〉，……丘逢甲初試
一鳴驚人，為是年台灣府學閩粵經古第二名，又受到巡撫丁
日昌的賞識而贈丘逢甲「東寧才子」印一方以資鼓勵。[29]

丁日昌於光緒二年任福建巡府兼學臺。學臺即「學政」，每省一人，
全省各府、州、縣皆歸其考試，三級「童試」中的「縣考」由知縣
主持，「府考」由知府主持，「院考」便由學政主持[30]。上引楊文提
及丘逢甲於光緒三年「歲試」時遇丁日昌，但「歲試（歲考）」雖然
也由學政主持，其性質卻是已通過「童試」、中秀才的府學生員、縣
學生員所參加的學業評鑑考試[31]，丘逢甲既然得虛報年齡應考，其
身分自是「童生」而非「生員」，所參加的考試當為「童試」的第三
階段「院考」。今據「廣東丘逢甲研究會」所編《丘逢甲集》，〈窮經
致用賦〉下註明：「在臺南府童子試時應試之作」，〈窮經致用（調寄
西江月）〉、〈賦得「天容海色本澄清」得清字七言八韻〉下亦均註明：
「丁丑童子試應試之作」[32]，可知丘逢甲〈窮經致用賦〉乃應「童
試院考」而作。

---

[29] 楊護源，《丘逢甲：清末台粵士紳的個案研究》（台中：中興大學歷史學系碩士論
　　文），頁 12-15。

[30] 商衍鎏，《清代科舉考試述錄及有關著作》（天津：百花文藝出版社，2005 年），
　　頁 8-9。

[31] 商衍鎏，《清代科舉考試述錄及有關著作》（天津：百花文藝出版社，2005 年），
　　頁 28。

[32] 廣東丘逢甲研究會編，《丘逢甲集》（長沙：岳麓書社，2001 年），頁 4-5。

「院考」一次考兩場：「正場」試四書文兩篇，五言六韻詩一首；「大覆」試四書文一篇，經文一篇，五言六韻詩一首，默寫〈聖諭廣訓〉一二百字，經文可不作。此兩場之前有所謂「經古場」，試題為經解、史論、詩賦、算學、時務等[33]。上引楊文提及丘逢甲於考場中寫「一賦、一詩、一詞」，即屬「經古場」的情形。楊文曾以〈窮經致用賦〉下註明「經古第二名」，質疑「有關丘氏之論述均言丘逢甲為第一名，可能引自丘琮所言，但並無實據」[34]，然所註「經古第二名」者，僅謂「經古場」名列第二，無礙於「院考」榮登案首。

2. 生員歲考：曹敬〈露香告天賦〉

《全臺賦》：「此篇為曹敬三十一歲時參加科舉考試所作，後由當時的學政徐宗幹取錄為一等一名，並因此成為增生」（頁 224）。據 1980 年與 1988 年修纂的《臺北市志・人物志》，均謂曹敬：「清道光二十二年入泮，翌年試府學，取一等一名，補增生」[35]；《臺灣省通志稿》則稱曹敬：「道光二十八年以案首入郡庠，補增生」；兩者記述曹敬「入泮」、「入郡庠」的年代有所出入，且與《全臺賦》「道光二十六年（1846）三十歲時中秀才」（頁 181）的說法不同。然姑不論曹敬於何年通過「童試」成為秀才，若就《全臺賦》所云，

---

[33] 商衍鎏，《清代科舉考試述錄及有關著作》（天津：百花文藝出版社，2005 年），頁 23、29。

[34] 楊護源，《丘逢甲：清末台粵士紳的個案研究》（台中：中興大學歷史學系碩士論文，1996 年），註 46，頁 33。

[35] 參閱王國璠纂修，《臺北市志》（台北：台北市文獻委員會，1980 年），卷七，頁 94；曾迺碩總纂、王國璠編纂，《臺北市志》（台北：台北市文獻委員會，1988 年），卷九，頁 42。

〈露香告天賦〉係於使曹敬成為「增生」的那次考試所作，則該種
考試當為「歲考」。

　　童生經「童試」錄取後，即為秀才。其名次前列者撥入府學，
曰「府學生員」，即上文所謂「入郡庠」；其餘留縣學者，曰「縣學
生員」。生員若尚未應「鄉試」或尚未考取舉人，則每逢三年新學政
到任時，必須參加學政主持的「歲考」[36]。「歲考」的目的係為考察
生員們的學業狀況，成績優者可由「附生」晉為「增生」，或由「增
生」晉為「廩生」，荒廢退步者則予以懲罰[37]。

　　如「童試院考」一般，「歲考」若試賦，也是在正式考試之前的
「經古場」。如《海鹽士林錄》載咸豐元年辛亥科試，其「生古學」
場試〈識字耕田夫賦〉（以「吏民莫作客長看」為韻）即是[38]。曹敬
〈露香告天賦〉當亦作於「歲考」的「經古場」。

3.觀風：洪繻〈鯤化鵬賦〉等六篇

　　「觀風」者，「觀察地方風俗」之謂也。其考試方式為：「學政
案臨於未開考之前，出經解、策、論、古詩、近體詩、古賦、律賦、
時文、試帖詩各項題目，無論童生、生員，擇作一門或數門均可，
並無限制，不必入場，試卷自備，……評定後隨時隨地發榜」[39]。
洪繻《寄鶴齋觀風稿》係為「孫太尊甲午孟冬觀風台灣府」而作，

---

[36] 關於清代「歲考」考試內容的變遷，可參閱葉伯棠，《清代文官考選制度之研究》
　　（台北：嘉新水泥文化基金會，1977年），頁30-31。

[37] 「（歲考）考一等者，廩、增停降者收復，增、附、青、社均補廩；無廩缺，附、
　　青、社補增；無增缺，青、社復附，仍各候廩」。商衍鎏，《清代科舉考試述錄及
　　有關著作》（天津：百花文藝出版社，2005年），頁28。

[38] 俞士玲，〈論清代科舉與辭賦〉，南京大學中文系主編，《辭賦文學論集》（南京：
　　江蘇教育出版社，1999年），頁667。

[39] 商衍鎏，《清代科舉考試述錄及有關著作》（天津：百花文藝出版社，2005年），
　　頁9。

其目錄後附註：「此期觀風，生員二十題，童生亦二十題」，二十題中包含制義、古文、駢文、詩等類[40]，可印證上述「各項題目，擇作一門或數門均可」。

　　洪繻於光緒十五年通過「童試」中秀才，直到光緒二十年最後一次參加「鄉試」仍未中舉人[41]。兩篇〈鯤化鵬賦〉作於光緒十九年「陳太守觀風」，「陳太守」指陳文騄，光緒十八年二月任台北府知府，十一月調台灣府知府，而兩篇〈鯤化鵬賦〉，一篇作於「癸巳年元月二十八夜」，另一篇作於「癸巳年元月二十九旦」，時為陳文騄就任後不久。又〈班固燕然山刻石賦〉、〈虞允文勝金人於采石磯賦〉和兩篇〈西螺柑賦〉作於光緒二十年「孫太尊觀風」，「孫太尊」指孫傳袞，光緒二十年九月任台灣府知府，而〈班固燕然山刻石賦〉作於「甲午十一月十六夕後」，〈虞允文勝金人於采石磯賦〉作於「甲午十一月十七日」，兩篇〈西螺柑賦〉作於「甲午十一月十八夜半」，時間亦在孫傳袞到任後不久。此外，這些賦往往撰成於清晨、夜半，亦可見「觀風」是「不必入場，試卷自備」，為應考者在家裡作來繳卷的審查性考試。

五、八篇應考作品的體製

　　上述八篇應考作品於題下均註明「以……為韻」，但這並不表示八篇作品都可歸為律賦。洪繻的「一題兩作」之賦──〈鯤化鵬賦〉與〈西螺柑賦〉，便各有一篇不宜逕視為律賦。

[40] 引自程玉凰，《洪棄生及其作品考述》（台北：國史館，1997年），頁271-272。
[41] 程玉凰，《洪棄生及其作品考述》（台北：國史館，1997年），頁90-98。

　　「限韻吟詠」自南朝起即是貴遊文學的時髦風尚[42]，非律賦所獨有；唐人未標註「以……為韻」的作品，也可能是律賦，如王棨名篇〈江南春賦〉即是。現存唐代《賦譜》[43]有意識地區分「古賦」與「新體」賦（即後代所稱之「律賦」）[44]，並未特別提及「限韻」，而是強調「各段轉韻」、「各段由『緊』、『長』、『隔』組成」，因此《賦譜》相當注重句型的分析：

表 2-1　《賦譜》所示句型及虛詞表

壯		上下聯皆〔3 字句〕。
緊		上下聯皆〔4 字句〕。
長		上下聯皆〔5 字句〕，或皆〔6 字句〕，或皆〔7 字句〕，或皆〔8 字句〕，或皆〔9 字句〕。
隔	輕隔	上聯〔前句 4 字，後句 6 字〕，下聯同。
	重隔	上聯〔前句 6 字，後句 4 字〕，下聯同。
	疏隔	上聯〔前句 3 字，後句不限字〕，下聯同。
	密隔	上聯〔前句 5 字或以上，後句 6 字或以上〕，下聯同。
	平隔	上聯〔前句 4 字，後句 4 字〕，下聯同。上聯〔前句 5 字，後句 5 字〕，下聯同。

---

[42] 關於這點，鄺健行〈初唐題下限韻律賦形式的審察及引論〉有較為詳細的論證及說明，請參閱鄺健行，《科舉考試文體論稿：律賦與八股文》（台北：台灣書店，1999 年），頁 49-53。

[43] 現存《賦譜》是日本平安朝（西元 794 年～1186 年）時期的抄本，可能是由名僧圓仁於唐宣宗大中元年（847）攜回日本，現藏東京五島美術館，全文可見於張伯偉《全唐五代詩格彙考》（南京：鳳凰出版社，2005 年）。《賦譜》原著者不詳，但書中數度引用浩虛舟〈木雞賦〉，浩虛舟為唐穆宗長慶二年（822）進士，〈木雞賦〉為當年試題，固可推知其成書必在西元 822 年之後，而可能在西元 847 年之前；柏夷（Stephen R. Bokenkamp）則懷疑此書或許就是浩虛舟的《賦門》。參閱詹杭倫〈唐鈔本《賦譜》初探〉，《四川師範大學學報》增刊 7 期（1993 年），收於詹杭倫、李立信、廖國棟合著的《唐宋賦學新探》（台北：萬卷樓圖書公司，2005 年）。陳萬成〈《賦譜》與唐賦的演變〉，收於《辭賦文學論集》（南京：江蘇教育出版社，1999 年）。

[44] 《賦譜》：「凡賦體分段，各有所歸。但『古賦』段或多或少，若〈登樓〉三段，〈天臺〉四段，至今『新體』，分為四段。」

	雜隔	上聯〔前句4字，後句5或7或8字〕，下聯同。 上聯〔前句5或7或8字，後句4字〕，下聯同。
	漫	上下句不對仗
發	原始	如：原夫、若夫、觀夫、稽其、伊昔、其始也
	提引	如：洎及、然則、矧夫、於是、已而、是故、借如、乃知
	起寓	如：嗟乎、至矣哉、大矣哉
	送	如：也、哉、而已

　　各類對句中尤以「隔」的式樣最繁，極富變化。事實上，「隔」的數量大幅擴張，乃是唐賦迥異於前朝的特點。鄺健行曾就三組樣本——（一）南朝梁簡文帝、江淹、庾信、徐陵四人的全部賦篇，（二）初唐十三篇題下標註「以……為韻」的賦篇，（三）中唐李程〈日五色賦〉及晚唐宋言〈漁父辭劍賦〉——加以比較，結果發現：第二組樣本使用「隔」的頻率（平均一篇使用五聯）比第一組樣本高出許多，但二、三組樣本的使用頻率則無甚差別[45]。因此，「隔」是律賦非常重要的特徵，《賦譜》所謂「凡賦以『隔』為身體」、「身體在中而肥健」[46]，即在彰顯「新體」賦的此一特徵。

　　比較洪繻的「一題兩作」之賦即可發現：〈鯤化鵬賦〉（天淵自得，飛躍俱宜）全篇使用了十六「隔」，但另一篇〈鯤化鵬賦〉（南郭子綦言於漆園莊子曰）只使用了三「隔」；〈西螺柑賦〉（海天清果，村舍辛香）全篇使用了九「隔」，但另一篇〈西螺柑賦〉（葉披鴨綠，衣帶鵝黃）則全不用「隔」。若再細審使用三「隔」的〈鯤化鵬賦〉，係以常見於漢賦的「對話」型態——「南郭子綦言於漆園莊子曰……莊子笑而告之曰……子綦聞而快之曰……」進行鋪陳，而不使用「隔」

---

[45] 鄺健行，〈初唐題下限韻律賦形式的審察及引論〉，鄺健行，《科舉考試文體論稿：律賦與八股文》（台北：台灣書店，1999年），頁56-70。

[46] 張伯偉，《全唐五代詩格彙考》（南京：鳳凰出版社，2005年），頁563。

的〈西螺柑賦〉，甚至未將「限韻字」押於段末結尾句，即可窺見洪
繻創作這兩篇賦時，應是出於「捨律從古」的蓄意經營。

蓋洪繻不用「隔」的〈西螺柑賦〉，各段韻腳依序為：

第一段：黃、漿、房、妝、鄉、莊、霜
第二段：探、南、柑、談、酣、醰、憨
第三段：遲、貽、枝、肌、糜、嬉、籬
第四段：薄、壑、籜、著、錯、落、溥
第五段：酸、丹、盤、看、餐、寒
第六段：興、餘、如、袪、初
第七段：屋、服、復、燠、覆、麓、熟

該賦以「霜柑籬落寒初熟」為韻，依清人普遍的見解，律賦「限韻
字」不但得按順序分段押，且必押於各段最後一韻：

> 官韻之設，所以注題目之解，示程式之意，杜勦襲之門，非
> 以困人而束縛之也。唐二百餘年之作，所限官字，任士子顛
> 倒協之，其挨次用者，十不得二焉；亦鮮有用所限字概押末
> 韻者，其押為末韻者，十不得一焉。具知斯體非當時所貴，
> 無因難見巧之說。[47]

> 唐人於官韻往往任意行之，後來取音節之諧，一平一仄間押，
> 至宋人始依次遞用，然尚不能畫一。今則必須挨次押去，斷
> 不可錯亂；又唐、宋人皆有兩韻并押者，尤不可學。[48]

---

[47] 王芑孫，《讀賦卮言》，「官韻例」。見何沛雄編，《賦話六種》（香港：三聯書店，
1982 年），頁 19。
[48] 顧南雅，《律賦必以集》（道光壬午重刊本），例言。

洪繻這篇〈西螺柑賦〉雖然限韻，卻未在第二段與第四段將「柑」、「落」押於最末韻，這與洪繻其他「觀風」之作差異極大，是以推測洪繻在寫作此賦時，乃刻意有別於另一篇律體的〈西螺柑賦〉，以「一題兩作，一律一古」的方式展現其才學。又兩篇〈鯤化鵬賦〉在「隔」的數量上落差甚巨，當亦出於相同心理。

除了上述洪繻「捨律從古」的〈鯤化鵬賦〉和〈西螺柑賦〉，其餘本文所探討的六篇作品，均屬律賦，它們的體製若與《賦譜》所建議的寫作規範相較，可發現有兩處明顯的不同：

（一）隔對運用愈多

《賦譜》雖然強調「隔」的重要，但認為一篇賦若分八段，則一段用一「隔」即可，整篇賦不必超過八「隔」：

> 約略一賦內用六、七「緊」，八、九「長」，八「隔」，一「壯」，一「漫」，六、七「發」；或四、五、六「緊」，十二、三「長」，五、六、七「隔」，三、四、五「發」，二、三「漫」、「壯」；或八、九「緊」，八、九「長」，七、八「隔」，四、五「發」，二、三「漫」、「壯」。[49]

以唐人律賦傳世最多的王棨為例，據陳鈴美《王棨律賦研究》的統計，「平均每首律賦用了 0.75 個壯句，8.5 個緊句，9.3 個長句，6 個隔句對」[50]；而在 46 篇律賦中，每一篇均未超過八「隔」[51]，甚

---

[49] 詹杭倫，〈賦譜校注〉，詹杭倫、李立信、廖國棟（合著），《唐宋賦學新探》（台北：萬卷樓圖書公司，2005 年），頁 80。

[50] 陳鈴美，《王棨律賦研究》（逢甲大學中文系碩士論文，2005 年），頁 79。

[51] 陳鈴美《王棨律賦研究》所附「王棨賦作押韻結構表」頁 179 認為，〈沛父老留漢高祖賦〉八韻用了九「隔」，但個人以為首段「漢祖還鄉兮，鑾駕將還。沛中

至〈握金鏡賦〉、〈貧賦〉只用了三「隔」；又 46 篇律賦中，僅 7 篇有一段用兩「隔」的情形[52]。但從下列表 2-2 至表 2-7 的統計來看，曹敬〈露香告天賦〉、丘逢甲〈窮經致用賦〉、洪繻〈鯤化鵬賦〉、〈班固燕然山刻石賦〉、〈虞允文勝金人於采石磯賦〉、〈西螺柑賦〉等六篇，一段使用兩「隔」的情況頗為常見，其中尤以洪繻〈班固燕然山刻石賦〉八段二十「隔」的運用頻率最高，平均一段使用 2.5「隔」。又一段之中用「隔」頻率最高者為：洪繻〈鯤化鵬賦〉第六段、〈班固燕然山刻石賦〉第二、八段、〈虞允文勝金人於采石磯賦〉第三段，均是五韻中就有三韻為「隔」。而雖然丘逢甲〈窮經致用賦〉五段使用了七「隔」，洪繻〈西螺柑賦〉七段使用了九「隔」，但全篇「隔」的總量都是多於總段數。由此可略窺清代科舉律賦對「隔」的重視遠勝於唐代，應試者更需藉由難度高的「隔對」來騁才競技。

若參考《賦譜》為「隔」所做的分類，曹敬〈露香告天賦〉由於通篇以四言句為主，故篇內十三「隔」大多為「四四」句對「四四」句的「平隔」。洪繻〈西螺柑賦〉風格簡雅，全篇皆用「四六」句對「四六」句的「輕隔」和「六四」句對「六四」句的「重隔」。至於丘逢甲〈窮經致用賦〉和洪繻〈鯤化鵬賦〉、〈班固燕然山刻石賦〉、〈虞允文勝金人於采石磯賦〉，則讓不同的「隔」在篇中穿梭交

父老兮，留戀潸然」及第四段「陛下創業定傾，順天立極。臣等犬馬難效，星霜屢邐」，由於兩句一韻，不符合「隔」的句式，故〈沛父老留漢高祖賦〉八韻只用了七「隔」。

[52] 據陳鈴美《王棨律賦研究》所附「王棨賦作押韻結構表」，一段用兩「隔」者計有 10 篇：〈武關賦〉第五段、〈倒載干戈賦〉第七段、〈闕里諸生望東封賦〉第六段、〈詔遣軒轅先生歸羅浮舊山賦〉第六段、〈聖人不貴難得之貨賦〉第四段、〈綴珠為燭賦〉第一段、〈沛父老留漢高祖賦〉第一、四段、〈蟭螟巢蚊睫賦〉第五段、〈松柏有心賦〉第二、四段、〈跬步千里賦〉第七段。但個人認為〈綴珠為燭賦〉第一段、〈沛父老留漢高祖賦〉第一、四段、〈蟭螟巢蚊睫賦〉第五段中的兩「隔」，其中之一若嚴格來說，其實並不算「隔」。

織，錯落有致。例如〈窮經致用賦〉通篇只有七「隔」，卻是「輕隔」、「重隔」、「密隔」、「平隔」、「雜隔」一應俱全。又〈鯤化鵬賦〉有「輕隔」七、「密隔」四、「平隔」一、「雜隔」五，〈班固燕然山刻石賦〉有「輕隔」五、「重隔」七、「密隔」四、「平隔」四，〈虞允文勝金人於采石磯賦〉有「輕隔」六、「重隔」三、「密隔」一、「平隔」三、「雜隔」三，變化如此之多，可見作者的精心巧構。此外，這些賦篇也不乏《賦譜》未曾列舉的句型，如「六六」句對「六六」句的「平隔」：

> 將見研經入選，恆存捧日之心；旋看大用有期，直上凌雲之賦。（窮經致用賦）

> 想其氣質非凡，沐三江之雨澤；爾乃羽毛頓滿，激萬古之風雲。（鯤化鵬賦）

> 留綠篆與丹書，瀚海流沙之地；製蟲文與科斗，崑崙蔥嶺之天。（班固燕然山刻石賦）

> 若傳寰海之外，何止肅慎來朝；倘在唐虞之間，可使工倕作刻。（班固燕然山刻石賦）

> 昔日欃槍落後，可曾虜眾摩挲；當年碑碣立時，應有神靈呵護。（班固燕然山刻石賦）

> 使其委蛇而退，不能責以棄師；藉曰持重以觀，安得望其奏凱。（虞允文勝金人於采石磯賦）

> 為問碑立峴山，讀書何如杜預；試看兵鏖赤壁，論功且笑周瑜。（虞允文勝金人於采石磯賦）

又如〈虞允文勝金人於采石磯賦〉:「如韓蘄王捷於黃天蕩,虜馬不前;如劉開府勝於皂角林,金人遠逸」,可歸類為「九四」句對「九四」句的「雜隔」,也是罕見於唐人律賦的句型。

表 2-2　曹敬〈露香告天賦〉(以「知我者其天乎」為韻)句型韻腳表

段	句型					韻腳
	壯	緊	長	隔	漫	
第一段		5		2		茲、欺、宜、時、為、思、知
第二段		3		2		果、裹、可、火、我
第三段		3		3		寫、寡、也、社、觕、者
第四段		3		3		持、之、儀、私、疑、其
第五段		5		1		前、煙、然、邊、禪、年、天
第六段		7		2		娛、糊、濡、隅、趨、途、吾、珠、乎

表 2-3　丘逢甲〈窮經致用賦〉(以題為韻)句型韻腳表

段	句式					韻腳
	壯	緊	長	隔	漫	
第一段		2	1	1		罿、紅、功、窮
第二段		1	1	2		青、局、硎、經
第三段		2	1	1		賁、異、事、致
第四段			3	1		綜、恐、共、用
第五段		3		2		附、炷、務、誤、賦

表 2-4　洪繻〈鯤化鵬賦〉(以「其翼若垂天之雲」為韻)句型韻腳表

段	句式					韻腳
	壯	緊	長	隔	漫	
第一段		2	1	2	1	宜、池、儀、羈、茲、其
第二段		2	1	2		息、岁、極、北、翼
第三段		2	2	2		落、洛、鶚、愕、躍、若
第四段		2	2	2		嬉、姿、奇、隨、螭、垂
第五段		3	3	2		遷、連、淵、邊、仙、緣、筌、天
第六段		2		3		移、疲、馳、知、之
第七段		1		3		聞、紛、群、雲

表 2-5　洪繻〈班固燕然山刻石賦〉（以題為韻）句型韻腳表

段	句式					韻腳
	壯	緊	長	隔	漫	
第一段		2	2	2		關、顏、鐶、間、彎、班
第二段		2		3		遇、務、布、戍、固
第三段		2	3	3		邊、年、鞭、先、弦、聞、旃、燕
第四段	2	1	1	2		氊、宣、延、巔、天、然
第五段		1	4	2		環、頒、攀、還、斑、蠻、山
第六段		4	1	3		極、德、則、飾、墨、蝕、式、刻
第七段		4	2	2		策、責、役、籍、帛、璧、尺、石
第八段		1	1	3		素、路、故、護、賦

表 2-6　洪繻〈虞允文勝金人於采石磯賦〉
（以「大功乃出一儒生」為韻）句型韻腳表

段	句式					韻腳
	壯	緊	長	隔	漫	
第一段		2	2	2		斾、瀨、害、蓋、帶、大
第二段		1	2	2		攻、空、東、風、功
第三段		1	1	3		宰、待、凱、海、乃
第四段		1	2	3		密、日、疾、失、卒、出
第五段		1	2	3		崒、軼、咤、逸、尤、一
第六段		2	2	2		敷、軀、瑜、符、夫、儒
第七段		4	2	1	2	平、明、輕、鯨、盟、兵、槍、城、生

表 2-7　洪繻〈西螺柑賦〉（以「霜柑籬落寒初熟」為韻）句型韻腳表

段	句式					韻腳
	壯	緊	長	隔	漫	
第一段		3	1	1		香、旁、牆、陽、霜
第二段		2	1	1		甘、南、探、柑
第三段		4		1		離、枝、垂、脾、籬
第四段			3	2		酪、萼、若、郭、落
第五段		2	1	1		殘、酸、團、寒
第六段		2		2		書、餘、舒、初
第七段		3	1	1		谷、獨、屋、竹、熟

（二）間以散文入賦

　　「六六」句對「六六」句的「平隔」，雖然《賦譜》未曾列舉，然元稹〈鎮圭賦〉已有之：「作山龍之端表，我則清光皎然；雜蒲穀以成行，爾乃鞠躬如也」。元稹和白居易的律賦，清代賦論家往往稱其「不拘繩尺」、「自成一體」[53]，原因之一即是將散文句融入律賦，或謂之「以古賦為律賦」：

> 唐元稹〈郊天日五色祥雲賦〉，以題為韻，其起句云：「臣奉某日詔書曰：惟元祀月正之三日，將有事於南郊」，中云：「於是載筆氏書百辟之詞曰」、「象胥氏譯四夷之歌曰」，後云：「帝用愀然曰」，皆以古賦為律賦。至押「五」字韻云：「當翠輦黃屋之方行，見金枝玉葉之可數。陋泰山之觸石方出，鄙高唐之舉袂如舞。昭示于公侯卿士，莫不稱萬歲者三；并美于麟鳳龍龜，可以與四靈為五。」純用長句，筆力健舉，帖括中絕無僅有之作。[54]

上述元稹於律賦寫作上的突破，包括兩方面：一是加入「於是載筆氏書百辟之詞曰」、「象胥氏譯四夷之歌曰」之類古賦常用的非對偶句，二是在傳統的四言句、六言句外另製長句。這兩種作法，在本文所探討的應考作品中均有所承襲。

---

[53]　李調元曰：「律賦多有四六，鮮有作長句者，破其拘攣，自元、白始」，「唐時律賦，字有定限，鮮有過四百者，馳騁才情，不拘繩尺，亦唯元、白為然」，見李調元，《賦話》（台北：世界書局，1962年），卷3，頁22；卷4，頁31。浦銑曰：「元、白賦另自一體，流動之中加以工穩局法」，見浦銑，《復小齋賦話》（何沛雄編《賦話六種》，香港：三聯書店，1982年），卷上，頁68。

[54]　李調元，《賦話》（台北：世界書局，1962年），卷2，頁13。

　　長句的使用，有長的「隔」，如白居易〈動靜交相養賦〉的名句：「所以動之為用，在氣為春，在鳥為飛，在舟為楫，在弩為機；不有動也，靜將疇依？所以靜之為用，在蟲為蟄，在水為止，在門為鍵，在輪為柅；不有靜也，動奚資始」，也有長的「長」，如元稹〈奉制試樂為御賦〉：「豈獨周域中而利其銜策，亦將肥天下而淪乎膚肌」、元稹〈郊天日五色祥雲賦〉：「苟順夫人理之父子君臣，安知夫雲物之赤黃蒼黑」，皆十字句，或如白居易〈叔孫通定朝儀賦〉：「鏘鏘兮若萬國赴塗山而會，秩秩兮如百官仰太一而朝」，乃十一字句。而洪繻的〈班固燕然山刻石賦〉，雖然沒有像〈動靜交相養賦〉那麼長的「隔」，但如「非比鋪張揚厲之詞，策勳符於玉府；且看征伐盪平之盛，列部至於居延」、「不數三墳五典，金章玉檢有同封；且將萬古千秋，蔓草寒煙不能食」等「密隔」，亦屬「不拘繩尺」。至於賦中的十字「長」句：「自此胡中常有籀文之字，曾茲塞外永無烽燧之然」、十一字「長」句：「遠望山上霞飛而蒼翠萬重，高出世間日落而岧嶢千尺」，無疑賡續元、白「以古賦為律賦」的作法。

　　在律賦中加入散句，除了舒緩文氣，更能使律賦透出古風。曹敬〈露香告天賦〉、丘逢甲〈窮經致用賦〉、洪繻〈鯤化鵬賦〉、〈班固燕然山刻石賦〉、〈虞允文勝金人於采石磯賦〉都有這樣的安排：

　　　則有趙清獻者，大宋良才，名臣碩果。鐵面外嚴，冰心內裏。（露香告天賦）

　　　君不見董江都之力學也，生涯經史，雨風磨礱。半窗月白，一盞燈紅。（窮經致用賦）

有鯤焉，潮汐浮沉，江湖止息。擊浪沖瀜，負山崒屼。（鯤化鵬賦）

有鵬焉，蔽日翩翩，凌虛落落。飆風江山，迴翔嵩洛。（鯤化鵬賦）

有班孟堅者，壯志從征，雄才待遇。素曉韜謀，諳知軍務。（班固燕然山刻石賦）

有奧區焉，四圍天壓，終古雲環。是為燕然之境，長無綸誥之頌。（班固燕然山刻石賦）

時乃永元元年七月秋夕，皇舅出征，以圖殊策。（虞允文勝金人於采石磯賦）

虞允文以奉使之人，非握符之宰。（虞允文勝金人於采石磯賦）

此法實亦元、白所習用，如白居易〈漢高祖親斬白蛇賦〉：「有大蛇兮，出山穴，亘路傍。凝白虹之精彩，被素龍之文章」，「盛矣哉！聖人之草昧經綸，應乎天，順乎人。制勍敵必示以乃武乃文，靜災禍不可以弗躬弗親」，其中「有大蛇兮」、「盛矣哉！聖人之草昧經綸」，俱為散句。又如元稹〈郊天日五色祥雲賦〉：「臣奉某日詔書曰：惟元祀月正之三日，將有事於南郊，直端門而未出。天錫予以靈瑞，是何祥而何吉？臣拜稽首，敢言其實」，更是接連數句全無對偶。唯在本文所討論的應考作品中，並無如此大膽的嘗試。

此外，曹敬〈露香告天賦〉篇首二句頗值一提。該賦以「知我者其天乎」為韻，首段當押官韻「知」：

> 諟維天鑒，日在<u>茲</u>焉。懍厥天心，不可<u>欺</u>焉。順天奉天，閒
> 居當警；逆天違天，曖昧非<u>宜</u>。矕古之士，砥行之<u>時</u>。必嚴
> 其度，必慎所<u>為</u>。焚香露夜，默告凝<u>思</u>。拜手九霄，更無人
> 覺；舉頭三尺，只有天知。

篇首二句句尾皆為「焉」，然押韻字卻在「焉」之前的「茲」與「欺」。
此種作法，如屈原〈離騷〉：「何昔日之芳草兮，今直為此蕭艾也。
豈其有他故兮，莫好修之害也」，或〈九章‧橘頌〉：「深固難徙，廓
其無求兮。蘇世獨立，橫而不流兮」等，在《楚辭》中已時有所見。
日後蘇軾〈赤壁賦〉：「西望夏口，東望武昌，山川相繆，鬱乎蒼蒼，
此非孟德之困於周郎者乎」，於押韻字「郎」之後加「者乎」；又「方
其破荊州，下江陵，順流而東也，舳艫千里，旌旗蔽空，釃酒臨江，
橫槊賦詩，固一世之雄也」，亦於押韻字「東」、「雄」之後俱加上「也」。
屈騷、蘇賦咸非律賦，曹敬卻將此法移用於〈露香告天賦〉，似亦為
律賦稍添「古」味，以襯托「露香告天」這樣虔敬莊重的賦題。

六、結語

　　「台灣賦」在近年「台灣古典文學」的研究領域中稍受關注，
但關注焦點幾乎都在記述台灣形勝風土的「地理賦」，而未及於數量
甚多的「科舉賦」，因此本文特別就目前收錄於《全臺賦》中、當初
係應官方考試而撰寫的作品計八篇，提出些許觀察心得，其結果大
致如下：

　　(一) 文獻校勘：將《全臺賦》所錄曹敬〈露香告天賦〉斷句未
　　　　妥處及丘逢甲〈窮經致用賦〉文字脫誤處略做校訂。

(二) 題材回顧：〈鯤化鵬賦〉為唐人舊題，〈露香告天賦〉、〈窮經致用賦〉、〈班固燕然山刻石賦〉、〈虞允文勝金人於采石磯賦〉為取自歷史典故的新賦題；〈西螺柑賦〉則源於台灣詠物書寫的傳統。

(三) 背景掌握：依據清代科舉試賦的傳統，了解丘逢甲〈窮經致用賦〉與「童試院考」、曹敬〈露香告天賦〉與「生員歲考」、洪繻〈鯤化鵬賦〉等六篇與「觀風」的關聯。

(四) 體製辨析：認為洪繻「一題兩作」的〈鯤化鵬賦〉與〈西螺柑賦〉中各有一篇，不宜因題下標註「以……為韻」即視為律賦。其餘丘逢甲、曹敬及洪繻的六篇律賦，可發現它們與唐代《賦譜》所示句型最大的不同在於：隔對運用愈多，並間以散文入賦。

「隔對運用愈多」與「間以散文入賦」，就文體而言似有衝突，蓋「隔對運用愈多」係律賦成規的強化，而「間以散文入賦」則濃厚古賦的色彩。但曹敬、丘逢甲、洪繻以此方式書寫應考律賦，甚至洪繻作〈鯤化鵬賦〉、〈西螺柑賦〉讓主試者「觀風」時，還刻意提出純律賦和偏向古賦的作品各一，或即反映了清代賦學「協調前代從兩個極端（格律化和散文化）尋求出路的方式，顯出創作向詩歌與散文的雙向依附」[55]。

再者，「官韻押虛字」向為高難度的挑戰[56]，洪繻〈虞允文勝金人於采石磯賦〉的官韻有虛字「乃」，其造句云：「虜營墨墨，驅來

---

[55] 許結，〈明清辭賦藝術流變論〉，許結，《中國賦學歷史與批評》（南京：江蘇教育出版社，2001 年），頁 320。又該書〈論清代的賦學批評〉、〈古律之辨與賦體之爭〉二文，也述及清代賦學理論上「古」、「律」間的調和匯通。

[56] 是以清代賦話對此類佳句頗有興趣，如李調元《雨村賦話》卷一：「唐高郢〈病僂丈人承蜩賦〉云：『期于百中，則啼猿之射乎；曾不予遺，殊慕鴻之弋者』，無名氏〈垓下楚歌賦〉云：『兩雄較武，焉知劉氏昌乎；四面聞歌，是何楚人多也』，

已見突如；散卒星星，再接何由厲乃」，又〈鯤化鵬賦〉的官韻有虛字「之」，其造句云：「何來積石罡風，海闊而隨其萬變；遙望崑崙絕頂，天空一任其所之」，均將難押的虛字押得流利自然。可知除了體製探討之外，「科舉賦」也有其他課題值得探討，而此亦正是「地理賦」之外，「台灣賦」猶待開拓的研究面向。

　一點一拂，搖曳有神，皆因韻限虛字而然，非故作折腰齲齒之態也。」又卷四：「賦押虛字，惟『亦』字最難自然，如侯喜〈秋雲似羅賦〉以『蘭亦堪采』為韻，賦末押『一言有以，千秋只亦』之類。」

參、元代應考學賦手冊

──試論陳繹曾《文筌》中的「賦譜」

一、緒說

　　正如今日「國中基本學力測驗」一恢復考國文寫作，市面上的作文助學書籍就巨量湧現一般，曾長期停止科舉考試的元代，當其於元仁宗延祐二年（1315）恢復科舉，且將「賦」列為考試項目之一，「賦」的助學書籍也開始進入出版市場。例如楊維楨（1296～1370）於元順帝至元元年（1335）登進士第後，早年為「應場屋一日之敵」所私擬的幾十篇賦，便「悉為好事者持去」，「梓於書坊」[1]，即今日所見的《麗則遺音》。至於匯選古今佳作以供仿效的專輯，則有吳萊（1297～1340）《楚漢正聲》二卷[2]、郝經（1223～1275）《皇朝古賦》一卷[3]、虞廷碩《古賦準繩》十卷[4]、祝堯《古賦辯體》八卷[5]、不著編者《古賦青雲梯》三卷[6]、不著編者《古賦題》十卷、後集六卷[7]等。

---

[1]　楊維楨，《麗則遺音》（台北：台灣商務印書館影四庫全書，冊1222），「序」，頁146。

[2]　據《補遼金元藝文志》、《補元史藝文志》。《補元史藝文志》僅著錄「集宋玉、司馬相如、揚雄、柳宗元四家賦」，宋濂〈淵穎先生碑〉則謂：「古之賦學專尚音律，必使宮商相宣，微羽迭變。自宋玉以下，唯司馬相如、揚雄、柳宗元能調協之，因集四家所著，名《楚漢正聲》。」

[3]　據《千頃堂書目》、《國史經籍志》、《補元史藝文志》、《補遼金元藝文志》。

[4]　據《千頃堂書目》、《補元史藝文志》、《補遼金元藝文志》。

[5]　據《國史經籍志》、《補元史藝文志》、《補遼金元藝文志》、《四庫全書總目》。

[6]　據《千頃堂書目》。此書《補元史藝文志》、《補遼金元藝文志》作「元賦青雲梯」。《四庫未收書目提要》：「上卷錄賦三十六篇，中卷錄賦三十九篇，下卷錄賦三十六篇，凡一百十一篇，蓋當時應試之士選錄以作程式者。」

　　上述書籍所以常冠上「古賦」之名，係因元代「皇朝設科，取賦以古為名」[8]，「延祐設科，以古賦命題」[9]，亦即考場所用的賦體是「古賦」而非「律賦」。蒙古朝廷原不以科舉選才[10]，到元世祖時，雖有「金源遺士集團」（如王鶚、王惲等）提出復行科舉的建議，但追隨朱熹〈學校貢舉私議〉而積極推動學校教育的「理學集團」（如姚樞、許衡等）卻表示反對，再加上元世祖向來重經術、輕詩賦，因此朝廷仍按「隨路歲貢儒吏」的辦法，從地方學校選拔諸生向中央薦用[11]。其後因貢舉制弊端日益嚴重，元仁宗即位（1312），遂決定恢復科舉，但由於朝廷和學校長期獨重經學，中書省於皇慶二年（1313）乃奏：「今臣等所擬，將律賦、省題詩、小義皆不用，專立德行明經科」，同年十一月仁宗下詔：「舉人宜以德行為首，試藝則以經術為先，詞章次之」，並訂兩年後（即延祐二年，1315）於京師會試，考試內容為：[12]

表 3-1

蒙古人	第一場	經問五條，四書內設問。
色目人	第二場	策一道，以時務出題。
漢人南人	第一場	明經經疑二問，四書內出題。
	第二場	古賦、詔、誥、章、表內科一道。古賦、詔、誥用古體，章、表四六，參用古體。
	第三場	策一道，經史時務內出題。

7　據《補遼金元藝文志》，《千頃堂書目》作「古題賦」。《四庫存目》：「舊本題天歷己巳古雍劉氏翠岩家塾識，蓋元仁宗時所刊。……考『宋禮部貢舉條例』載，出題必具其出處，……故宋人有備為策論、經義之書，無備詩賦題之書。至元，此制不行，故《錢惟善集》載有鄉試以「羅剎江賦」命題，鎖院三千人不知出處之事。此書之所以作歟？」

8　楊維楨，《麗則遺音》（台北：台灣商務印書館影四庫全書，冊1222），「序」，頁146。

9　吳訥，《文章辨體》（明嘉靖三十四年湖州知府徐洛重刊本），卷二〈古賦〉，「元」。

10　蕭啟慶，〈元代科舉與菁英流動〉，《漢學研究》5卷1期（1987年6月），頁130-131。

11　丁崑健，〈元代的科舉制度〉，《華學月刊》124期、125期，（1982年4月、5月）。

12　宋濂，《元史》（台北：鼎文書局，1981年），卷81〈選舉一〉，冊3，頁2019。

從上表來看，唐、宋進士科六百年來必考的「律賦、省題詩」雖然全遭廢棄，但「古賦」卻被視為與「詔、誥、章、表」同類的應用文書而列入考試範圍。既然考試可能會考，「如何在古賦一項取得優勢？」自然成為應試者關心的問題。

　　本文所要討論的陳繹曾《文筌》中的「賦譜」——即該書目錄上顯示的〈楚賦小譜〉、〈漢賦小譜〉、〈唐賦附說〉三篇，就是為了滿足應試者需求所編寫的學賦手冊。陳繹曾生平不詳，但知他曾中進士，曾任翰林院國史編修官、國子助教。《補元史藝文志》登錄其著作有四——《科舉天階》、《文說》、《文筌》、《古文矜式》，除《科舉天階》已佚，其餘三種今日皆可見，且內容都和科舉考試密切相關[13]，正反映了他在《文說》所云「今世為學不可不隨宜者，科舉之文是也」[14]的學習認知。《文筌》一書，在《四庫全書存目叢書》（台南：莊嚴文化出版社，1997年）第416冊及《續修四庫全書》（上海：上海古籍出版社，2002年）第1713冊中皆可檢閱，本文所引用的，係以現藏國家圖書館的元刊本《新刊諸儒奧論策學統宗增入文筌詩譜》為主，再參酌上述兩叢書中的版本。

二、作法整理

　　《文筌》「賦譜」中的〈楚賦小譜〉分為「楚賦法」、「楚賦體」、「楚賦製」、「楚賦式」、「楚賦格」五項，〈漢賦小譜〉也分為「漢賦法」、「漢賦體」、「漢賦製」、「漢賦式」、「漢賦格」五項，〈唐賦附說〉則分為「唐賦法」、「唐賦體」、「唐賦製」、「唐賦格」四項。當中除

---

[13]　慈波，〈陳繹曾與元代文章學〉，《四川大學學報》2007年1期。
[14]　陳繹曾，《文說》（台北：台灣商務印書館影四庫全書，冊1482），頁249。

了「○賦體」是提示閱讀方向，其餘都是談論寫作方法。但陳繹曾原本無意撰作一部體系嚴整的賦學專著，只是整理一份應「賦」考試之用的助學手冊，其目的既是幫考生破解作法，自然會流於《四庫全書總目提要》所譴責的「體例繁碎，大抵妄生分別，強立名目，殊無精理」[15]。所以，對這份相當於古代「得勝秘笈」、「搶分鎖鑰」的文獻，其實不必預設其具有縝密的架構，也無須刻意為之串連彌縫，或可依照今日「應考手冊」的編撰思維，將原本零散片段的敘述略做歸納。

（一）句型

　　在「楚賦式」與「漢賦式」中，陳繹曾為考生整理了「楚賦」與「漢賦」的主要句型，但詳「楚賦」而略「漢賦」，其整理結果表列如下，表中並按陳繹曾的分類增註「例句」：

表 3-2

句型類別			例句
楚賦 六言兮長句式	正	上一字單，次二字雙，中一字單（之、乎、而、我等詞），下二字雙。	惟草木之零落兮（離騷）
	變	上二字雙，次一字單，中一字單，下二字雙。	湯禹儼而祗敬兮（離騷）
	變	上一字單，次二字雙，中二字雙，下一字單。	折瓊枝以為羞兮（離騷）
	變	中不用單字	民生各有所樂兮（離騷）
	變	五言	鷙鳥之不群兮（離騷）
	變	七言	眾女嫉余之蛾眉兮（離騷）
	變	八言	余固知謇謇之為患兮（離騷）

---

[15] 紀昀，《四庫全書總目》（台北：台灣商務印書館影印文淵閣四庫全書本），卷197，〈集部詩文評類存目〉，冊5，頁262。

	變	九言	苟余情其信姱以練要兮（離騷）
楚賦 四言兮字式	正	上句四言，下句三言兮字	受命不遷，生南國兮（橘頌）
	變	上句四言兮字，下句四言	滔滔孟夏兮，草木莽莽（懷沙）
楚賦 六言短句式	正	上一字單，次二字雙，中兮字，下二字雙。	目眇眇兮愁予（湘夫人）
	變	上二字雙，次一字單，中兮字，下二字雙。	帝子降兮北渚（湘夫人）
	變	五言	築室兮水中（湘夫人）
	變	七言	思公子兮未敢言（湘夫人）
漢賦 六言式			曳明月之珠旗，建干將之雄戟，左烏號之雕弓，右夏服之勁箭（子虛賦）
漢賦 四言式			沸乎暴怒，洶湧彭湃，渾弗宓汨，偪側泌㵘（上林賦）

　　上表中的「變」其實難以盡括屈賦的句型，如「楚賦六言短句式」的「變」，除了「五言」、「七言」之外，尚可找到「八言」（如〈湘君〉:「女嬋媛兮為余太息」）或「九言」（如〈山鬼〉:「余處幽篁兮終不見天」）者，但有了上述「楚賦」句型的基本歸納，至少可以讓考生在「凡楚賦以六言長句為正式」的指引下，摹習賦體的早期形式。

　　陳繹曾另提出「四言只字式」，乃「景差〈大招〉格句法，可用」。但「宋玉〈招魂〉用『些』字，唯哀辭祭文得用耳，不入賦式也」。

（二）構思與取材

　　《文筌》「賦譜」大部分的篇幅均談述構思、取材之道。在「楚賦法」、「漢賦法」中，陳繹曾一方面區分了「楚賦」、「漢賦」在真

正動筆寫作前寂然凝慮、陶鈞文思時的差異，一方面也簡要指出「楚賦」、「漢賦」該如何「各以本采為地」[16]：

> 楚賦之法，以情為本，以理輔之。先清神思，將題目中合說事物一一瞭然在心目中，卻都放下，只於其中取出喜怒哀樂愛惡欲之真情，又從而發至情之極處，把第一第二重易得之浮辭，一切革去，待其清虛玄遠者至，便以此情就此事此物而寫之。寫情欲極真，寫物欲極活，寫事欲極超詣。以身體之，則情真；以意使之，則物活；以理釋之，則事超詣。

> 漢賦之法，以事物為實，以理輔之。先將題目中合說事物一一依次鋪陳，瞭然在心，便立間架，構意緒，收材料，措文辭。布置得所，則間架明朗；思索巧妙，則意緒深穩；博覽慎擇，則材料備；鍛煉圓傑，則文辭典雅。寫景如良畫史，制器物如巧工，說軍陣如良將，論政事如老吏，說道理如神聖，言鬼神極幽明之故，事事物物，必須造極，處事欲巧，造語貴拙。

「楚賦」的樞紐在「發至情」、「情欲極真」，在「情」的運作、感染下來寫「物」敘「事」；「漢賦」的要領則在「立間架」，讓「材料」、「事物」得以「依次鋪陳」，「布置得所」。其說頗類清代劉熙載《藝概·賦概》：「楚辭尚神理，漢賦尚事實」，「楚辭按之而逾深，漢賦恢之而彌廣」[17]。可見賦分楚、漢，非唯朝代之別，自有風格性分之殊。

16　《文心雕龍·定勢》：「章、表、奏、議，則準的乎典雅；賦、頌、歌、詩，則羽儀乎清麗；符、檄、書、移，則楷式於明斷；史、論、序、注，則師範於覈要；箴、銘、碑、誄，則體制於弘深；連珠、七辭，則從事於巧艷；……譬五色之錦，各以本采為地矣。」

17　劉熙載，〈賦概〉，何沛雄編，《賦話六種》（香港：三聯書店，1982 年），頁 38。

　　在「楚賦製」、「漢賦製」中，陳繹曾曾提列了琳琅滿目的書寫方式，有時同一名目在不同地方的解說不盡一致。綜合觀之，這些名目約二十餘種，它們有些是一般的寫作手法：

　　敘事：直敘事實。次序事實。
　　（01）正敘：敘事得文質詳略之中。
　　（02）總敘：總事物之繁者略言之。
　　（03）間敘：以敘事為經，而緯以他辭，相間成文。
　　（04）引敘：首篇或篇中因敘事以引起他辭。
　　（05）鋪敘：詳析事語，極意鋪陳。
　　（06）略敘：語簡事略，備見首尾。
　　（07）列敘：排列事物，因而備陳之。
　　（08）直敘：依事直敘，不施曲折。
　　（09）婉敘：設辭深婉，事寓於情理之中。
　　（10）意敘：略覿事迹，度其必然，以意敘之。
　　（11）平敘：在直婉之間。
　　論事：論說事情。
　　抒情：抒寫至情。抒其真情。
　　述意：陳述己意。
　　議論：
　　（01）正論：依正理而論之。
　　（02）切論：切本事而論之。
　　（03）廣論：備推理而析論之。
　　（04）玄論：詣極超玄之論。
　　（05）比論：二事相比而論。
　　（06）難論：辯言相難而論。

（07）譬論：引事物以喻論。

論理：直論至理。

會理：規步矩行，確然正理。

有基於「賦體物而瀏亮」（陸機〈文賦〉）、「賦者，鋪也，鋪采摛文，體物寫志也」（劉勰《文心雕龍・詮賦》）而提出的「體物」手法，可分七種：

（01）實體：體物之實形，如人之眉目、手足，木之花葉、根實，鳥獸之羽毛、骨角，宮室之門牆、棟柱是也。

（02）虛體：體物之虛象，如心意、聲色、長短、動靜之類是也。心意、聲色為死虛體，長短、高下為半虛體，動靜、飛走為活虛體。

（03）象體：以物之象貌形容其精微而難狀者，縹爛、煥乎、浩然、皇矣、赫兮、巍哉、翼如也、申申如也、峨峨、巍巍、崔嵬之類是也。有碎象體、扇象體、排象體，變化而用之。

（04）化體：設比似以體物，如賦雲言羽旗，賦雪言璧玉是也。

（05）量體：量物之上下、四方、遠近、久暫、大小、長短、多寡之則而體之。其體有量本、量枝、量連、量形、量態、量時、量方；其法有數量、排量、總量。

（06）連體：體物之相連及者。有近連，如賦人言衣冠、宮室，賦馬言鞍轡、廄輿之類是也；有遠連，如賦人言風雲，賦馬言舟海之類是也。

（07）影體：不著本物，汎覽旁觀而本物宛見於言外。

有些是各文類都可運用的修辭手法：

問答：設為問答。

設事：假設而言。本無事實，假設次序。

況物：借指他物，實言人事。辭欲不通而意初不悖，大概以草木況人品，以鳥獸況人物，以天宮況朝廷，以風雲況號令，以弓劍況才用，以車馬況行藏，以寶玉況德性。

比物：以物比事，辭通而意露，與況物絕不同。

用事：

（01）正用：本題的正必用之事。

（02）歷用：歷用故事，排比先後。

（03）列用：廣引故事，鋪陳整齊。

（04）衍用：以一事衍為一節而用之。

（05）援用：順引故事，以原本題之所始。

（06）評用：引故事因而評論之。

（07）反用：引故事反其意而用之。

（08）活用：借故事於語中，以順道今事。

（09）設用：以古之人物而設言今事。

（10）借用：事與本說不相干，取其一端近似旨而借之。

（11）假用：故事不盡如此，因取為根，別生枝葉。

（12）藏用：用事而不顯其名，使人思而自得之。

（13）暗用：用古事古語暗藏其中，若出諸己。

有些又是專用於文章開頭、結尾的設計：

破題：說破本題。見題字或切題意。

冒頭：立說起端。就題立說。

原本：推原本始；或原理，或原事，或原物，或原情，或原古。

張大：題之細者，張而大之。

> 收斂：題之多者，收而斂之。
>
> 要終：要事之中，以結篇意。

又有些是辭賦特有的表達形式：

> 倡：激以高辭。
>
> 歌誦：或為亂辭，或為歌詩。
>
> 少歌：間以短歌。
>
> 亂辭：結以至切之辭。

還有描繪事物或觸類引申的取材方向，如「引類」，舉出十七類：

> （01）天文。（02）地理。（03）時令。（04）鳥獸蟲魚。（05）
> 草木竹果。（06）穀粟菜藥。（07）人物。（08）鬼神。（09）
> 宮室。（10）舟車。（11）服飾。（12）寶玉。（13）飲食聲色。
> （14）器用。（15）兵仗。（16）文物。（17）聖德。

由此可見，這二十餘種名目根本不是在相同的基礎上所做的分類，確實雜蕪繁碎。但當中也不乏對「賦」的深刻體會，例如陳繹曾於「引類」下云：「篇內汎覽群物，各以類聚，此賦之敷衍者也」，即承襲了王延壽〈魯靈光殿賦〉序：「物以賦顯」、曹丕〈答卞蘭教〉：「賦者，言事類之所附也」、成公綏〈天地賦〉序：「賦者，貴能分理賦物，敷衍無方」的觀點。又如清代劉熙載《藝概・賦概》第 98 則舉夏竦〈水賦〉之例云：

> 姚鉉令夏竦為〈水賦〉，限以萬字。竦作三千字，鉉怒，曰：
> 「汝何不於水之前後左右廣言之？」竦益得六千字。可知賦
> 須當有者盡有，更須難有者能有也。[18]

---

18 劉熙載，〈賦概〉，何沛雄編，《賦話六種》（香港：三聯書店，1982 年），頁 44。

這種「於水之前後左右廣言之」以達「難有者能有」的作法，正是陳繹曾在「體物」第（6）種所謂「賦人言衣冠、宮室，賦馬言鞍轡、廄輿」的「連體」。

（三）篇章結構

唐、宋科舉所用的律賦，其結構大致分為「頭」、「項」、「腹」、「尾」四部分，「腹」又可再分為「胸」、「上腹」、「中腹」、「下腹」及「腰」五個區段，合計八段，逐段轉韻[19]。但古賦在押韻上較自由，形式方面亦較無限制，因此陳繹曾建議考生掌握「分為起端、鋪敘、結尾三部分」的基本原則，方能適當積章成篇，首尾一體。

以下將上述關於構思、修辭、取材等諸般名目，依陳繹曾的看法分別派入起端、鋪敘、結尾三部分。表 3-3 雖非《文筌》原有，但像這樣便於考生檢索應用的藍圖，應該更符合陳繹曾的設計初衷。

表 3-3

	起端	鋪敘	結尾
破題	■		
冒頭	■		
原本	■		
敘事（11 種）	■	■	■
論事		■	■
設事	■	■	■
用事		■	
引類（17 種）		■	
體物（7 種）		■	
況物		■	
比物		■	

---

[19] 詹杭倫，〈賦譜校注〉，收於詹杭倫、李立信、廖國棟合著，《唐宋賦學新探》（台北：萬卷樓圖書公司，2005 年），頁 77。

抒情	■	■	■
述意			■
議論		■	
論理		■	■
會理			■
問答	■		■
頌聖	■		
倡		■	
張大			■
收斂			■
要終			■
歌誦（少歌，亂辭）		■	■

三、閱讀建議

　　寫作能力的提升，必須透過閱讀來「積學以儲寶」。前人留下的文學遺產相當龐大，倘若愛好摸索而隨興閱讀，倒也無妨；但若基於學習寫作而閱讀，就得行不由徑，以免墮入旁門。正如南宋嚴羽《滄浪詩話》的提醒——「夫學詩者以識為主」，務必「從最上乘，具正法眼，悟第一義」：

　　　　禪家者流，乘有大小，宗有南北，道有邪正；學者須從最上乘，具正法眼，悟第一義。若小乘禪、聲聞辟支果，皆非正也。論詩如論禪，漢、魏、晉與盛唐之詩，則第一義也；大曆以還之詩，則小乘禪也，已落第二義矣；晚唐之詩，則聲聞辟支果也。[20]

---

[20]　嚴羽著，黃景進師撰述，《滄浪詩話》（台北：金楓出版有限公司，1986 年），〈詩辨〉，頁 16。

普通寫作尚且如此，何況是考場寫作？考場寫作贏家沒有時間摸索嘗試，他們需要的是一條正確、快速的閱讀路徑。《文筌》「賦譜」中〈楚賦小譜〉的「楚賦體」、〈漢賦小譜〉的「漢賦體」和〈唐賦附說〉的「唐賦體」，就提供了這樣的閱讀建議。

　　首先，「律賦」不是「古賦」。宋代以後的文學評論重視「先體製而後文之工拙」[21]，「古賦」與「律賦」不能混同，這是學習「古賦」首先要辨識清楚的。《文筌》「賦譜」於最末云：

> 唐賦外有「律」，始於隋進士科，至唐而盛，及宋而纖巧之變極矣。然賦本古詩之流也，律賦巧，或以經語為題，其實則押韻講義，其體則押韻四下，名雖曰賦，實非賦也。

陳繹曾此處強調「律賦」乃是「押韻講義」，「實非『賦』也」，很容易使人聯想到南宋劉克莊對宋詩的批評——「本朝……詩各自為體，或尚理致，或負材力，或逞辨駁，少者千篇，多至萬首，要皆經義策論之有韻者，亦非詩也」[22]，「近世貴理學而賤詩，間有篇詠，率是語錄講義之押韻者耳」[23]，陳繹曾是否藉此暗示「賦有別材，非關書也；賦有別趣，非關理也」，不得而知，但至少與同時代祝堯《古賦辯體》「極論律之所以為律，古之所以為古」[24]的態度是一致的。

　　古賦體製多樣，家數浩繁，該讀哪些賦才能學得又快又好呢？《文筌》「賦譜」既分設〈楚賦小譜〉、〈漢賦小譜〉與〈唐賦附說〉，

---

[21] 黃庭堅〈書王元之竹樓記後〉：「荊公評文章，常先體製而後文之工拙」。見《山谷集》（台北：台灣商務印書館影四庫全書，冊1113），卷26，〈題跋〉，頁274。

[22] 劉克莊，〈竹溪詩序〉，《後村先生大全集》（上海：上海商務印書館），卷94。

[23] 劉克莊，〈跋恕齋詩存稿〉，《後村先生大全集》（上海：上海商務印書館），卷111。

[24] 祝堯，《古賦辯體》（台北：台灣商務印書館影四庫全書，冊1366），卷7〈唐體〉，頁803。

就表示陳繹曾將古賦大致分為「楚賦」、「漢賦」、「唐賦」三類，但
「楚賦」、「漢賦」可以「譜定」，「唐賦」則因「其法浮，其體漓，
其製雜，其式亂」而「難以譜定也」，其經典價值顯然不及「楚賦」
與「漢賦」：

> 唐人……楚漢不分，古今相雜，謂之自成一家則可，謂之追
> 配古人未可也。其法浮，其體漓，其製雜，其式亂，其格則
> 有絕高者，難以譜定也，因為之說，以附楚、漢賦譜之後。

嚴格來說，唐人古賦有部分作品傾向俳偶，因此較不理想：

> 鮑照、陳子昂、宋之問、蕭穎士為唐古賦之祖；江淹、庾信、
> 王勃、盧照鄰、楊炯、駱賓王為排賦之祖。唐賦見《文粹》，
> 排賦見《翰院英華》。

這種看法與同時代的祝堯《古賦辯體》差不多，《古賦辯體》也是認
為「唐初王、楊、盧、駱專學徐、庾穠纖妖媚」，「就有為古賦者，
率以徐、庾為宗，亦不過少異於律爾」[25]。

那麼，在「楚賦」、「漢賦」和「唐賦」中又該讀誰的賦呢？陳
繹曾推薦的是：

> 屈原〈離騷〉為楚賦祖，只熟觀屈原諸作，自然精古。宋玉
> 以下，體製已不復渾全，不宜遽讀，徒為雜亂耳。

> 宋玉、景差、司馬相如、枚乘、揚雄、班固之作，為漢賦祖，
> 見《文選》者，篇篇精粹可法，變化備矣。《文粹》、《文鑑》
> 諸賦，多雜唐、宋人新體，少合古製，未宜輕覽。

---

[25] 祝堯，《古賦辯體》（台北：台灣商務印書館影四庫全書，冊1366），卷7〈唐體〉，頁802、803。

綜合觀之，「楚賦」是獨尊「屈原諸作」；宋玉和景差的賦亦佳，但其質地成色是要置於「漢賦」中最為彰顯，置於「楚賦」中就不夠精純；「漢賦」一類必讀《文選》卷一至卷十九所收的「賦」52 篇（詳表3-4）；「唐賦」一類應讀《唐文粹》卷一至卷九所收的「古賦」55 篇（詳表3-5）。上述閱讀建議，亦可見於陳繹曾《文說》「古賦」條：

> 有「楚賦」，當熟讀朱子《楚辭》中〈九章〉、〈離騷〉、〈遠遊〉、〈九歌〉等篇，宋玉以下未可輕讀。有「漢賦」，當讀《文選》諸賦，觀此足矣，唐、宋諸賦未可輕讀。有「唐古賦」，當讀《文粹》諸賦，《文苑英華》中亦有絕佳者。[26]

《文選》「賦」與《唐文粹》「古賦」共收 107 篇作品，再加《楚辭》中的屈原〈離騷〉、〈九歌〉、〈九章〉、〈遠遊〉諸作，陳繹曾建議的必讀篇目，對考生而言應該不是很大的負擔。

表 3-4　《文選》收錄賦篇表

類別	篇數	賦家（括弧內數字表篇數，班固〈兩都〉、張衡〈二京〉、左思〈三都〉皆算一篇）
京都	4	班固(1)張衡(2)左思(1)
郊祀	1	揚雄(1)
耕籍	1	潘岳(1)
畋獵	5	司馬相如(2)揚雄(2)潘岳(1)
紀行	3	班彪(1)曹大家(1)潘岳(1)
遊覽	3	王粲(1)孫綽(1)鮑照(1)
宮殿	2	王延壽(1)何晏(1)
江海	2	木華(1)郭璞(1)
物色	4	宋玉(1)潘岳(1)謝惠連(1)謝莊(1)
鳥獸	5	賈誼(1)禰衡(1)張華(1)顏延年(1)鮑照(1)
志	4	班固(1)張衡(2)潘岳(1)

---

[26] 陳繹曾，《文說》（台北：台灣商務印書館影四庫全書，冊 1482），頁 250。

哀傷	7	司馬相如(1)向秀(1)陸機(1)潘岳(2)江淹(2)
論文	1	陸機(1)
音樂	6	王褒(1)傅毅(1)馬融(1)嵇康(1)潘岳(1)成公綏(1)
情	4	宋玉(3)曹植(1)

表 3-5 　《唐文粹》收錄賦篇表

賦家	篇數	篇名
劉禹錫	6	砥石賦、秋聲賦、問大鈞賦、何卜賦、望賦、傷往賦
李白	4	明堂賦、惜餘春賦、大獵賦、大鵬賦
杜甫	4	朝獻太清宮賦、朝享太廟賦、有事于南郊賦、雕賦
陸龜蒙	3	杞橘賦、蠶賦、後蝨賦
蕭穎士	3	伐櫻桃樹賦、白鷴賦、愛而不見賦
白居易	2	動靜交相養賦、泛渭賦
皮日休	2	霍山賦、桃華賦
李商隱	2	蝨賦、蝎賦
李庾	2	西都賦、東都賦
李德裕	2	瑞橘賦、鼓器賦
杜牧	2	阿房宮賦、晚晴賦
張九齡	2	荔支賦、白羽扇賦
喬潭	2	裴將軍舞劍賦、霜鍾賦
韓愈	2	感二鳥賦、別知賦
王維	1	白鸚鵡賦
何諷	1	夢渴賦
吳筠	1	玄猿賦
呂溫	1	由鹿賦
宋之問	1	秋蓮賦
李華	1	含元殿賦
高邁	1	濟河焚舟賦
張說	1	江上愁心賦
梁肅	1	受命寶賦
陳子昂	1	麈尾賦
舒元輿	1	牡丹賦
楊炯	1	渾天賦
楊敬之	1	華山賦
歐陽詹	1	懷忠賦

盧摯	1	海潮賦
羅隱	1	秋蟲賦
蘇頲	1	長樂花賦

四、結語

　　古人為應「賦」考試而編寫的格訣[27]，唐、宋時期原都以律賦為挑戰項目，留傳至今者，唯唐代不著撰人《賦譜》[28]和南宋鄭起潛《聲律關鍵》[29]。陳繹曾《文筌》中的「賦譜」，也是這類應考學賦手冊的其中之一，只是破解的對象，因元代科舉內容的轉變而換成古賦。陳繹曾建議考生，寫古賦宜分為起端、鋪敘、結尾三段，他並整理出二十餘種構思、修辭、取材的方式，供考生套入三段中使用。而關於「試」前的閱讀準備，陳繹曾以《楚辭》中的屈原諸作和《文選》卷一至卷十九的「賦」為必讀，行有餘力可加讀《唐文粹》卷一至卷九的「古賦」，不但具體，而且簡便。

　　此外值得注意的是，《文筌》「賦譜」與《文說》「古賦」條中「○○以下不宜輕讀」的言論，也反映了陳繹曾的賦史觀。陳繹曾除了

---

[27]　這類書據《宋史‧藝文志》著錄，有唐張仲素《賦樞》三卷，唐范傳正《賦訣》一卷，唐浩虛舟《賦門》一卷，唐白行簡《賦要》一卷，唐紇干俞《賦格》一卷，五代和凝《賦格》一卷，宋吳處厚《賦評》一卷，宋馬偁《賦門魚鑰》十五卷。

[28]　《賦譜》全文可見於張伯偉《全唐五代詩格校考》（西安：陝西人民教育出版社，1996年）。現存《賦譜》是日本平安朝（794～1186）時期的抄本，可能是由名僧圓仁於唐宣宗大中元年（847）攜回日本。《賦譜》原著者不詳，但書中數度引用浩虛舟〈木雞賦〉，浩虛舟為唐穆宗長慶二年（822）進士，〈木雞賦〉為當年試題，固可推知其成書必在西元822年之後，而可能在西元847年之前。

[29]　鄭起潛《聲律關鍵》八卷，今日可見於「宛委別藏」中，書前自序云：「起潛屢嘗備數考校，獲觀場屋之文，賦體多失其正。起潛初仕吉州教官，嘗刊賦格，……總以五訣，分為八韻，至於一句，亦各有法，名曰：『聲律關鍵』。」

以「名雖曰賦，實非賦也」來斥逐律賦，又以「楚優於漢，漢優於齊梁」來詮釋賦的演變：

> 漢賦至齊、梁而大壞，務為輕浮華靡之辭，以剽掠為務，以俳諧為體，以綴緝餖飣小巧為工，而古意掃地矣。唐人欲變其弊，而或未能反本窮源也，乃加之以氣骨，尚之以風騷，間之以班、馬，下視齊、梁，亦已卓然。楚漢不分，古今相雜，謂之自成一家則可，謂之追配古人未可也。

其說雖有「賦體日卑」、「一代不如一代」之意，但陳繹曾對「唐賦」的觀察並非單用「律賦」來以偏概全，他甚至認為唐代古賦是在江河日下的潮流中「欲變其弊」，只是不能對症下藥，「未能反本窮源」而已，縱然稱不上「追配古人」，也還算是「自成一家」。這與日後李夢陽、何景明、程廷祚等人直指「唐無賦」[30]是不一樣的。

---

[30] 明李夢陽〈潛虯山人記〉：「山人商宋梁時，猶學宋人詩。會李子客梁，謂之曰：『宋無詩』，山人於是遂棄宋而學唐矣。已問唐所無，曰：『唐無賦哉！』問漢，曰：『無騷哉！』山人於是則又究心賦、騷於漢唐之上。」明何景明〈雜言十首之五〉：「秦無經，漢無騷，唐無賦，宋無詩。」清程廷祚〈騷賦論〉：「唐以後無賦，其所謂賦者，非賦也。」

肆、考場外的挑戰

——試析清代顧元熙〈沛父老留漢高祖賦〉

一、緒說

　　清代李元度編纂的《賦學正鵠》卷一，收錄了清代顧元熙所寫的〈沛父老留漢高祖賦〉，然而此賦並非新題，九百多年前的唐代，王棨就寫過這個題目了，顧元熙不但舊題重作，用來限韻的「情深閭裡，義重君臣」八個字，還是從王棨賦中摘出來的。

　　王棨，新、舊《唐書》無傳，著述今存《麟角集》一卷。曾廣開、齊文榜〈王棨考〉[1]據《麟角集》前所附唐鄉貢進士黃璞所寫的〈王郎中傳〉加以考證，可知王棨是福建福州長樂郡人，字輔之（或字輔文[2]），唐懿宗咸通三年（862）進士及第[3]，約於咸通五年中博學鴻詞科、咸通十年中書判拔萃科。其仕宦經歷，綜合〈王郎中傳〉與崔致遠《桂苑筆耕集》卷十三的三篇牒文[4]，曾任江西觀察使團練判官、侍御史、大理寺司直、太常博士、丹陽利國監、淮南節度使右司馬、

---

[1]　曾廣開、齊文榜，〈王棨考〉，《湖北大學學報》1995 年 6 期。

[2]　據陳黯〈送王棨序〉，《唐文粹》卷 98。陳鈴美《王棨律賦研究》（逢甲大學中文系碩士論文，2005 年）則依據「名以正體，字以表德」的習俗，推斷王棨當字「輔文」，見頁 15。

[3]　黃璞〈王郎中傳〉原作「咸通二年」，據徐松《登科記考》改。該年詩、賦題分別為「天驥呈才詩」、「倒載干戈賦」，狀元為薛邁。

[4]　《桂苑筆耕集》是崔致遠在淮南節度使幕府時公私應酬之作，其中有〈王棨端公攝右司馬〉、〈右司馬王棨端公攝鹽鐵出使巡官〉、〈王棨端公知丹陽監事〉三篇牒文，故知王棨當時也在淮南節度使幕府，並知其曾任侍御史（唐代侍御史別稱「端公」，見《通典·職官六》）。

淮南節度使鹽鐵出使巡官。離開淮南節度使幕府後，王棨回中央任水
部郎中[5]。其後遇黃巢之亂，〈王郎中傳〉謂其「不知所之，或云終歸
於鄉里焉」。《麟角集》，《四庫全書》本共律賦45篇，省題詩21首[6]；
《百部叢書集成》所收《天壤閣叢書》本的《麟角集》[7]則據《文苑
英華》增補一篇，即本文標題上的〈沛父老留漢高祖賦〉。

　　挑唐人律賦舊題重寫，顧元熙除了有〈沛父老留漢高祖賦〉，至
少尚有〈吳季子掛劍賦〉[8]（唐王起曾寫過〈延陵季子挂劍賦〉）；而
這種作法也不是顧元熙獨然，如夏思沺同樣有〈吳季子掛劍賦〉[9]，
鮑桂星也有〈擬李程眾星共北賦〉、〈擬宋廣平（璟）梅花賦〉[10]。
六朝時期，賦家「同題共作」，其實是「貴遊爭勝之跡」，「有互別苗
頭的意味」[11]，清代賦家的「跨時代同題共作」，當然也是想證明自
己「才力實勝唐人」。清代文壇這種現象，其實與當時律賦用於科舉、
蔚為學習潮流有關，只是他們挑戰的對象不是同場的考生，而是前
代的古人；他們既是虛心仿效，卻也企圖超越。

二、顧元熙其人

　　顧元熙，據《昭代名人尺牘續集小傳》[12]，字麗丙[13]，號耕石，
江蘇蘇州府長洲縣人。又據《清朝進士題名錄》及《清代進士辭典》，

---

[5]　《全唐詩》卷832有貫休〈干宵亭晚望懷王棨侍郎〉，不知是貫休將「郎中」誤
　　為「侍郎」，或者王棨後來又轉任侍郎。
[6]　紀昀主編，《四庫全書》（台北：台灣商務印書館，1986年），第1083冊。
[7]　嚴一萍選輯，《百部叢書集成》（台北：藝文書局，1967年），第1054冊。
[8]　余丙照，《增註賦學入門》（台北：廣文書局，1979年），頁128-130。
[9]　李元度，《賦學正鵠》（清光緒17年經綸書局刊本），卷1。
[10]　余丙照，《增註賦學入門》（台北：廣文書局，1979年），頁136-138。
[11]　簡宗梧師，《賦與駢文》（台北：台灣書店，1998年），頁123。
[12]　陶湘編，《昭代名人尺牘續集小傳》卷7。周駿富輯，「清代傳記叢刊」（台北：

顧元熙為嘉慶戊辰（十三年，1808）恩科江南鄉試解元，嘉慶己巳（十四年，1809）恩科進士（賜進士出身第二甲第三名），授編修，官至翰林院侍讀，嘉慶二十三年四川鄉試主考，嘉慶二十四年任廣東學政[14]，年四十一卒於官[15]。

據顧廷龍主編《清代硃卷集成》所收顧氏硃卷自書履歷[16]，其祖父為顧德音，其父為顧昌熾，母親張氏，繼母朱氏，娶妻宋氏，排行老大，應試時為 28 歲。據此推測，顧元熙當生於乾隆四十六年（1789），卒於道光元年（1821）。

《清代硃卷集成》所收為顧元熙參加嘉慶戊辰恩科江南鄉試中第一名解元的硃卷，試律詩以「賦得雲水光中洗眼來（得秋字五言八韻）」為題，其詩云：

> 祇恐風塵眼，難將異境酬。來經雲水國，洗向古今秋。薄靄銀為葉，輕波桂作舟。虛明三界徹，皎潔一奩收。淨豁雙眸倦，空無半滓留。鏡中新刮膜，天外任昂頭。已換神仙骨，何妨汗漫游。靈源霄漢近，指路接瀛洲。[17]

又四書文的題目為「子曰：可與言而不與之言，失人；不可與言而與之言，失言；知者不失人，亦不失言」，大主考總評曰：「通觀三藝是第一人，識議是第一人，氣槩是第一人」，本房加批曰：「識解高人百倍，筆力精勁，氣度渾涵，不愧群英弁冕」。

明文書局，1985 年）第 32 冊，頁 626。
13　李放纂輯《皇清書史》卷 27 云「字麗炳」（周駿富輯，「清代傳記叢刊」第 84 冊，頁 376）。但據顧廷龍主編《清代硃卷集成》（台北：成文出版社，1992 年）所收「嘉慶戊辰恩科」顧元熙於試卷前自己所寫的履歷，當字「麗丙」。
14　據江慶柏編，《清朝進士題名錄》（北京：中華書局，2007 年），頁 740；尹海金、曹瑞祥編，《清代進士辭典》（北京：中國文史出版社，2004 年），頁 255。
15　潘榮勝編，《明清進士錄》（北京：中華書局，2006 年），頁 1020。
16　顧廷龍主編，《清代硃卷集成》（台北：成文出版社，1992 年），冊 131，頁 297-298。
17　顧廷龍主編，《清代硃卷集成》（台北：成文出版社，1992 年），冊 131，頁 305。

但顧元熙在參加會試時運氣稍差,與第一名擦身而過,屈居第二,陸敬安《冷廬雜識》卷一「解元連捷」條云:

> 解元連捷,幾中會元而抑置第二者,一為乾隆壬申恩科浙江
> 解元李祖惠,……一為嘉慶戊辰恩科江南解元顧元熙,己巳
> 會試,總裁錢塘相國費公淳取列第一,侍郎英公和以第二名
> 孔傳綸二、三場奧博多奇字,遂易置焉。顧終翰林院侍講。
> 識者謂李、顧闡作,實勝邵、孔,使不抑第二,則三元可得
> 矣,豈非命乎![18]

可知顧元熙不僅才情過人,也是考試高手。

顧元熙詩文雋雅,尤工書法,「學歐陽率更(歐陽詢)而近文待詔(文徵明)」[19]。其賦張之洞推許為「近時名家」、「國朝大手筆」:

> 國朝賦家,大手筆最多,才力實勝唐人,……吳祭酒(錫麟)
> 及鮑(桂星)、顧(元熙)、陳(沆)三家賦,皆為近時名家,
> 可學。[20]

清景其濬編纂的《四家賦鈔》,收的「四家」就是吳錫麟、鮑桂星、顧元熙、陳沆,並認為「學賦者讀漢魏六朝唐宋諸賦後,兼此四家以充其筆力,熟其機杼,則得吳之雄、鮑之厚、顧之超、陳之雋」。該書共收吳錫麟賦 26 篇、鮑桂星賦 18 篇、顧元熙賦 35 篇、陳沆賦

---

18 陸敬安,《冷廬雜識》,收於「筆記小說大觀」(台北:新興書局,1979 年) 28 編,
   冊 8,頁 4518。
19 據《昭代名人尺牘續集小傳》卷 7、《皇清書史》卷 27。
20 張之洞,《輶軒語》語文第三,賦,「宜相題製體」。《張文襄公全集》(台北:文
   海出版社,1970 年),頁 41675。

29 篇[21]，在篇數上以顧元熙居首，可見其賦極受肯定。顧元熙另有
賦作別集《蘭修館賦稿》傳世[22]。

三、顧元熙選王棨賦挑戰的背景

　　由於在清代科舉考試的層層關卡中，律賦是某些關卡的測驗項
目，因此，「如何學好律賦」一直是清代舉子們的重要課題。
　　清代考試律賦的場合約有：

> 自有唐以律賦取士，而賦法始嚴。……我朝作人雅化，文運
> 光昌，欽試翰院既用之，而歲、科兩試及諸季考，亦藉以拔
> 錄生童，預儲館閣之選。[23]

> 國朝專為翰林供奉文字、庶吉士月課、散館、翰詹大考皆試
> 賦，外如博學鴻詞及召試亦試賦，而學政試生員亦用詩賦。[24]

除了康熙、乾隆兩朝非定期舉行的「博學鴻詞科」及「巡幸召試」[25]，
清代取士的常設管道——每三年一輪的「童試」（第一年）、「鄉試」
（第二年）、「會試」、「殿試」（第三年），係於「童試」（分為「縣考」
→「府考」→「院考」三級）階段考律賦[26]。而通過童試的秀才們，

---

[21] 何新文，《中國賦論史稿》（北京：開明出版社，1993 年），頁 252。

[22] 參閱 http://www.gujibook.com/gujide_74695/。

[23] 余丙照，《增註賦學入門》（台北：廣文書局，1979 年），頁 1。

[24] 陶福履，《常談》，《叢書集成初編》（台北：新文豐出版公司，冊 31），頁 35。

[25] 清代「博學鴻詞科」一共只舉行過兩次，繼康熙十八年後，直到乾隆元年才再度
招考。「巡幸召試」在康熙時舉行過兩次（四十二年、四十四年），乾隆時舉行過
十三次。參閱楊紹旦，《清代考選制度》（台北：考選部，1991 年），頁 223-231。

[26] 「縣考」與「府考」分別由知縣及管轄該縣的知府主持，「縣考」與「府考」一
次考四場或五場，通常第三場試律賦一篇。「院考」則由欽命簡放、三年一任的

無論是參加「科考」的篩選以取得「鄉試」資格[27]，或是參加「歲考」的檢定以提高位階俸祿[28]，律賦仍為測驗項目之一。此後由「鄉試」到「殿試」雖不考賦，但這些通過層層關卡的進士們，一旦有幸分發到第一志願——翰林院，則律賦不但是他們在館期間的必修功課，更是期滿結業「散館」考的必試科目[29]。即使是翰林院及詹事府中由翰林出身的官員，每隔數年參加關係陞遷的「翰詹大考」，也還是得考律賦[30]。

對於「如何學好律賦」，清代人大多認為該取法「唐人律賦」：

> 欲求為律賦，舍唐人無可師承矣。（鮑桂星《賦則・凡例》）

> 初學作賦，總宜按部就班，取法唐賦為是。（余丙照《賦學入門・雜體》）

「學政」主持，一次考兩場，但律賦考試不在這兩場，而在兩場之前另設的「經古場」。參閱商衍鎏，《清代科舉考試述略》（台北：文海出版社），頁 4-5；俞士玲，〈論清代科舉與辭賦〉，收於南京大學中文系主編，《辭賦文學論集》（南京：江蘇教育出版社，1999 年），頁 667。

27 由於府、縣生員人數眾多，但省城「鄉試」考場容量有限，因此在「鄉試」以前，學政通常會先就生員們進行篩選，此即「科考」。生員們必須在「科考」中名列第一、二等或第三等之前三名，才有機會參加「鄉試」。

28 「歲考」亦由學政主持，其目的係為考察生員們的學業狀況，成績優者可由「附生」晉為「增生」，或由「增生」晉為「廩生」，荒廢退步者則予以懲罰。

29 通過「殿試」的新進士，除殿試鼎甲第一名確定授「翰林院修撰」，第二、三名確定授「翰林院編修」外，其他人均須再參加「朝考」以決定職位。在各類職位中，以「翰林院庶吉士」為最優。庶吉士們必須先到「翰林院庶常館」接受一段時間的學習，通常為三年。

30 例如阮元在其《揅經室四集》中，便保留了上述翰林院試律賦的各項記錄。阮元於乾隆五十四年賜進士出身，朝考欽取第九名，改授「翰林院庶吉士」，入「庶常館」讀書，五十五年「散館」，授「翰林院編修」，五十五年參加「翰詹大考」。《揅經室四集》收賦六篇，其中〈炙輠賦〉（以「炙輠中膏其流無盡」為韻）註明為「翰林院課」，〈御試一目羅賦〉（以題為韻）註明為「散館一等第一名」，〈御試擬張衡天象賦〉（以「奉三無以齊七政」為韻）註明為「翰詹大考一等第一名」。

> 學者為律賦，<u>必於唐師焉</u>，猶律詩之不能不法唐也。（陳壽祺
> 〈律賦選序〉）

> 效古者法漢，<u>效律者法唐</u>，其亦得所準繩而無憾矣。然人第
> 知律詩惟唐為盛，不知<u>律賦亦惟唐為盛</u>也。（邱先德《唐人賦
> 鈔·序》）

> 唐人律賦，制義中之明文也。……作賦不由唐人律賦尋取門
> 徑，雖有沉博絕麗之觀，猶木衣綈錦、土被朱紫耳。（潘遵祁
> 《唐律賦鈔·序》）

又如李調元《賦話》是他出任廣東學政時，為指示諸生「作賦之法
門」所撰寫。書中強調「揆厥正宗，終當以唐賦為則」[31]，並藉以
批評宋人律賦的不足：

> 宋人律賦，大率以清便為宗，流麗有餘而琢鍊不足，故意致
> 平淺，<u>遠遜唐人</u>。[32]

> 宋人四六，上掩前哲，<u>賦學則不逮唐人</u>，良由清切有餘，而
> 藻繢不足耳。[33]

> 論宋朝律賦，當以表聖（田錫）、寬夫（文彥博）為正則，元
> 之（王禹偁）、希文（范仲淹）次之，永叔（歐陽修）而降，
> 皆橫騖別趨而<u>価唐人之規矩矣</u>。[34]

---

[31] 李調元，《賦話》（台北：世界書局，1962 年），卷 5，頁 40。
[32] 李調元，《賦話》（台北：世界書局，1962 年），卷 5，頁 38。
[33] 李調元，《賦話》（台北：世界書局，1962 年），卷 5，頁 40。
[34] 李調元，《賦話》（台北：世界書局，1962 年），卷 5，頁 37。

> 宋人所尚者，清便流轉，好用現成語，乏鍛鍊刻琢之功，欲語雷同，畦町不化，所以<u>不逮唐人</u>也。[35]

> 運用成句，間出一奇，宋人則專以此擅長，往往有自然巧合者。……<u>然較諸唐人吐屬，尚有巧拙之別</u>。[36]

相反的，趨近唐人律賦者即受讚賞，如稱宋代田錫、文彥博、范仲淹：「唯此數公猶有唐人遺意」，譽田錫〈雁陣賦〉「興會淋漓，音節嘹亮，妍辭膩旨，不讓唐人」[37]，誇明代李維禎〈日方升賦〉「精金美玉，不減唐人」、錢文薦〈夏雲多奇峰賦〉「磊磊落落，尚有唐人筆法」[38]等，皆顯示唐代律賦的典範意義。

　　清代不少賦選集也反映了這個共同思維，例如錢陸燦編的《文苑英華律賦選》、劉文蔚、姚亢宗編的《唐人應試賦選》、潘遵祁編的《唐律賦鈔》、邱先德編的《唐人賦鈔》、楊承啟編的《鋤月山房批選唐賦》……等，莫不向唐看齊。那麼，唐代究竟哪一位賦家、哪些賦篇最受青睞呢？據〈清人選唐律賦之考察〉[39]一文對清代七種選本的統計[40]，七種選本的「聯集」計有 92 位作家、195 篇作品。在這 92 位作家中，「王棨」共有 22 篇作品曾經獲選，數量不僅居眾人之冠，且遙遙領先第二名的「黃滔」（8 篇作品獲選）。又在這 195 篇作品中，至少獲五種選本選錄者計 15 篇，它們是：王棨〈沛父老

---

[35] 李調元，《賦話》（台北：世界書局，1962 年），卷 2，頁 16。

[36] 李調元，《賦話》（台北：世界書局，1962 年），卷 4，頁 35。

[37] 俱見李調元，《賦話》（台北：世界書局，1962 年），卷 5，頁 38。

[38] 李調元，《賦話》（台北：世界書局，1962 年），卷 6，頁 47。

[39] 簡宗梧師、游適宏，〈清人選唐律賦之考察〉，《逢甲人文社會學報》第 5 期，2002 年 11 月。

[40] 七種選本為：王修玉《歷朝賦楷》、潘遵祁《唐律賦鈔》、邱先德《唐人賦鈔》、顧南雅《律賦必以集》、馬傳庚《選注六朝唐賦》、楊承啟《鋤月山房批選唐賦》、雷琳、張杏濱《賦鈔箋略》。

留漢高祖賦〉、王損之〈曙觀秋河賦〉、白敏中〈息夫人不言賦〉、李程〈日五色賦〉、林滋〈小雪賦〉、浩虛舟〈盆池賦〉、丁春澤〈日觀賦〉、王勃〈九成宮東臺山池賦〉、王棨〈江南春賦〉、白居易〈荷珠賦〉、康僚〈漢武帝重見李夫人賦〉、黃滔〈漢宮人誦洞簫賦賦〉、蔣防〈姮娥奔月賦〉、駱賓王〈螢火賦〉、薛逢〈天上種白榆賦〉，而唯一獲得七種選本一致肯定的，就是王棨〈沛父老留漢高祖賦〉。

「王棨」也極受李調元《賦話》薦賞，以其琢鍊精巧又不失自然的風格，堪稱與黃滔是「一時之瑜、亮」：

> 晚唐律賦較前人更為巧密，<u>王輔文、黃文江，一時之瑜、亮也</u>。文江戛戛獨造，不肯一字猶人；輔文則錦心繡口，丰韻嫣然，更有漸近自然之妙。[41]

浦銑《復小齋賦話》於王棨諸賦中，亦推〈沛父老留漢高祖賦〉為「壓卷」之作，以其深於情也：

> 文以有情為貴。余<u>於輔文賦，以〈沛父老留漢高祖〉為壓卷</u>；文江賦，以〈秋色〉為壓卷。知音者，定不河漢斯言。[42]

很顯然，顧元熙要重寫一篇〈沛父老留漢高祖賦〉，是一項難度極高的挑戰。他最後未將作品割棄，想必是有自信贏過原作，至少自認為是不相上下。但無論後代讀者認為他的挑戰是成功或失敗，他敢在「人不能加也」的壓卷之作上繼續「加」，已經充分展現賦家「競」的精神。

---

[41] 李調元，《賦話》（台北：世界書局，1962年），卷2，頁13。

[42] 浦銑，《復小齋賦話》，卷下，見何沛雄編，《賦話六種》（香港：三聯書店，1982年），頁86。

四、顧作手筆及其與王作的比較

（一）顧元熙〈沛父老留漢高祖賦〉

〈沛父老留漢高祖賦〉的題目出自《漢書・高帝紀》所載的一段史事：

> 十二年冬十月，上破布軍於會缶。布走，令別將追之。上還，過沛，留，置酒沛宮，悉召故人父老子弟佐酒。發沛中兒得百二十人，教之歌。酒酣，上擊筑，自歌曰：「大風起兮雲飛揚，威加海內兮歸故鄉，安得猛士兮守四方！」令兒皆和習之。上乃起舞，慷慨傷懷，泣數行下。謂沛父兄曰：「游子悲故鄉。吾雖都關中，萬歲之後吾魂魄猶思沛。且朕自沛公以誅暴逆，遂有天下，其以沛為朕湯沐邑，復其民，世世無有所與。」沛父老諸母故人日樂飲極歡，道舊故為笑樂。十餘日，上欲去，沛父兄固請。上曰：「吾人眾多，父兄不能給。」乃去。沛中空縣皆之邑西獻。上留止，張飲三日。沛父兄皆頓首曰：「沛幸得復，豐未得，唯陛下哀矜。」上曰：「豐者，吾所生長，極不忘耳。吾特以其為雍齒故反我為魏。」沛父兄固請之，乃並復豐，比沛。

律賦的書寫原則是：「才見題，便類聚事實，看緊慢分布在八韻中」[43]，用的也是「引而申之」、「推類而言」[44]的手法，只是推類的對象從「景物」換成了「典故」。顧元熙賦以「情深閭里，義重君臣」為韻，

---

[43] 李廌，《師友談記》（台北：台灣商務印書館影四庫全書，冊863），頁176。
[44] 揚雄：「賦者將以風也，必推類而言，極麗靡之辭，閎侈鉅衍，競於使人不能加也。」皇甫謐〈三都賦序〉：「引而申之，故文必極美；觸類而長之，固辭必極麗，然則美麗之文，賦之作也。」

分為八段，各段依限韻字的次序轉韻，我們先看顧元熙如何鋪衍這
則典故（限韻字畫雙底線）：

昔漢高祖之十有二年，黥布走，淮南平。回車駕，返神京。
道由豐沛，命駐旗旌。王侯列侍，父老歡迎。擊筑三聲，猶
戀故鄉之樂；停鑾十日，未伸下土之<u>情</u>。

溯夫閭閻暄習，草澤浮沉。狎游擊劍，酒壚酬金。自誅當道
之蛇，神靈翊運；遂逐中原之鹿，豪傑歸心。關內新都，星
辰彩聚；山東舊邑，雨露恩<u>深</u>。

幸降乘輿，重迴故居。千旗絳綷，七校紆徐。纔令菴屋同歡，
鳧趨玉陛；又是翠華欲去，雲擁瓊裾。知我儕臥轍攀轅，難
羈天馭；恐此後堂高廉遠，莫慰窮<u>閭</u>。

所由策杖皆臻，褰裳戻止。謂屬車臨幸所經，乃王跡發祥之
始。龍飛此地，同瞻泗水波清；豹隱當年，先兆芒山雲紫。
雖曰庶邦首出，湛恩必普於寰瀛；然而我后徯來，厚意尤殷
於故<u>里</u>。

加以歲序如流，韶華頓異。雲泥境隔，尚憶前游；犬馬年衰，
纔瞻新治。顧辭耕鑿，長依藻黼之光；奈追桑榆，莫竭涓埃
之<u>義</u>。

請駐鑾軒，更邀天寵。念聖人以四海為家，非百姓靳一人之
奉。獨是食租衣稅，分沾舊日交遊；豈其佩璲壺漿，罔恤老
臣頂踵。且櫛風沐雨，從王者子弟功多；而就日瞻雲，望澤
者耄期情<u>重</u>。

　　願沛恩波之浩蕩，用伸獻曝之殷勤。蠲輸將於輓粟，免徭役
於從軍。微時同是釣遊，往來如昨；兩地俱為湯沐，彼此奚
分。毋以逆命兼旬，記小嫌於雍齒；竊擬俸錢贏二，酬厚報
於蕭<u>君</u>。

　　是則崛起等倫，周旋懿親。雖天子毋忘車笠，俾群黎咸荷陶
甄。於是沛父老拜手稽首而獻頌曰：聖德寬仁，握符闡珍。
就之如日，養之如春。願世世子孫兮，長為本朝率土之<u>臣</u>。

　　賦的首段，以敘述事件的時間、緣由直起，輕籠題目，然後以
「道由豐沛，命駐旗旄。王侯列侍，父老歡迎」入題，至此，「高祖」、
「沛」、「父老」等題目字全現；之後再以一組四六隔句對：「擊筑三
聲，猶戀故鄉之樂；停鑾十日，未伸下土之情」拈出題眼「留」，做
為下文「父老」出言「挽留」、「高祖」心懷「留戀」的張本。

　　賦的第二段，依律賦慣例為「或敘題源委，還清來歷；或從題
前展拓虛步」[45]，顧作係從題前展拓，敘述高祖當年出身草澤，常
以王媼、武負貰酒，其後斬白蛇起義，率領豪傑進入關中，平定板
盪，肇建帝國。

　　賦的第三段承上啟下，先敘高祖重回家鄉，與故舊短暫同歡；
後云高祖行將離去，父老們恐此後難見天顏，引出「挽留」之情。
於是第四段由「謂」字起至第七段，便是父老們對高祖的訴說與希
冀：首云沛縣是高祖發祥之地，這裡仍住著昔日的鄉親；次言時光
流逝，雖年邁體衰，幸能瞻見四海昇平，也願意竭力追隨高祖；繼

---

[45] 余丙照，《增註賦學入門》（台北：廣文書局，1979 年），頁 65。此外如唐代佚
名《賦譜》亦云：「新賦之體，『項』者，古賦之『頭』也」；李薦《師友談記》：
「第二韻探原題意之所從來」；鄭起潛《聲律關鍵》：「第二韻謂之原韻，推原
一題之意」。

而「邀天寵」，請高祖莫忘家鄉子弟多年從軍征戰的辛勞，體恤家鄉父老期盼子弟歸來的殷切，能減輕賦稅，免除徭役，也不要計較雍齒「反我為魏」的前嫌，讓沛、豐兩地都有幸成為天子的湯沐邑。

　　賦的第八段，以高祖念舊寬仁、沛父老稽首獻頌作結。沛父老雖無法長留高祖，但一番誠摯的言辭感動了高祖，為沛留下了高祖施予的恩德。

（二）王棨〈沛父老留漢高祖賦〉

　　王棨〈沛父老留漢高祖賦〉的篇幅不如顧元熙的新作長，賦以「願止前驅，得申深意」為韻，一樣分為八段，限韻字於下文用雙底線標示：

> 漢祖還鄉兮，鑾駕將還。沛中父老兮，留戀潸然。憶故舊於干戈之後，敘綢繆於旌旗之<u>前</u>。白髮多傷，鳳輦願停於此日；翠華一去，皇恩再訪於何年。

> 昔以群盜并興，我皇斯起。神明天授其昌運，神武日聞於舊里。今則秦楚勢傾，鼓鼙聲<u>止</u>。聖代而陽和照物，元首明哉；暮年而蒲柳傷秋，老夫耄矣。

> 然而黃屋才降，丹誠未<u>申</u>。豈可風馳天仗，雷動車輪。一則以情深閭里，一則以義重君臣。隆準龍顏，昔是故鄉之子；捧觴獻壽，今為率土之人。

> 乃曰：陛下創業定傾，順天立極。臣等犬馬難效，星霜屢逼。窺泗水則淒若舊風，指芒碭則依然故邑。眷戀難盡，汍瀾易<u>得</u>。昔日望雲之瑞，豈有明言；當時賣酒之家，堪驚默識。

帝乃駐天步,遂人心。戈矛山立,貔虎煙深。草澤初興,雲露而蛟龍奮翼;鄉園重到,煙空而鷺鶴歸林。

時也親友咸臻,少年并至。縱兆民如子,恩更洽於故人;雖四海為家,情頗深於舊意。

往事如睹,流光若驅。望幸誠異,攀轅則殊。交遊既阻於秦時,堪悲今昔;黎庶正忻於堯日,自恨桑榆。

已而雙淚盡垂,一言斯獻。請沛為湯沐之邑,實臣愜死生之願。是使萬歲千秋,杳冥無恨。

王棨將「漢祖還鄉兮,鑾駕將還」、「沛中父老兮,留戀潸然」並置破題,其後始終同時掌握「高祖」與「沛父老」的心情做為敘寫線索。一方面,高祖興起之前的往事,比如他曾做過小小的泗水亭長,住在芒、碭山澤之間,頭頂會出現莫名其妙的雲氣,也常常賒欠酒錢,藉由這些陳年舊事,來顯示高祖與沛縣到底有著「人不親土親」的關係,所以高祖畢竟是顧念家鄉的:「縱兆民如子,恩更洽於故人;雖四海為家,情頗深於舊意」。另一方面,沛父老們則有悲喜相參的複雜心情。喜的是昔日「貰酒」的「故鄉之子」,今日終於「創業定傾,順天立極」,功成名就,衣錦還鄉;但反觀自己呢?連年戰亂,「星霜屢逼」,已是「蒲柳傷秋」,垂垂老矣。此後別說是報效出身家鄉的皇帝已力不從心,就是想活在四宇太平的盛世,恐怕也來日無多了。所以沛父老忍不住「雙淚盡垂」,與其說是憂傷「翠華一去,皇恩再訪於何年」,不如說是為了「流光若驅」,「自恨桑榆」。王棨很巧妙地扣緊「留」這個題眼,不僅傳達高祖心繫故鄉、父老眷戀高祖的情感,更表露了沛父老「韶華不為少年留」的哀歎與遺憾。

（三）顧、王〈沛父老留漢高祖賦〉的比較

　　就形式來看，顧元熙〈沛父老留漢高祖賦〉在限韻字的使用上
較王棨〈沛父老留漢高祖賦〉嚴謹，「隔」（隔句對）的數量也比王
棨〈沛父老留漢高祖賦〉多（參閱表 4-1 與表 4-2），這似乎意味著：
顧元熙〈沛父老留漢高祖賦〉的書寫難度要比王棨〈沛父老留漢高
祖賦〉來得高，因此是顧賦略勝一籌。但律賦「限韻字按順序逐段
押，且必押於各段最後一韻」，原是清代賦家自認不同於唐人之處：

> 唐人於官韻往往任意行之，後來取音節之諧，一平一仄間押，
> 至宋人始依次遞用，然尚不能畫一。今則必須挨次押去，斷
> 不可錯亂；又唐、宋人皆有兩韻并押者，尤不可學。[46]

而律賦一段用兩「隔」，也是清代才比較講究，在唐代，依《賦譜》
的建議，一段使用一「隔」即可[47]，以王棨傳世的 46 篇律賦來說，
每一篇都不超過八「隔」[48]。因此，王棨原作與顧元熙新作相較，
在形式方面固然「前修未密」，但這是不同時代有不同書寫慣例所造
成的，不能因顧元熙新作「後出轉精」就認為優於王棨原作。

---

[46] 顧南雅，《律賦必以集》（道光壬午重刊本），例言。

[47] 「約略一賦內用六、七『緊』，八、九『長』，八『隔』，一『壯』，一『漫』，六、
七『發』；或四、五、六『緊』，十二、三『長』，五、六、七『隔』，三、四、五
『發』，二、三『漫』、『壯』；或八、九『緊』，八、九『長』，七、八『隔』，四、
五『發』，二、三『漫』、『壯』。」詹杭倫，〈賦譜校注〉，詹杭倫、李立信、廖國
棟（合著），《唐宋賦學新探》（台北：萬卷樓圖書公司，2005 年），頁 80。

[48] 據陳鈴美《王棨律賦研究》的統計，王棨賦「平均每首律賦用了 0.75 個壯句，
8.5 個緊句，9.3 個長句，6 個隔句對」，陳鈴美，《王棨律賦研究》（逢甲大學中
文系碩士論文，2005 年），頁 79。該文所附「王棨賦作押韻結構表」頁 179 認為，
〈沛父老留漢高祖賦〉八韻用了九「隔」，但個人以為首段「漢祖還鄉兮，鑾駕
將還。沛中父老兮，留戀潸然」及第四段「陛下創業定傾，順天立極。臣等犬馬
難效，星霜屢邁」，由於兩句一韻，不符合「隔」的句式，故〈沛父老留漢高祖
賦〉八韻只用了七「隔」。

表 4-1　顧元熙〈沛父老留漢高祖賦〉

（以「情深閭里，義重君臣」為韻）句型韻腳表

| 段 | 句式 | | | | | 韻腳 |
	壯	緊	長	隔	漫	（限韻字標雙底線）
第一段	2	2		1		平、京、旌、迎、情
第二段		2		2		沉、金、心、深
第三段		2		2		居、徐、裾、閭
第四段		1	1	2		止、始、紫、里
第五段		1		2		異、治、義
第六段		1	1	2		寵、奉、踵、重
第七段			2	2		勤、軍、分、君
第八段		3	1		1	親、甄、珍、春、臣

表 4-2　王棨〈沛父老留漢高祖賦〉

（以「願止前驅，得申深意」為韻）句型韻腳表

| 段 | 句式 | | | | | 韻腳 |
	壯	緊	長	隔	漫	（限韻字標雙底線）
第一段			1	1	2	還、然、前、年
第二段		2	1	1		起、里、止、矣
第三段		2	1	1		申、輪、臣、人
第四段		3	1	1		極、逼、邑、得、識
第五段	1	1		1		心、深、林
第六段				1		至、意
第七段		2		1		驅、殊、榆
第八段		1	1		1	獻、願、恨

　　顧元熙〈沛父老留漢高祖賦〉較王棨〈沛父老留漢高祖賦〉篇幅長，且「隔」句高出近乎一倍，自然會運用較多的典故。其中最醒目的用典，是第七段最後一「隔」——毋以逆命兼旬，記小嫌於雍齒；竊擬俸錢贏二，酬厚報於蕭君。此聯前半典出《漢書·高帝紀》一段劉邦與雍齒的嫌隙：

（秦二年）十二月，楚王陳涉為其御所殺。魏人周市略地豐、沛，使人謂雍齒曰：「豐，故梁徙也。今魏地已定者數十城，齒今下魏，魏以齒為侯守豐；不下，且屠豐。」雍齒雅不欲屬沛公，及魏招之，即反為魏守豐。沛公攻豐，不能取。沛公還之沛，怨雍齒与豐子弟畔之。

但等劉邦一統天下之後，因為張良的建議，雍齒反而受到封賞，成為朝廷寬大為懷、不念舊惡、穩住政局、安定反側的宣傳樣板：

良曰：「陛下與此屬共取天下，今已為天子，而所封皆故人所愛，所誅皆平生仇怨。今軍吏計功，以天下為不足用遍封，而恐以過失及誅，故相聚謀反耳。」上曰：「為之奈何？」良曰：「取上素所不快，計群臣所共知最甚者一人，先封以示群臣。」三月，上置酒，封雍齒，因趣丞相急定功行封。罷酒，群臣皆喜，曰：「雍齒且侯，吾屬亡患矣！」

此聯後半則典出《漢書・蕭何傳》，蕭何在劉邦為平民和亭長時，經常私下幫忙他。劉邦曾以吏繇咸陽，其他人都資助三百錢，唯蕭何給劉邦五百錢。天下統一後，劉邦欲定功臣位次，心許蕭何為第一，卻始終有人認為蕭何只是坐鎮後方，未於戰場衝鋒陷陣，焉能居首功？但關內侯鄂秋卻對劉邦說：「野戰略地之功」是「一時之事」，「蕭何常全關中待陛下，此萬世功也」，「奈何欲以一旦之功加萬世之功哉」？劉邦欣然，乃令蕭何為第一，並加封二千戶：

是日，悉封何父母兄弟十余人，皆食邑。乃益封何二千戶，「以嘗繇咸陽時何送我獨贏錢二也」。

高祖十二年冬「沛父老留漢高祖」的史事,原有「毋記小嫌」一節,當時劉邦還是對雍齒「反我為魏」心存芥蒂,但因「沛父兄固請之,乃並復豐,比沛」,是以顧元熙書於賦中,並無特別,但他接著援引「蕭何因當年多給二百錢而多封二千戶」的典故,雖是一則與「雍齒」無關之事,卻能為沛父老替豐邀恩請賞的說辭增加說服力,也凸顯了賦中高祖慷慨重情的性格。顧南雅《律賦必以集》曾說:

> 每一題即有一題應用之典,且分出數層,即有每層中應用之典,引而伸之,觸類而長之,往往有絕不相涉,引來適成奇妙者,此又在組織之工、心思之巧也。[49]

顧元熙串接「蕭何」與「雍齒」二事,確為「絕不相涉,引來適成奇妙者」,這是比王棨原作更用巧思之處,值得肯定。

然而二賦在鋪衍《漢書》原典成文的取向上卻頗不相同。王棨的〈沛父老留漢高祖賦〉是在第四段中「沛父老」開口說話,但第五段轉而敘寫高祖停駕駐足,第六段寫「親友咸臻」的場景,第七段寫「沛父老」因年華易逝的感嘆。賦所著重的似乎不是「沛父老」說的話,而是「沛父老」的心情,因此賦中表達情緒的詞相當多,例如「情深」出現兩次,「傷」出現兩次,「戀」出現兩次,其餘尚有「淒」、「悲」、「恨」、「汍瀾」、「雙淚」,再加上與「年老」相關的詞,如「白髮」、「蒲柳」、「桑榆」、「老夫耄矣」、「星霜屢逼」、「流光若驅」等,彼此搭配渲染,遂呈現浦銑《復小齋賦話》所謂「有情」的風貌。相反的,顧元熙〈沛父老留漢高祖賦〉從第四段起由「沛父老」開口說話後,就一直說到第七段,因此賦中多見祈使口吻——「請……」的句型出現一次,「願……」的句型更出現了三次,

---

[49] 顧南雅,《律賦必以集》(道光壬午重刊本),「例言」。

此外為了貼切「君臣對話」的場合，除了「恩」謝再三（雨露恩深、湛恩必普於寰瀛、恩波之浩蕩），並時以「天子」、「王者」、「聖人」、「神京」、「天馭」、「天寵」、「玉陛」、「翠華」、「聖德」表示恭敬，以「獻曝」、「犬馬」謙卑自持，所以全賦莊雅而典重。或許可以這麼說，顧元熙〈沛父老留漢高祖賦〉取王棨原作中的「情深閭里，義重君臣」為韻，足見此八字乃此題之要旨，但王棨的〈沛父老留漢高祖賦〉似以「情深閭里」為主，而顧元熙的〈沛父老留漢高祖賦〉則顯然是偏向「義重君臣」的。

五、結語

　　清代由於科舉部分階段考試律賦的關係，使得「唐人律賦」一方面是學習、仿效的目標（瓣香唐賢），一方面又是挑戰、超越的對象（不必復陳大輅之椎輪）：

> 今功令以詩賦試士，館閣猶重之。試賦除擬古外，率以清醒流利、輕靈典切為宗，正合唐人律體。特唐律巧法未備，往往瑕瑜互見，宋、元亦然，今賦則斟酌益臻完善耳。……學者就時彥中擇其最精者以為鵠，即不啻瓣香唐賢，不必復陳大輅之椎輪矣。[50]

在這種「思齊」與「爭勝」交織的「影響的焦慮」[51]之下，儘管冒著「畫虎不成反類犬」之險，不少清人還是刻意跨時代的和唐人「同

---

[50]　李元度，《賦學正鵠》（清光緒 17 年經綸書局刊本），「序目」。

[51]　「影響的焦慮」，這個術語來自當代美國文學批評家 Harold Bloom 在 1973 年所出版的同名著作《影響的焦慮》（The Anxiety of Influence: A Theory of Poetry）。過去我們所謂的「影響」，概指後輩對前輩的模倣學習，但 Bloom 則認為：「一位抱負不凡的作家，必定會以某種方式摧毀先驅作家的勢力──通常是一位如日

題共作」，本文所探討的顧元熙〈沛父老留漢高祖賦〉只是其中一例。
雖然唐代王棨的〈沛父老留漢高祖賦〉在清代極有口碑：

> 唐王棨〈沛父老留漢高祖賦〉，以題之曲折為文之波磔，指點
> 生動，不寂不喧，此妙為王郎中所獨擅，如〈四皓輔太子〉、
> 〈西涼府觀燈〉等作，意匠皆同，而此篇尤膾炙人口。[52]

浦銑《復小齋賦話》更譽此賦為王棨諸篇「壓卷」之作，但李元度
《賦學正鵠》卷一還是給顧元熙〈沛父老留漢高祖賦〉很高的評價：

> 寓單行於排偶之中，筆若游龍，轉折如意，再接再厲，愈出
> 愈奇。其極流走處正其極洗鍊處，故無一平筆，更無一閒字。
> 此不規矩於層次而神明於層次者也。唐人有此題賦，然情致
> 纏綿，斟酌飽滿，實遠不及此作。此蓋時會為之，亦猶唐人
> 試律不能如今試帖之工而稱也。[53]

「同題共作」的目的本來就不是要做唐人律賦的影子，但顧元熙之
作是否「情致纏綿，斟酌飽滿」，遠勝王棨原作，恐怕見仁見智。至
少個人覺得王棨的原作擅寫「情深閭里」，顧元熙的新作則長於「義
重君臣」，兩人對「沛父老留漢高祖」的想像各異其趣，觀看方式也
各有所鍾。

中天、備受尊崇的偉大先進，並扭曲他的權威，接收他的勢力。……Bloom 強調，
這種因為『影響』而產生的『焦慮』，其實與弗洛依德（Freud）所定義的『伊底
帕斯情結』（Oedipus complex）具有相同的特徵，每位作家對於先驅前輩的態度，
都混雜著既崇拜又想與之競爭的焦慮與不安。」以上參閱並譯自 Jeremy Hawthorn,
A Concise Glossary of Contemporary Literary Theory（New York: Edward Arnold,
1992），"Revisionism", p.153。

[52] 李調元，《賦話》（台北：世界書局，1962 年），卷 4，頁 31。

[53] 李元度，《賦學正鵠》（清光緒 17 年經綸書局刊本），卷 1。

　　清代這些考場外的挑戰，一方面提供我們了解唐人律賦在後世的接受狀況，另一方面也可以讓我們獲悉：考試其實不只是考場內的事，更是一個能在考場之外形成多重影響的文化現象。

下編　賦的教學

伍、在現代文學中發現賦

——論王文華《蛋白質女孩》與賦的偶合[*]

一、緒說

　　王文華《蛋白質女孩》一書，係由《中國時報》「三少四壯集」的專欄文章集結而成，西元 2000 年出版後風靡兩岸，不僅銷售量突破一百萬冊，故事也被改編成電視劇、舞臺劇，未來甚至可能推出電影版[1]。這股「王文華現象」與「蛋白質旋風」[2]的形成，論者多認為與作者本身的學經歷背景相關——兼具外文學士（台灣大學）和企管碩士（美國史丹佛大學）兩種學位、「用左腦廝殺商場，用右腦寫暢銷書」、將商業邏輯運用在文學作品的生產與銷售上、成功經營自我品牌……等[3]，李奭學先生則獨到地提出「異域的想像」與「他

---

*　本文原以「藏賦於蛋白質——論王文華《蛋白質女孩》與賦的偶合」為題，刊於《台灣科技大學人文社會學報》第 4 期（2008 年 3 月），收入本書時稍做修改。

[1]　謝其濬〈王文華經營「王文華」——中產階級老靈魂〉：「2002 年 1 月在大陸發行《蛋白質女孩》簡體版，三十天就賣了十五萬本，至今創下破百萬的紀錄。」（《遠見》2003 年 9 月，http://www.readingtimes.com.tw/TimesHtml/authors/tomwang/author/0309gvm.htm）；麥若愚〈蛋白質女孩　台北故事＋上海風情〉：「由王文華原著，在兩岸狂賣一百萬本的都會愛情小說《蛋白質女孩》，已在大陸被改編成連續劇，目前正熱播中。……隨著電視劇熱播，上海也正在排練《蛋白質女孩》舞臺劇，王家衛也準備籌拍電影版。」（《民生報》2003 年 10 月 14 日）

[2]　「王文華現象」一詞，曾出現於楊岑雯〈幾米、王文華如何暢銷到中國？兩個台灣文化品牌的打造故事〉（《數位時代》58 期）、李奭學〈台北摩登：評王文華著《蛋白質女孩》〉（《中國時報》2002 年 8 月 19 日）；「蛋白質旋風」一詞，曾出現於李令儀〈王文華變大陸偶像作家〉（《聯合報》2002 年 7 月 26 日）。

[3]　參閱謝其濬〈王文華經營「王文華」——中產階級老靈魂〉（《遠見》2003 年 9

界的想像」進行詮釋——前者滿足「中國」讀者對「台灣／台北」人情社會的窺探，後者則逗引台灣一般人對紙醉金迷、縱情一夜等「敢想而不敢做」的慾望[4]。而歐佩佩在其碩士論文中，又進一步補充這種「他界的想像」，其實更包含了台灣一般人所夢想的「都會白領中產階級」生活[5]。

　　除了考察《蛋白質女孩》暢銷的原因，也有論者留意到這部作品的語言特色。王德威〈蛋白質的修辭學〉即指出：「《蛋白質》的賣點之一，是王文華能將他所觀察的都市現狀、男女心情連鎖起來，以韻文表達」，「種種字句、意象成雙捉對而來，夾著歪韻險韻，讀來既像是加長型的饒舌歌，也像是後現代的蓮花落」，「說說唱唱，頗有成人版兒歌的趣味」，並謂：「在敘事裡穿插韻文，其實是中國傳統白話說部的特色。倒是王文華專寫情色男女，讓我想到了明清才子佳人小說的修辭技術」[6]。但事實上，這種「在敘事裡穿插韻文」的書寫方式，更接近一種古代的文類，那就是「賦」。

　　如同王德威先生所強調：「我無意暗示王的小說承襲或改寫了才子佳人小說的任何一端」，本文的用意，也不在削足適履地拼接「賦」與《蛋白質女孩》間具有何種「古今傳承」的關聯，而是嘗試從《蛋白質女孩》裡找出潛藏的「賦體因子」，略窺這些因子偶然間轉化於

　　月）、黃惠娟〈用左腦廝殺商場，用右腦寫暢銷書：作家王文華兼顧工作與興趣的雙重生活〉（《商業周刊》748 期，2002 年 3 月）、溫珮妤〈王文華的蛋白質行銷術〉（《Cheers》25 期，2002 年 10 月）。

[4]　李爽學，〈台北摩登：評王文華《蛋白質女孩》〉（《中國時報》2002 年 8 月 19日，第 39 版）；http://www.readingtimes.com.tw/authors/tomwang/works/review_021004s.htm。

[5]　歐佩佩，《王文華現象：都市、品味、消費與愛情——台灣當代大眾文學的一個面向》（台南：成功大學台灣文學研究所碩士論文，2005 年 7 月），頁 13。

[6]　王德威，〈蛋白質的修辭學〉（《中國時報》2002 年 9 月 13 日，人間副刊）；http://www.readingtimes.com.tw/TimesHtml/authors/tomwang/works/review_021004.htm。

當代文學作品的情形，進而了解具有「賦體因子」[7]的作品，並非只能導致「為文造情」、「板重堆砌」之類的嚴重缺陷，反而可能創造「奇觀」與「驚喜」[8]，因散發特有魅力而大受讀者歡迎。

二、作品語言的偶合

　　此處所謂的「合」是指：若將《蛋白質女孩》與「賦」各取「一篇」並讀，會發現兩者在形貌、情態上有諸多相似點。也就是說，是基於《蛋白質女孩》與「賦」整體看起來相像，才繼續追究兩者有哪些地方類似，而不是把《蛋白質女孩》的修辭技術分別拆解，再一一自其他文類尋找相似之處，否則，《蛋白質女孩》的「押韻」特徵，便可以說是和「詩」偶合，也可以說是和「詞」、「曲」偶合，流於無謂的牽連附會。

　　為便於揭示《蛋白質女孩》的修辭手法與「賦」在哪些方面相像，茲先引錄 2000 年出版的《蛋白質女孩》第 211 至 214 頁的〈情書〉全文，並將與「賦」偶合的手法預作標記。此外，本文引用《蛋白質女孩》的文句甚多，且皆摘自上述版本，為避免註腳龐蕪，凡後文所出現的《蛋白質女孩》文句，將以「括弧內逕標頁碼」的方式註明出處。

> 恢廓聲勢　上禮拜張寶要我約薇琪出來，薇琪用各種藉口搪塞。到最後她不接我的電話，我的心像一塊燒焦的木柴。

---

[7] 依據簡宗梧師〈賦體之典律作品及其因子〉（《逢甲人文社會學報》第 6 期，2003 年 5 月）的研究，「用韻」是「賦」的必要條件，「恢廓聲勢」、「微言諷諭」、「微材聚事」三者堪稱是「賦」的充分條件，「設辭問答」、「儷辭偶對」是某些時期的「賦」的重要特色，「諧辭嘲戲」則往往出現於俗賦。

[8] 同註6。

設辭　「你為什麼不用情書跟她表白？」
問答　「情書？」
徵材　「或是網路。」
聚事　「我討厭新潮的網路，E-mail 只適合散佈病毒。大家只在乎
傳遞的速度，情感卻變得越來越粗。我懷念古老的情書，它
是一種壓抑的幸福。信紙上的香水濃得像必安住，頂端的勵
志詩一句比一句俗。坐在書桌前看著空白的信紙，後悔小時
候沒有好好念書。你必須找到一個角度切入，讓她知道你愛
她入骨。你仔細回想和她的接觸，每一次都吞吞吐吐。你們
之間重視禮數，從來沒有火花噴出。突然間你意識到你們條
件的懸殊，追到她的機會像光復大陸。她的臉像一塊豆腐，
你的臉像一塊泥土。她的身材像辛蒂克勞馥，你永遠不會是
勞勃瑞福。她的心像杭州西湖，你的心是一棟鬼屋。她的情
感像合作金庫，任你自由開戶。你的情感像一間當鋪，別人
給的總是超過你的付出。她愛別人像押注，不在乎是贏是輸。
你不是好的賭徒，總是半路打退堂鼓。」

「懦夫！」張寶說，「你怎麼這麼容易洩氣？你難道不知道，
五四健將羅家倫其貌不揚，但就憑一手美麗的情書，娶到了
北大的公主。」

「我不像他想像力那麼豐富。」

「沒關係，讓我教你一些寫情書的基本功夫。首先要強調她
的美麗，說你讓我重新相信了主。當上帝創造夏娃，一定是
以你做藍圖。」

「萬一她不漂亮，覺得你的讚美是故意侮辱？」

「那你就強調她的特殊。我以前愛上的都是散彈露露，口中
有痰就隨地亂吐。你卻像一本經典好書，每天讓我學到新的

詼笑
諧趣

事物。和你在一起我敢看你的眼珠，跟你講話會自然走近一步。我們約會沒有脫過衣服，每次結束我卻滿足得想哭。」

「這些太老套，別的男人一定用爛了。」

「好，那我就教你進階的絕招。你會發現讀詩的重要，引述佳句絕對是你的法寶。如果你要表達傳統的愛意，可以引用趙孟頫的『你儂我儂，忒煞情多，情多處——』」

「等一等，薇琪是七十年次的，她不可能聽過這首歌。我可不可以引用現在最流行的徐志摩：『我抬頭望，藍天裏有你，我開口唱，悠揚裏有你，我要遺忘——』」

「可以是可以，不過現在的女孩子都很實際。徐志摩式的情書像是網路股的本益比，一時 sexy 但久了還是要看你獲不獲利。所以你不要全篇都是甜言蜜語，可以適時地談談你的專業領域，這樣她才會覺得你已經把她和生活結合，愛她入骨但也想過貸款問題。愛因斯坦在給他同學米列娃的情書中說：『你真是一個充滿活力的女孩，很難想像這麼小的身體裏竟藏了這麼多能量，我在想你時看了赫茲有關電力傳送的書，因為我不懂亥姆霍茲電動力學中最少運動原則的討論。』」

「這太過理性，我喜歡的女生都像日本的自殺飛機。」

「那你就強調愛她到快死的地步。拿破崙給約瑟芬的情書說：『當我親吻著你的雙唇，沉醉在你的心窩，我卻更加難過。愛情之火吞噬了我。親愛的，請接受我一百萬個吻，但請不要回吻我，因為你的吻會讓我血液沸騰。』」

「女生會不會覺得這種花癡沒出息？」

「沒出息？這種花癡幾乎做了歐洲的皇帝！」

「你這些詩都太過文藝氣息，薇琪自然而野性，不會喜歡這種雕琢的感情。」

「那你就要學大陸人的口氣。大陸作家王力雄在九八年出了一
本《天葬》，書中說他在西藏懷念內地的情人，發了一通電報
說：『昨夜我做了一場春夢，你媽上街買菜，我啃了你一口！』」

「然後呢？」

「電報以字計費，他寫到這兒就沒了。」

「這太露骨了！我還是喜歡抽象的東西。」

「那你就學南宋女詞人朱淑貞，她在情書上畫了許多圓圈，
大圈、小圈、單圈、雙圈、全圈、半圈等，然後寫：『單圈兒
是我，雙圈兒是你⋯⋯全圈是團圓，半圈是別離⋯⋯』」

「你難道不知道大多數女生都很討厭數學，你何必去挑戰她
們的弱點。」

「好吧，那你就什麼都不寫，學英國詩人伊莉莎白伯朗寧：『我
那些讚美的言語是何等無能！所有的男人都在讚美你，卻無人
能捕捉你的風采。我愛你至深，深到我只能愛你，不能作文。』」

「我懂了，就像艾略特說的：『我們不需交談，卻想著相同的
念頭。我們胡言亂語，不需要有任何意義。』」

「碰到這樣的女人多好⋯⋯」張寶撐著頭，望著窗外，我突
然看到一個從來沒有戀愛過的小孩。

簡宗梧師於〈賦體之典律作品及其因子〉一文中，曾透過受歷代選家
推許的賦 84 篇，歸納出十餘項必要、重要或次要的「賦體因子」[9]。
這些個別的「賦體因子」固然不是「賦」所獨有（例如「設辭問答」、
「徵材聚事」等，在許多文類中都有），但當中幾個特定的「因子」
聚合在一起，尤其是「恢廓聲勢」、「微言諷諭」等，就會使作品愈

---

[9]　刊於《逢甲人文社會學報》第 6 期，2003 年 5 月。

趨近「賦」的特色。《蛋白質女孩》所以和「賦」相像，正因書中各篇同時具備了多種「賦體因子」，茲就上引〈情書〉分述如下：

（一）押韻

「押韻」在現代散文和小說中極為罕見，卻是「賦」的必要條件。而《蛋白質女孩》，正是篇篇刻意押韻，且與「賦」一樣，依文意變換韻腳，形式自由。

《蛋白質女孩》選用韻腳，多以現代漢語韻母相同為原則，並不計較聲調平仄的差異，如上文押「ㄨ」的「（網）路」、「（病）毒」、「（速）度」、「粗」、「（情）書」、「（幸）福」、「（必安）住」、「（一句比一句）俗」等，押「ㄠ」的「（絕）招」、「（重）要」、「（法）寶」，押「ㄨㄛ」的「（心）窩」、「（難）過」、「（吞噬了）我」，押「ㄧㄥ」的「（野）性」、「（感）情」，押「ㄨㄞ」的「（窗）外」、「（小）孩」等。有時甚至放寬到展唇音與圓唇音通押，如上文：「所以你不要全篇都是甜言蜜語，可以適時地談談你的專業領域，這樣她才會覺得你已經把她和生活結合，愛她入骨但也想過貸款問題」、「我們胡言亂語，不需要有任何意義」，韻腳是「ㄧ」、「ㄩ」通押。更有放寬到前鼻韻母「ㄣ」與後鼻韻母「ㄥ」通押的，如上文：「我那些讚美的言語是何等無能！所有的男人都在讚美你，卻無人能捕捉你的風采。我愛你至深，深到我只能愛你，不能作文」。

中文和英文夾雜是現今常見的語言現象，兩者音近的詞彙自然也可以通押，如上文：「徐志摩式的情書像是網路股的本益比，一時 sexy 但久了還是要看你獲不獲利」即是。書中的其他篇章，如〈預防性分手〉：「想打聽她的近況，又怕她傳話說你還在關心她。一年之後，你們巧遇在 IKEA。微笑點頭，好像對方是交通警察」（頁 124），

或如〈女強人〉:「可惜從來沒有人把她們當 lady,大家都以為她們是毫無情感的賺錢機器,……她們也渴望男人送她 Hello Kitty,情書上有一行行的愛妳不渝」(頁 100),或如〈雙重約會〉:「女人卻可以牽手在街上 shopping,兩個人舔同一根冰淇淋」(頁 182)等,也都可以見到這種「中西合璧」的押韻方式。

(二)設辭問答

　　「述客主以首引」是《文心雕龍‧詮賦》曾提出的賦體要件。先秦時期「暇豫事君的諧辭,是漢宮言語侍從辭賦的先聲」[10],留存於古籍中戲謔逗趣或迂迴諷諭的對話,乃真有其人、真有其事的記錄。到了西漢,宮廷待詔的賦家少有機會與帝王即席對話,乃預擬劇本式的文稿,透過虛擬人物來書寫將奏讀於帝王面前的賦篇[11],像司馬相如〈子虛上林賦〉全篇以「子虛」、「烏有先生」、「亡是公」三人的對話進行鋪陳,揚雄〈長楊賦〉也是藉由「子墨客卿」與「翰林主人」的對話開展。

　　「虛設主客問答」在後世的賦篇裡時有所見,如東漢張衡〈兩京賦〉的對話角色是「憑虛公子」和「安處先生」,六朝謝惠連〈雪賦〉的對話角色是「梁王」、「司馬相如」及「鄒生」,宋代蘇軾〈赤壁賦〉的對話角色是「客」與「蘇子」。《蛋白質女孩》雖然各篇主題不一,或談「預防性分手」、「分手後的政治」,或談「浪漫殺手」、「約會的方式」,但敘事方式皆與上文〈情書〉相同,是由「我」和「張寶」的對話鋪衍而成。

---

[10]　簡宗梧師,《賦與駢文》(台北:台灣書店,1998 年),頁 56。
[11]　簡宗梧師,〈試論賦體設辭問對之進程〉,第六屆國際辭賦學術研討會論文。

（三）恢廓聲勢

賦家的「恢廓聲勢」，經常以皇甫士安〈三都賦序〉所云「引而伸之，觸類而長之」呈現，像司馬相如〈子虛上林賦〉就不厭其煩的陳列：「其山則……其土則……其石則……其東則……其南則……其高燥則……其埤濕則……其西則……其中則……其北則……其上則……其下則……」，乃為讀者開啟包羅萬象的空間。而上引〈情書〉為了強調「她」與「你」的「條件懸殊」，也堆疊了「她的臉……，你的臉……。她的身材……，你永遠……。她的心……，你的心……。她的情感……，你的情感……。她愛別人像押注……，你不是好的賭徒……」，營造出「天差地別」的效果。

「層層遞進」也是「恢廓聲勢」極佳方式。上引〈情書〉中的「張寶」，就是先教導「寫情書的基本功夫」──「首先要強調她的美麗」，繼而「強調她的特殊」，然後再傳授「進階的絕招」。而「張寶」所以不斷拿出他的法寶，是因為受話者「我」不斷推翻「張寶」的構想──「萬一她不漂亮」、「她不可能聽過這首歌」、「這太過理性」、「這些詩都太過文藝氣息」、「這太露骨了」、「大多數女生都很討厭數學」。這種敘事型態很容易讓人聯想到「賦」的次文類「七」。「七」的創始者枚乘〈七發〉，便是敘述「楚太子」有疾，前去探望的「吳客」認為太子的病因在於縱欲過度，非一般藥石所能治癒，乃逐一鋪敘「音樂」、「飲食」、「車馬」、「巡遊」、「畋獵」、「觀濤」等六種享受，欲誘導太子改變生活方式，但太子都以體弱為托辭，不願採納。最後吳客提出「將為太子奏方術之士」，太子遂因可聽「天下要言妙道」而「霍然病已」。後世仿作的「七」，往往也是「受話者」對於「說話者」一再推出的長篇大論，先是表示「不敢攸同」、「未能許也」、「請言其他」，直到說話者提出第七項陳述，受話者才

終於有「疾病良已」、「敬受教命」、「實獲我心」的轉變[12]。上引〈情書〉「張寶」與「我」的往反對話，正與「七」有著高度的偶合。

（四）儷辭排句

　　「儷辭排句」有助於「恢廓聲勢」。像司馬相如〈子虛上林賦〉：「上金隄，揜翡翠，射鵔鸃，微矰出，纖繳施，弋白鵠，連駕鵝，雙鶬下，玄鶴加」，諸句雖非工整對偶，但一連串的意義平行排比，極能襯托畋獵的盛況。《蛋白質女孩》的儷辭排句一如其押韻般頗具彈性，並不費心在字數相等、平仄相對的磨削，而較偏好意義的鎚煉。如上引〈情書〉：「她的臉像一塊豆腐，你的臉像一塊泥土」、「她的心像杭州西湖，你的心是一棟鬼屋」，其誇張令人印象深刻；而「她的情感像合作金庫，任你自由開戶；你的情感像一間當鋪，別人給的總是超過你的付出」、「她愛別人像押注，不在乎是贏是輸。你不是好的賭徒，總是半路打退堂鼓」，不但取譬新鮮，其形式也堪稱是句式參差的現代版「隔句對」。

　　這類現代版「隔句對」在《蛋白質女孩》中不算少見，例如〈女強人〉：

> 星期天有人陪她們逛街 shopping，鼓勵她嘗試黑色的內衣；耶誕節陪她們去洛杉磯的迪士尼，雲霄飛車上跟她呼天搶地。（頁 100）

> 當你已經是總經理，你唯一還沒有的權力是在教堂說「我願意」；當你有了千萬年薪，能讓你更快樂的可能只剩下自己的 baby。（頁 101）

---

[12]　參閱游適宏，〈「七」：一個文類的考察〉，《國立編譯館館刊》27 卷 2 期（1998 年）。

或如〈g.f〉以連續兩聯形容「女朋友」，也是別出心裁：

> 像湯圓或麵線，沒有明確的起頭和終點；像台積電或宇多田，充滿想像空間。像新店，你明知她存在卻不想跑那麼遠；像賺錢，太多或太少都讓你陷入瘋狂邊緣。（頁 108）

（五）徵材聚事

　　賦重視用典可上溯至東漢時期。西漢賦家為了配合宮廷娛樂的需要，遂以觸類引申、彙聚形容詞的方式來恢廓聲勢。後來由於言語侍從在宮廷失去表演空間，欣賞者也從聽人朗誦的帝王，轉變為自行閱讀的文士，文士們既飽讀詩書，便欲藉賦騁才競技，於是自東漢以至六朝，鎔鑄經典的「據事類義」逐漸取代了「鋪張揚厲」，賦家走上「捃摭經史，華實布濩，因書立功」的道路[13]。唐、宋以後的律賦，愈加追求引用經籍、驅駕典故的巧密，宋代秦觀甚至提示作律賦的第一步驟是：「才見題，便類聚事實，看緊慢分布在八韻中」[14]。

　　《蛋白質女孩》各篇基本上不使用典故，縱有也多半是當代流行文化產品，如「我問她愛不愛聽許如芸的『真愛無敵』，她說她比較喜歡亞當山德勒的『Big Daddy』」（頁 76）、「他們喜歡的歌你只聽得懂半句，去 KTV 只有你聽過『三月裡的小雨』。昨晚碰到舊日的擠壓，我有他鄉遇故知的驚喜。我不必再假裝知道『近畿小子』是誰，她反而會主動提起『阿美阿美』」（頁 74）。但上引〈情書〉中的「張寶」一打開他的錦囊，接連「秀」出趙孟頫（當為趙氏之妻

---

[13] 簡宗梧師，〈賦體語言藝術的歷史考察〉、〈從專業賦家的興衰看漢賦特性的演化〉，收於簡師《漢賦史論》（台北：東大圖書公司，1993 年）。

[14] 李薦，《師友談記》（台北：台灣商務印書館影四庫全書，冊 863），頁 176。

管道昇）的作品、徐志摩的作品、愛因斯坦給米列娃的情書、拿破
崙給約瑟芬的情書、大陸作家王力雄《天葬》書中的電報、以及南
宋女詞人朱淑貞、英國詩人伊莉莎白伯朗寧、美國詩人艾略特的詞
句，便與賦的「徵材聚事」幾無差異。

（六）詼笑諧趣

賦可以溯源到不歌而誦的韻語，原為一種結合講說與唱誦的民
間文藝[15]。日後被引進楚國殿堂、漢代宮廷，仍以詼諧戲謔之作為
大宗，宋玉〈登徒子好色賦〉就仍保留了民間俗賦的諧趣，枚皋也
是「不通經術，詼笑類俳倡，為賦頌，好嫚戲」[16]。逮賦走向士大
夫文學的道路，俗賦在民間的發展仍未嘗斷絕，另成一種俳諧的韻
散混合文體。這類俗賦，不僅王褒、蔡邕、潘岳、束皙等人偶有作
品傳世，1993 年尹灣漢簡〈神烏賦〉的發現，更證明其果然源遠
流長[17]。

上引〈情書〉如「信紙上的香水濃得像必安住，頂端的勵志詩
一句比一句俗」、「我們約會沒有脫過衣服，每次結束我卻滿足得想
哭」等句，都在俚俗的口吻中帶著詼諧的趣味。在《蛋白質女孩》
書中，這類風格的書寫非常多，再舉數例：

> 他風度翩翩，我鼻子扁扁。他肌肉發達，我肚子很大。他是
> 哈佛大學的 Ph.D.，我 32 歲還在美加補習。他是跨國企業的

---

[15] 簡宗梧師，《賦與駢文》（台北：台灣書店，1998 年），頁 20。

[16] 班固著，顏師古注，《漢書》（台北：宏業書局，1984 年），卷 51〈賈鄒枚路傳〉。

[17] 簡宗梧師，〈俗賦與講經變文關係之考察〉發表於「第三屆國際辭賦學學術研討
會」（台北：國立政治大學，1996 年 12 月），收入《第三屆國際辭賦學學術研討
會論文集》上冊（台北：國立政治大學文學院，1996 年 12 月）。

總經理，我的工作內容包括倒垃圾和拖地。他週末帶她去巴黎，我只有錢陪她回中壢。她生日他送 Tiffany，我買得起的只有 Hello Kitty。（頁 69）

有一次她生病，他去她家清理四處的鼻涕，她一個噴嚏打在他臉上，他笑說妳的痰裏還有克莉絲汀迪奧的「Remember Me」。她吐在他新買的 Armani，他說好極了這樣我上班時還可以聞到妳。（頁 69）

首先把洗澡的水溫降低，讓所有器官縮小體積。然後整晚躲在廁所裡，告訴她你又開始便秘。臉故意不洗，頭髮弄得很油膩。睡衣的扣子完全扣齊，睡褲口袋放一支鋼筆。上床後不斷打噴嚏，不准她關掉電視機。坐起來剃腳底的皮，對著她把青春痘擠一擠。開始告訴她你的性怪癖，衣櫃裡有一打女性內衣。在床上吃東西，讓枕頭爬螞蟻。床頭音響放著佛經，國父遺像掛在牆壁。保險套丟到垃圾桶裡，提醒她現在在經期。你碰到她時立刻對不起，她來摸你你立刻放屁。她若說想不想找一點刺激，你說我們可以來下象棋。床前的小燈絕對不熄，打呼打到驚天動地。（頁 139）

若依據陳籽伶對「俗賦」的界說[18]——（1）用語淺顯白話，常用俗語、諺語、謎語、俏皮話，（2）大體押韻，用韻自由，僅講究唱誦上的順口，（3）內容通俗，貼近大眾，常言生活瑣事，則《蛋白質女孩》與「俗賦」可說極為接近。

---

[18] 陳籽伶，《「俗賦」的淵源與演化》（台中：逢甲大學中文系碩士論文，2003 年），頁 12。

三、作家心態的偶合

　　《蛋白質女孩》除了融合「押韻」、「設辭問答」、「恢廓聲勢」、「儷辭排句」、「徵材聚事」、「詼笑諧趣」等元素而在語言表現上與「賦」偶合之外，作家的書寫心態其實也與賦家相似。談到賦家的心態，首先會想到《文心雕龍‧情采》中所說的「辭人賦頌，為文而造情」，《蛋白質女孩》原為每週一刊的報紙專欄文章，有時「心非鬱陶」，自然難免「為文而造情」，但與賦家相合之處，還在「騁才競奇」與「微言託諷」。

（一）騁才競奇

　　漢代的賦家們待詔於宮廷中「朝夕論思，日月獻納」，無非是要替皇帝助興遣悶，因此他們在賦中安排一幕幕奢華壯麗的場面，好讓皇帝陶醉在「普天之下，莫非王土」的榮耀裡，縱使司馬相如把御苑誇張地描繪成：「上林之館，奔星與宛虹入軒；從禽之盛，飛廉與焦明俱獲」，分明「驗理則理無可驗」[19]，卻是悅耳娛心的享受。日後揚雄不但同樣於賦中「語瑰奇，則假珍於玉樹；言峻極，則顛墜於鬼神」[20]，更明白地交代驅使如此創作的心理：

> 賦者，將以風也，必推類而言，極麗靡之辭，閎侈鉅衍，競於使人不能加也。[21]

---

[19]　劉勰，《文心雕龍‧夸飾》。
[20]　劉勰，《文心雕龍‧夸飾》。
[21]　班固著，顏師古注，《漢書》（台北：宏業書局，1984 年），卷 87 下〈揚雄傳下〉，頁 901。

六朝以後，儘管「誇張聲貌」[22]逐漸演變成「刊陳落腐，而惟恐一語未新；搜奇摘豔，而惟恐一字未巧；抽黃對白，而惟恐一聯未偶；回聲揣病，而惟恐一韻未協」[23]，但「不落人後」的寫作動力還是不變。

　　也許基於書中男主角之一「我」的心態——「我們一輩子在追求第一：考最好的學校、進最好的公司、拿最高的薪水、搶最好的位置」（頁134），《蛋白質女孩》也致力於「物無隱貌」的寫法，例如鋪陳「蛋白質女孩」的優點，就列出十項——「早起」、「賢惠」、「有禮」（這項可能作者一時失察，重複了一次）、「準時」、「純情」、「善良」、「負責」、「浪漫」、「堅強」，每一項還舉了兩個例證：

> 她日月座是獅子和雙魚，同時會講日文和法語。她早起，起床後先跑半小時，吃了麥片才去公司。她賢慧，每天做一打火腿三明治，帶到公司請同事們吃。她有禮，快遞臉上有雨時遞上面紙，清潔婦來吸地時抬起椅子。她準時，和你約會前一天打電話確認，第二天寄卡片謝謝你點的果汁。她純情，愛像宋詞唐詩，意境優美對仗工整；性像阿拉伯文，她知道它的存在卻不懂是什麼意思。她善良，生理時期還抱起大水桶換飲水器的水，沒人注意時還認真做垃圾分類。她負責，影印機塞紙時修理到底，洗完便當後水池一定清理乾淨。她有禮，咀嚼食物時嘴巴從不張開，交叉的雙腿一定用裙子蓋起來。她浪漫，最喜歡的電影是「第凡內早餐」，失戀後可以

---

[22] 劉勰，《文心雕龍・通變》。

[23] 祝堯，《古賦辯體》（台北：台灣商務印書館影四庫全書，冊1366），卷五〈三國六朝體上〉，頁778。

　　　　好幾天不吃飯。她堅強，撞見我在辦公桌上和工讀生親密，
　　　　她還蹲下來為我撿起地上的筆。（頁 24）

此外也可以找到「賦」常用的「時間」與「空間」鋪陳，例如下文
是依「時間」上的「認識的前兩天」、「第三天」、「第四天」、「若想
再見面」、「不想再聯絡」順序進行：

　　　　讓我告訴你怎麼佈局。認識的前兩天當然只是 E-mail 來
　　　　E-mail 去，扯些「你是我第一個在網路上認識的異性」的狗
　　　　屁。遣詞用字像紳士和處女，大量使用請謝謝對不起。真名
　　　　千萬不要隨便說出去，最好取個洋名或叫什麼「黑色茉莉」。
　　　　第三天開始交換電話號碼，預防對方是變態所以開始只給手
　　　　機。聊過一次若覺得有趣，當晚就直接打到家裏。第四天就
　　　　可以見面，通常約在大飯店的 lobby。她出現時你要維持笑
　　　　臉，高興或後悔都要非常收斂。她若漂亮你可以叫一瓶
　　　　Chardonnay，她若不美你甜點就不用點。若想再見面你應該
　　　　送她回家，不想再聯絡你就在她面前剔牙。她對你有興趣當
　　　　晚會再 E-mail 給你，你對她有興趣要想辦法說服她到賓館休
　　　　息。（頁 96）

下文則按「空間」上的「仁愛路」、「鴻禧大廈」、「空軍總部」、「九
如」、「誠品」、「富邦大樓」，將「從總統府走到市政府」的沿路景觀
逐一呈現：

　　　　我喜歡和她走在仁愛路，從總統府走到市政府。在鴻禧大廈
　　　　停下腳步，幻想兩個人住進去的幸福。慢慢走到連戰競選總
　　　　部，爭辯他到底會贏會輸。講到最後她說她支持台獨，你改
　　　　變話題說要不要吃關東煮。然後走到空軍總部，你說你當兵

時非常辛苦。掌廚時全排食物中毒，被罰半夜起床練刺槍術。她說男子漢大丈夫，你怎麼軟弱得像漿糊？有一天你有了小孩，你太太怎麼敢單獨讓你照顧？接著你們走到九如，點了一碗湯圓裹腹。你餵她一個湯圓進肚，卻是你自己感到滿足。你雖然不姓辜，卻擁有全世界的財富。走到圓環你們繞到誠品看書，她立刻走到文學名著。她說最喜歡的是普魯斯特的往事追憶錄，你說你最喜歡的是迪士尼的跳跳虎。她說你這麼幼稚誰敢當你的媳婦，你說難道你有意角逐。離開誠品你們看名品店櫥窗的衣服，心想這些都是很好的生日禮物。你說她很適合那件 Armani 的長褲，穿上去感覺有 165。她說我已經心有所屬，別人的眼光我何必在乎。離開誠品走到富邦大樓，坐在臺階她點起蠟燭。你買了一包可樂果蠶豆酥，她一個個丟到天空再用嘴巴接住。天上的星星你們一個個數，地上的汽車你們算有多少超速。（頁 172）

像這樣「使人不能加也」的膨脹擴張，在書中還可以看到八種焦慮時用以紓解壓力的「防衛機制」（頁 216-219）、十個「萬用的分手理由」（頁 125）、十個「讓她知道沒有她你會活得更好」（頁 129）的方法、二十個檢查是否把對方當成女朋友的方法（頁 109-110）等，更重要的是，作者設定的文意能與韻腳自然搭配，無牽強生硬之感，宋代鄭起潛《聲律關鍵》嘗云：「能賦者，就韻生句；不能者，就句牽韻」[24]，《蛋白質女孩》各篇不僅就韻生句，且往往一連串生出數十句，作者騁才競奇、爭為「能」者的心態，不難想見。

---

[24] 鄭起潛，《聲律關鍵》（台北：台灣商務印書館影宛委別藏，冊 116），頁 11。

（二）微言託諷

「微言託諷」是「賦」的重要傳統之一。漢帝國建立之初，一群擅長辭令的「游說之士」[25]由於「天下一家」而「無所施才」[26]，不得不轉型為宮廷御用的「言語侍從之臣」[27]，但對於參政的期待，卻始終未變。他們雖然原本只是跟隨皇帝身邊助興解悶，但既有「日月獻納」的機會，便仿照儒生們把《詩經》「春秋化」轉而成為「諫書」[28]的方式，宣稱他們「朝夕論思」的賦篇就是「主文而譎諫」的「當代詩」，另以「先出以勸，以中帝欲，待其樂聽，而後徐加諷諭」[29]的方式「瞻養天子」[30]。儘管這些賦家在奏賦的過程中經常存

---

[25] 劉勰《文心雕龍‧時序》即稱辭賦「瑋燁之奇意，出於縱橫之詭俗」，章學誠《文史通義‧詩教下》則明白指出：「賦家者流，縱橫之派別，而兼諸子之餘風，此其所以異於後世辭章之士也。」此說雖有徐復觀〈西漢文學論略〉認係「似是而非之論」，「不能從縱橫之術導出辭賦創作的必然性」（文收徐氏《中國文學論叢》，台北：台灣學生書局，1990年，頁350-384），但當代學者大多援為論述的基礎。朱曉海〈賦源平章隻隅〉則進一步分辨：「行人與諷諫者乃《詩學》嫡裔，前者蛻變為縱橫家之辭，後者衍化出宋玉等名家之賦。……宋玉名下若〈唐革〉、〈釣〉之屬真正的精神父系乃是絕大多數成員無名姓的順諫譎諷者流」（收於朱曉海，《習賦椎輪記》，台北：台灣學生書局，1999年，頁1-33）

[26] 東方朔〈答客難〉：「夫蘇秦、張儀之時，……并為十二國，未有雌雄，得士者強，失士者亡，故說得行焉。……今則不然。聖帝德流，天下震懾，……天下平均，合為一家，動發舉事，猶運之掌，賢與不肖，何以異哉？……傳曰：天下無害，雖有聖人，無所施才；上下和同，雖有賢者，無所立功。」

[27] 自梁孝王「招延四方豪傑，自山以東游說之士，莫不畢至」，到武帝以後「言語侍從之臣，若司馬相如、虞丘壽王、東方朔、枚皐、王褒、劉向之屬，朝夕論思，日月獻納」的情形，可參閱簡宗梧師，〈從專業賦家的興衰看漢賦特性與演化〉，收於簡師《漢賦史論》（台北：東大圖書公司，1993年），頁208-213。

[28] 《漢書‧儒林傳‧王式傳》：「臣以詩三百五篇朝夕授王，至於忠臣孝子之篇，未嘗不為王反復誦之也；至於危亡失道之君，未嘗不流涕為王深陳也。臣以三百五篇諫，是以亡諫書。」

[29] 程大昌《雍錄》，論〈上林賦〉。

[30] 董仲舒《春秋繁露‧玉杯第二》：「君子知在位者之不能以惡服人，是故簡六藝以瞻養之。」參閱施淑，〈漢代社會與漢代詩學〉，《中外文學》10卷10期，1982年

在著「言者諄諄，聽者藐藐」的落差[31]，以至因為「為賦乃俳」的尷尬而「自悔類倡」[32]，或者因為「勸而不止」的憾恨而「輟不復為」[33]，但終究為後世賦家留下寫作指引——無論再怎麼虛辭濫說，還是得曲終奏雅，綴以諷諭，否則便有「繁華損枝，膏腴害骨」[34]之嫌。

《蛋白質女孩》並非蓄意挪用這種寫法，但正如賦家描繪盛世帝國的狩獵苑囿，《蛋白質女孩》也試圖透視摩登都會的「求愛叢林」（頁 8）。在這座叢林裡，男人與女人的「門當戶對」（頁 95）是建立在「文化讓我們有氣質，學歷讓我們有魅力」（頁 52）之上的。男人是受過高等教育、注重生活品味的白領上班族：

> 畢業後你們都去美國留學，爸媽付錢讓你們衣食不缺。回國後都在外商做事，每個人都有英文名字。生活範圍局限在台北東區，沒有 starbucks 就活不下去。喜歡看 discovery，沒聽過霹靂布袋戲。（頁 162）

他們訕笑「吧台旁的那個女人雖然漂亮，但智力也許還停留在麗嬰房，她沒通過托福的聽力測驗，出國通常是兩週而不是兩年」（頁52），預設的交往對象，也是學歷、經歷、家世、薪資俱佳的女性：

---

3 月。

31　《漢書・揚雄傳下》：「往時武帝好神仙，相如上〈大人賦〉，欲以風，帝反縹縹有陵雲之志。」（頁 3575）王充《論衡・譴告》：「孝成皇帝好廣宮室，揚子雲上〈甘泉頌〉，妙稱神怪，若曰非人力所能為，鬼神力乃可成，皇帝不覺，為之不止。」

32　《漢書・枚皋傳》：「象賦辭中自言為賦不如相如，又言為賦乃俳，見視如倡，自悔類倡也。」

33　《漢書・揚雄傳下》：「繇是言之，賦勸而不止，明矣。又頗似俳優淳于髡、優孟之徒，非法度所存，賢人君子詩賦之正也，於是輟不復為。」

34　劉勰，《文心雕龍・詮賦》。

我通常只找碩士以上的女性，身高 163 到 167。27 到 30 歲至少要有 33D，若 32 歲以上則必須有大筆積蓄。她最好是金融機構的經理，不過專員以上我都可以委屈。（頁 95）

你們遇到一名女子，總要先打聽她的家世和學歷。是不是外商公司的 VP，有沒有和人發生過性關係。好像在做生意，先要確定對方最後能銀貨兩訖。好像超級市場買生鮮食品，拿起來先檢查有沒有過期。（頁 198）

而他們身邊也穿梭著許多用學歷取得頭銜、兼具優雅與幹練的女性：

在以英文名字互稱的公司上班的女人、公司有「助理副總裁」這種頭銜的女人、辦公室在 20 樓以上的女人、用「Project」這個字眼來描述手邊工作的女人、迷戀財務槓桿或其他大型槓桿的女人、懂得「台股期指」和「殖利率」到底是什麼東西的女人、義大利字知道得比英文字多的女人。（頁 51）

她們知道點什麼菜、穿何種品牌、塗哪個顏色的口紅、開胸前第幾顆紐扣。她們去拍賣會懂得叫價錢，到飯店能夠免費升等到更好的房間。（頁 19）

這些都會粉領貴族，也和男人以「做生意」、「買生鮮食品」的態度挑揀對象一樣，是用「買股票」的思維選擇男伴，重視收入、職位、甚至語言等外在條件：

她們不重外表，似乎境界很高。但她們會盤算你能不能依靠，車子房子這些基本需求會不會少。像男人一樣，她們把你帶出去時也想感到驕傲，讓她的朋友讚美她真會挑。在這種派

對中，男人選女人像在買麵包，外表的色香味最重要。女人
選男人則像在買股票，你必須有題材可炒。（頁 232）

你得有滑溜的英語，知道 investment banking 是什麼東西。如
果你口齒不清，她們聽你講話會毫無表情，好像突然得了重
聽。如果你台灣國語，兩句後她就開始眼睛游移，對你說
Excuse me。（頁 13）

當「愛情是一種生意，有成交的條件和行情」（頁 46），為了不讓「那
些女人拒絕的不是你，而是你的階級」（頁 51）的窘況發生，為了
擺脫「以你的外形和財力，甚至不配當她的計程車司機」（頁 55）
的委屈，男人變成「鼓吹愛情的權術」（頁 133）的「愛情遊戲職業
玩家」（頁 91），他們不當「籃板球情人」[35]，使出「預防性分手」[36]，
製造「你們分手，是你挑，而不是她不要」（頁 123）的假象，虛偽
不實，不說「愛」這個字：

追女人像刷信用卡，性關係只是你的下午茶。拿到 MBA，
談戀愛也開始用行銷手法。廣告誇大，所用的話語都很假。
（頁 52）

---

[35] 王文華《蛋白質女孩》頁 68：「原來她投籃不中，你是籃板球，興高采烈地彈來
彈去，其實只是在陪她度過過渡時期。等她帶過半場，養足元氣，下次再出手就
會命中紅心。到時候她會換電話，讓你覺得試圖找她是自討沒趣。她會寄掛號信，
退回所有你送她的東西。她會白天打電話到你家裏的答錄機，留言說因為愛你所
以要離開你。」

[36] 王文華《蛋白質女孩》頁 123：「康柏本來是屬於高價位元的產品。為了防止低
價電腦侵入它的市場，康柏自己先推出低價電腦，吃下低價市場，這樣競爭者就
沒戲唱。這種先發制人的戰略叫『預防性的攻擊』。同理，在對方開口提出分手
前，先發動預防性的攻擊甩掉對方，稱為「預防性分手」。」

> 做自己是愛情的毒藥！我們的真我像陽春麵，沒有人願意連
> 續吃好幾天。所以我們必須不斷表演，讓她們覺得麵中有足
> 夠的鹽。（頁 120）

> 這是戀愛男女的政治，L 字是手中的一對瘑十，如果對方太
> 早得知，你立刻在牌局中處於劣勢。（頁 118）

為了不再當「相信羅密歐與茱麗葉，每年都在等情人節。縱使她電
話從來不接，我的情書還是一直寫」（頁 129）的蠢蛋，重蹈「每一
次，我帶著自責祝她們幸福。每一次，自己躲在公司的廁所裡哭」（頁
128）的覆轍，他們甚至玩弄「那些善良、誠懇、不餓肚子、不繞圈
子的健康女子」，「從對她們說謊體會欺騙的快感，用辜負她們做為
報復惡女的手段」（頁 23）。

　　但這群都會男子是否真的天生嗜血、專好捕獵？其實不是，書
中坦承他們是由於自恃甚高而導致「漂亮的、聰明的、不漂亮的、
不聰明的，統統離我們遠去」（頁 57），他們害怕「年屆五十，拿起
電話唯一能撥的只剩下 0204」（頁 56），驚恐「到了五十還靠右手作
為性伴侶」（頁 96），不敢想像「五十七歲陪他的只有天心的寫真集」
（頁 95）。而他們內心的「寂寞」、「嚮往」、「渴望」，自己說不出口，
遂全部投射到女人身上──「她們上網，希望能找到對抗寂寞的力
量」（頁 97）、「很多女孩子仍嚮往天長地久有時盡此恨綿綿無絕期」
（頁 96）、「她們渴望的是老式的愛情」（頁 101）。有一次，書中男
主角竟忍不住脫口而出──若得有情郎，寧願變同志：

> 「她們渴望被追求，被想念，被患得患失，被丟入許願池。
> 她們在等待一個騎士，熱情洋溢但絕不冒失，面對壓力也不
> 罵狗屎。她們在等待一個天使，純潔浪漫但不會懵懂無知，

輕鬆愉快但不至於無所事事。電機博士但精通歷史，看愛情
片手帕會濕。約會等她不怕烈日，不論多忙一定準時。接她
上班像社區巴士，住在新竹但每天送她回大直。」

「有這種男人，我寧願變成同志。」（頁 101）

可見在偽裝的面具底下，他們對真感情的需求多麼殷切。

事實上，書中的「我」曾「希望用真愛來戰勝那男子的陰影」
（頁 70），質疑網路配對「像日本燒肉串上雞肉和青椒隨機地串在
一起，裡面哪有任何感情」（頁 96）？並再三反問：「是不是所有的
事物都可以上網？所有的愛都可以被.com？」（頁 97）、「什麼力量，
讓愛情玩家在義大利餐廳點日本濃湯？」（頁 93）、「我愛她，這難
道不是最好的武器？」（頁 70）。更有趣的是，書中教「我」如何追
求女人的獵豔高手「張寶」，在上引〈情書〉的結尾，居然「撐著頭，
望著窗外」喃喃自語：「碰到這樣的女人——不需交談，卻想著相同
的念頭——多好」，原來他所期待的也是「愛」啊！顏忠賢之所以在
〈我願意相信，他是純情的——關於王文華的《蛋白質女孩》〉中提
出：作者其實仍保有「內心最真實的堅持」，是「依賴純情來抵抗這
個他所活著的早已屈服於品牌、美貌、年薪、高科技的世界」[37]，
正因為看出作者在鋪張揚厲之餘，還是寄寓諷諭之旨。

四、結語

台灣現代文學作品以「賦」為名者，據程章燦〈古典文體的現
代命運——以二十世紀賦體文學觀念及創作為中心的思考〉[38]與簡

---

[37] 顏忠賢，〈我願意相信，他是純情的——關於王文華的《蛋白質女孩》〉，《中國時
報》2007 年 7 月 16 日，37 版。

[38] 收於程章燦，《賦學論叢》（北京：中華書局，2005 年），頁 225-244。

宗梧師〈賦之今昔〉[39]的掃瞄，約有：余光中〈登樓賦〉、〈紫荊賦〉、〈三都賦〉、白先勇〈思舊賦〉、張曉風〈生活賦〉、簡媜〈隱形賦〉、亮軒〈別賦〉、洪素麗〈秋色賦〉、張輝誠〈離別賦〉、陳義芝〈思舊賦〉、羊令野〈紅葉賦〉、〈溪頭神木賦〉、吳望堯〈銅雀賦〉、顏崑陽〈太魯閣賦〉、陸可依〈秋聲賦〉等十餘篇，或為詩，或為散文，唯白先勇〈思舊賦〉為小說。然依據兩位學者的觀察，這些作品大多是借「賦」為篇名，真正像「賦」體文學的，程章燦認為張曉風〈生活賦〉「基本上屬於傳統賦體『體物寫志』一脈」，簡宗梧師則認為顏崑陽〈太魯閣賦〉是「最忠實於原先賦體形式的作品」，「只可惜不使用韻腳」。因此，簡宗梧師曾自作〈台灣九二一地震賦〉，既遵古法，又出以現代白話文句，試圖證明過去頻遭詆斥的「賦」，在今日也有獲得新生的機會。

然而，出自精研賦學的專家之作，原即帶著「有所為而為」的刻意，倒是王文華並未關心賦學理論，《蛋白質女孩》也無意依循「賦」的任何書寫傳統，卻成為海峽兩岸的暢銷作品，這是否更能證明：「賦體因子」絕非製造「為文造情」、「板重堆砌」的元凶？誰說戴著手鐐腳銬跳舞不好看？王德威先生所謂：「等著看王文華下回要對什麼對子，押什麼韻」，「對習慣文字平鋪直敘的讀者，這毋寧是種驚喜」[40]，說的不僅是現代讀者對《蛋白質女孩》的期待，其實也正是古代讀者對「賦」的期待。

「賦的騁辭風格與鋪敘手法是否還有生命力？」程章燦在〈古典文體的現代命運〉一文之末所提出的問題，王文華的《蛋白質女孩》已經給了我們相當清楚的答案。

---

[39] 刊於《重慶工商大學學報》20 卷 1 期，2003 年 2 月。
[40] 同註 6。

陸、賦改編為超文本文學之嘗試

——以尤侗〈七釋〉為例[*]

一、緒說

　　程章燦在〈古典文體的現代命運——以二十世紀賦體文學觀念及創作為中心的思考〉一文曾自問：

> 當與賦相應的文學環境和社會環境產生了變化，這個歷來以多變、善變著稱的文體是否還有新變的空間？是否還有再次煥發生機的生命力，成為新時代的一個文學新寵兒？[1]

近年偶爾可見的現代賦作[2]，或許正是有心人尋求突破的嘗試。但另一方面，歷代龐大的賦作遺產，民國以後即屢受「為文造情」、「板重堆砌」等責難而大受排抑[3]，甚至慘遭逐出「文學」門牆的命運[4]；

---

[*]　本文原刊於《長庚人文社會學報》1 卷 1 期（2008 年 4 月）。本文之實驗作品「尤侗〈七釋〉超文本」，係台灣科技大學工商業設計系賴孟群同學所製作。

[1]　程章燦，《賦學論叢》（北京：中華書局，2005 年）頁 227。

[2]　上引程章燦文及簡宗梧師〈賦之今昔〉（《重慶工商大學學報》20 卷 1 期，2003 年 2 月）均就所見之現代賦作提出觀察，簡宗梧師並曾自作〈台灣九二一地震賦〉。

[3]　簡宗梧師，〈對漢賦若干疵議之商榷〉，《漢賦源流與價值之商榷》（台北：文史哲出版社，1980 年），頁 135-157。

[4]　例如胡懷琛《中國文學史》（台北：台灣商務印書館，1958 年）：「在漢代的賦有這樣四類，四類卻不可以一例承認他有價值。除了屈賦為抒情的賦以外，其他三類可以說不是文學」（頁 44），余我《中國古典文學評介》（台北：台灣商務印書館，1995 年）：「近人胡雲翼對賦提出兩大缺點：（一）賦體根本就沒有成立為文學的價值和意義。因為賦是鋪張揚厲的，不是抒發自己的感情的」（頁 41）。

及至今日，賦也往往被擺在文學櫥窗的冷僻角落，可以說除了蘇軾
〈赤壁賦〉、王粲〈登樓賦〉因獲選於高中或大學的國文教材而尚有
讀者之外，其餘都只剩下「人名篇目」供做應付各類考試的零碎知
識。尤其在「讀圖勝於讀文」、「圖像文化的視覺衝擊不斷擠壓著文
字閱讀」的二十一世紀[5]，這個曾被譏為「古代大爬蟲」[6]、「笨拙的
恐龍」[7]的文類，果真還有機會重新吸引現代讀者的目光？

　　傳播媒介從「口語傳播媒介」、「書寫傳播媒介」發展到「電子
傳播媒介」[8]，使印刷文明「開始遭到了電子文化的大幅度擠壓」、「文
學活著，但活得很累」[9]，但危機也可以是轉機：

> 文學與計算機網絡的「一見鍾情」，首先是改變了文學的傳播
> 渠道和生存方式，實現了文學的載體革命：由傳統的紙介質
> 媒體轉變為現在的「E媒體」（Electron Media 電子媒體），從
> 印刷文字的單媒介語言藝術轉變為數字化存在的多媒體藝
> 術，從此文學又多了一種活法。[10]

---

[5]　歐陽友權，〈數字化語境中的文學嬗變〉，《理論與創作》2004年3期。

[6]　蘇雪林，《中國文學史》（台中：光啟出版社，1970年），頁113。

[7]　尉天驄，〈恐龍的笨拙──對李澤厚論漢賦的不同意見〉，《南京大學研究生學報》
1987年1期。

[8]　鄭國慶指出：「從口耳相傳到竹簡、縑帛、紙張到廣播、電影、電視、計算機互聯
網，傳播媒介發生了巨大的變化，人們可以簡要地歸納出它的三個發展階段：口語
媒介──書寫媒介──電子媒介」，〈傳播媒介〉，收於南帆主編，《文學理論新讀本》（杭
州：浙江文藝出版社，2002年），頁91。胡壯麟也認為：「人類文明最早是通過口
述的方式，即聽和說的方式進行交流和傳遞的，由此形成口述文明（oral culture）。
隨著技術化，人類學會運用書寫工具，依靠讀寫（literacy）進行交流，從而進入讀
寫文明（literacy culture）。自上紀末以來，互聯網和萬維網的逐漸普及使用，人們
又談論起人類已進入電子時代，或超文本（hypertext）時代」，〈口述‧讀寫‧超文
本──談語言與感知方式關係的演變〉，《外語電化教學》，100期。

[9]　歐陽友權，《網絡文學論綱》（北京：人民文學出版社，2003年），頁21。

[10]　歐陽友權，《網絡文學論綱》（北京：人民文學出版社，2003年），頁35。

因此，原屬「書寫傳播媒介」時代的古典文學，其實也可以藉由「電子傳播媒介」來突破遭受擠壓的困境，爭取存活之道。例如成功大學的「國文科數位教學博物館」(http://140.116.14.26/)，成立後即獲教育部獎勵，《中國時報》並曾以「國文動起來」、「顛覆中文系刻板印象」等標題推薦[11]，該網站邀請新世代讀者親近古代文學的方式之一，便是將史傳文〈晉公子重耳之亡〉、〈魏公子列傳〉、小說〈王徽之夜訪戴逵〉、〈李娃傳〉、〈枕中記〉等改編成電腦動畫短片。同樣的，古代賦篇若能「接上電、連上網」，化身為「超文本文學」，即便展示於文學櫥窗，也比較不會是令人畏卻的龐然巨獸。

「超文本」(hypertext)或譯為「多向文本」，是美國學者 Ted Nelson 所提出的概念：

> 指一種革命性的書寫方式，藉電腦處理展示文本材料的特性，實現過去在傳統印刷媒體之下不可能實現的陳述性格，亦即非直線性(non-linear)、不依先後次序、一反「有始有終」或「從一而終」的行文組織傳統。它的關鍵處，在於各個書寫片段之間，埋伏下重重「鏈結」(links)，……每一個鏈結，事實上正是一個指標或址碼，點向另一組文本單位(文字、圖象、聲音)的所在，……它完全脫離了紙張書頁及裝釘的束縛，……文本的長度，也從此脫離了封面封底的限制範定。它的文長，可以沒有窮盡；它的次序，可以任意排比。[12]

「超文本文學」(hypertext literature)目前則常與「數位文學」、「網路文學」、「電子文學」互稱：

---

[11] 江昭青，〈成大網站添聲色，國文「動」起來〉，《中國時報》2005 年 11 月 9 日 C4 版。

[12] 鄭明萱，《多向文本》(台北：揚智文化公司，1997 年)，頁 5-7。

「網路」（net，network，intranet，Internet）與「超文本」非
同義詞，與「文學」二字結合後，所指稱的作品形式幾乎完
全重疊。……超文本學者的論文字行間，有時也把「數位」
一詞與「超文本」對等使用，比如說「數位遠景」、「數位美
學」等，這些用法都應該在超文本作品的討論背景（context）
下來認識。「網路」、「超文本」、「電子」或「數位」等非同義
詞，有的是 interconnection 的概念，有的指電腦的基本運算
方式，以概念或運算方式來指稱那些在電腦螢幕上呈現出來
的最後形式（final form），形容的對象都是同一樣東西。這些
超文本形式或數位所能提供的獨特形式，拿來與文學結合，
所造就的新文學，也幾乎完全交集或重疊，因此不加以細分
地把「網路文學」、「超文本文學」、「電子文學」、「數位文學」
當同義詞，變得很普遍。[13]

但「超文本文學／數位文學／網路文學／電子文學」的定義仍有寬
狹之別，最廣義的是指「在網路上傳佈的文學」，據此則經輸入電子
文庫、讀者可自網際網路檢索的司馬相如〈長門賦〉、蘇軾〈赤壁賦〉
等，亦可視為「數位文學」[14]。但若限於作者刻意發表於電子布告
欄（bbs）或全球資訊網（WWW）的作品，也可區分為兩類：

(1) 以純文字為主，仍可印刷於傳統平面媒體的作品，如「詩
路──台灣現代詩網路聯盟」（http://dcc.ndhu.edu.tw/
poemblog/）的現代詩，經選輯後刊印為《網路新詩紀：詩

---

[13] 李順興，〈觀望存疑或一「網」打盡──網路文學的定義問題〉，http://benz. nchu. edu.
tw/~sslee/papers/hyp-def2.htm，段碼 22-23。

[14] 但如此定義是否可以形成一個新文類，恐怕值得商榷，參閱林淇瀁，〈流動的繆
斯：台灣網路文學生態初探〉，《解嚴以來台灣文學國際學術研討會論文集》（台
北：萬卷樓圖書公司，2000 年），頁 216-234。

路 2000 年詩選》（台北：未來書城，2001 年）、《詩次元：詩路 2001 網路詩選》（台北：河童出版社，2002 年）兩本書，或部分原本供讀者瀏覽於「網路古典詩詞雅集」（http://www.poetrys.org/phpbb/index.php）的作品，也刊印為《綱雅吟懷：網路古典詩詞雅集五週年紀念詩集》（台北：萬卷樓圖書公司，2007 年）、《網雅吟選：網路古典詩詞雅集徵詩活動精選集》（台北：萬卷樓圖書公司，2007 年）。

(2) 運用電腦軟體創造，整合文字、圖象、動畫、聲音，必須在電腦上閱讀的作品[15]。以詩為例，「我們可以設想，一首詩如果是這樣子，在詩行中將某幾個『語詞』設計成『節點』，從『節點』可以連結到隱藏的另一網頁，……由於不同的『節點』選擇，進入詩作底層的路徑也就不同」[16]，如「歧路花園」（http://audi.nchu.edu.tw/~garden/garden.htm）、「妙繆廟」（http://www.sinologic.com/webart/index2.html）、「新詩電電看」（http://dcc.ndhu.edu.tw/poem/tpoem/011.htm）、「觸電新詩網」（http://dcc.ndhu.edu.tw/poem/index01.htm）等網站中的詩作，或「某代風流」（http://www.sinologic.com/persimmon/modai/fengliu.html）這部超文本小說。

　　本文所稱的「超文本文學」，即以上述(2)的定義為準，指的是將文字與動態網頁、動畫、超連結（hyperlink）、互動書寫（interactive writing）等進行整合所製作的文學作品。

---

[15] 張政偉，〈文學「惘」路：對網路文學前景的憂慮〉，《主題文學學術研討會論文集》（台北：萬卷樓圖書公司，2002 年），頁 91-92。

[16] 蘇紹連，〈從真紙到電紙的詩旅——我的超文本詩作〉，《乾坤詩刊》2005 年夏季號，頁 98。

　　在「電子傳播媒介」已成主流的今日，確如程章燦所言：「與賦相應的文學環境和社會環境產生了變化」，但「這個歷來以多變、善變著稱的文體」會不會發展成可供從事全新創作的「數位賦」？目前尚難推估。蓋一個新文學類型的浮現，總是先有作品的累積，即使「數位賦」是理論上可以成立的文類，也還有不少問題有待推敲，諸如究竟該保留賦的什麼特質？怎樣把這些特質表現在電子媒介上？它如何與其他數位文學畫境而自成一類？……凡此都不是本文所能回答，也不是本文準備討論的層面。本文的撰寫，僅就古代賦作遺產「是否還有再次煥發生機的生命力」進行思考，除了從賦的幾項文類特質推測古代賦篇改編為「超文本文學」的可能性，並選擇清代尤侗〈七釋〉做為初步實驗的對象，權充日後研究的引玉磚。

二、賦成為超文本文學的可能性

　　古代賦篇轉變為「超文本文學」，可從下列四方面推測其可能性：（一）賦是語言藝術的先驅；（二）賦有「非線性閱讀」的特性；（三）賦有「空間藝術」的傾向；（四）賦有濃厚的遊戲性質。

（一）賦是語言藝術的先驅

　　賦是一種講究語言技術的文類，古人早有體認，例如《文心雕龍》以聲訓界說「賦」與「詩」的特質──「賦者，鋪也，鋪采摛文，體物寫志也」[17]、「詩者，持也，持人情性」[18]，固然肯定「賦」亦如同「詩」般離不開「情志」，但似乎更強調「鋪采摛文」的必要

---

[17] 劉勰著，王更生注譯，《文心雕龍讀本》（台北：文史哲出版社，1998年），頁132。
[18] 劉勰著，王更生注譯，《文心雕龍讀本》（台北：文史哲出版社，1998年），頁83。

性與優先地位。起初，賦流行於西漢宮廷，賦家為了增強口誦的音樂效果，便大量使用雙聲或疊韻的聯緜詞；為了使摹寫逼真生動，又挖空心思提煉口語中傳神的聲貌形容詞；致使瑋字瑰怪聯邊，層出不窮[19]。此後，基於「競於使人不能加也」[20]的心理，當時代風氣以「據事以類義，援古以證今」[21]為美，賦就往「徵材聚事」的方向發展；當時代風氣是「抽黃對白，而惟恐一聯未偶；回聲揣病，而惟恐一韻未協」[22]，賦就披上對偶工巧、聲律和諧的外衣。又「隔句對」乃後出轉精的駢儷之辭，唐人在其新製的賦體中不僅廣為應用，更析分為「輕隔」、「重隔」、「疏隔」、「密隔」、「平隔」、「雜隔」[23]來窮其變化。

　　「賦一直是追求文學藝術的先驅」[24]，在「口語傳播媒介」和「書寫傳播媒介」時代，賦對潮流都極為敏銳——若非領先創造，也是追趕時髦。而今進入「電子傳播媒介」時代，不僅電腦使用者與電腦溝通的「程式語言」（Programming Language）是一種語言，甚至透過電腦科技揉合各種文學技法的數位書寫也是一種新的語言[25]，賦的文類特質既然偏好誇新爭奇，值此新語言、新傳播媒介應用日廣之際，賦的「電子超文本」型態自當應運而生。

---

[19] 簡宗梧師，《漢賦史論》（台北：東大圖書公司，1993 年），頁 218。

[20] 班固撰，顏師古注，《漢書》（台北：宏業書局，1984 年），〈揚雄傳下〉，頁 901。

[21] 劉勰著，王更生注譯，《文心雕龍讀本》（台北：文史哲出版社，1998 年），頁 168。

[22] 祝堯，《古賦辯體》（台北：台灣商務印書館影四庫全書，冊 1366），〈三國六朝體〉，頁 778。

[23] 「輕隔」、「重隔」、「疏隔」、「密隔」、「平隔」、「雜隔」之名，見現存唐代佚名，《賦譜》，收於張伯偉，《全唐五代詩格校考》（南京：鳳凰出版社，2005 年）。另可參閱詹杭倫，〈賦譜校注〉，收於詹杭倫、李立信、廖國棟合著，《唐宋賦學新探》（台北：萬卷樓圖書公司，2005 年）。

[24] 簡宗梧師，〈生鏽的文學主環——賦〉，《國文天地》14 卷 6 期（1998 年 11 月）。

[25] 須文蔚，《台灣數位文學論》（台北：二魚文化事業公司，2003 年），頁 50。

（二）賦有「非線性閱讀」的特性

依據上引 Ted Nelson 的提示，「非直線性、不依先後次序、一反『有始有終』或『從一而終』」的行文及閱讀方式，實為「超文本」的主要特色；而許多賦不一定要從頭到尾循序閱讀，恰與此項特色不謀而合。

相對於「超文本」的是「傳統文本」，注重章句相銜、首尾連貫，讀者也被期待按照作者設定的路線前進。但「傳統文本」中其實也有「超文本」的表現，較明顯的是古籍經典的註解、批語[26]，讀者原本的閱讀路線會被註解、批語暫時截斷，引到其他文本。從這點來看，凡書寫時強調驅駕典故的文類如律賦、駢文等，由於每個典故都是通向另一個文本的暗門，也是潛在的「超文本」；或如律詩可忽略上下文而摘取對聯單獨欣賞的讀法，也算是「超文本」的閱讀。

許多「京殿苑獵」類的賦無疑具有「非線性閱讀」的特性。例如司馬相如〈子虛上林賦〉，若隨「亡是公」前往「天子之上林」，可以先看「於是乎崇山矗矗，巃嵸崔巍，深林巨木，嶄巖參差……」，但也可以先看「於是乎離宮別館，彌山跨谷，高廊四注，重坐曲閣……」；來到河邊，同時有「潛處乎深巖」的鱗魚、「叢積乎其中」的玉石及「群浮乎其上」的禽鳥，視線可以從河底攀到河上，也可以從河上直探河底。至於畋獵的勝況，原本相隔數十句的「生貔豹，搏豺狼，手熊羆，足壄羊」和「拂鷖鳥，捎鳳凰，捷鴛雛，揜焦明」，串接起來也很通順；而狩獵結束後舉行的宴會，可以先聆聽「荊吳鄭衛之聲，韶濩武象之樂」，但先觀賞「妖冶嫻都，靚粧刻飾」的美

---

[26] 鄭明萱，《多向文本》（台北：揚智文化公司，1997 年），頁 18。

女跳舞亦無不可。總之,「上林苑」幅員廣大,包羅萬象,參訪路線也相當開放,哪一段先讀非但不影響我們對這片苑囿的認識,反而更能彰顯其侈靡巨麗。

(三)賦有「空間藝術」的傾向

「如果說傳統文本是在時間維度裡展開的話,那麼超文本則更多地以鏈接手段在空間上實現」[27],巧合的是,「詩本是『時間藝術』,賦則有幾分是『空間藝術』」[28]。賦所以能進行「非線性閱讀」,主要是因為賦有「空間藝術」的傾向。就絕大多數「京殿苑獵」類的賦而言,「空間」正是最主要的描寫對象:

> 從〈子虛〉、〈上林〉(西漢)到〈兩都〉、〈兩京〉(東漢),都是狀貌寫景,鋪陳百事,「苞括宇宙,總覽人物」的,……特別是現實生活中的各種環境事物和物質對象──山如何、水如何、樹木如何、鳥獸如何、城市如何、宮殿如何、美女如何、衣飾如何、百業如何。[29]

古人「賦中有畫」之說[30],殆緣於此番體會。

不過,繪畫畢竟是平面的、停格的,賦的特殊之處,就在它「不滿足於單視角地描寫」,「追求空間的完整性已發展為全方位、多角度的描寫來完成」,而「這種多鏡頭、多角度的描寫方法,繪畫是無

---

[27] 王桂亭,〈電子超文本:意義與闡釋的敞開〉,《吉首大學學報》23 卷 1 期(2002 年),頁 51。

[28] 朱光潛,《詩論》(台北:正中書局,1985 年),頁 188。

[29] 李澤厚,《美的歷程》(台北:蒲公英出版社,1986 年),頁 79。

[30] 「戴安道畫〈南都賦〉,范宣嘆為有益,知畫中有賦,即可知賦中宜有畫矣」,劉熙載,《藝概》,何沛雄編,《賦話六種》(香港:三聯書店,1982 年),頁 48。

從表現的」[31]。例如在司馬相如〈子虛上林賦〉中，「子虛」描述楚國的「雲夢澤」，原是以「雲夢者，方九百里，其中有山焉。其山則……其土則……其石則……；其東則有蕙圃……；其南則有平原廣澤……其高燥則……其埤濕則……；其西則有湧泉清池……其中則……；其北則有陰林……其樹……其上則……其下則……」的方式鋪敘，其空間若採單一視角鳥瞰，畫面約如圖 6-1：

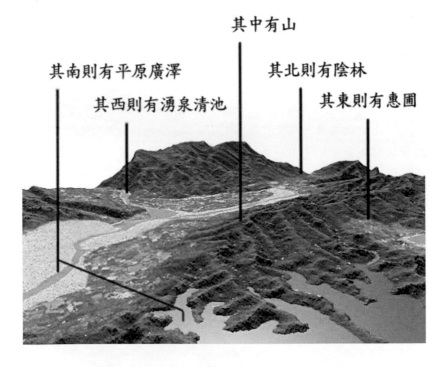

圖 6-1

---

[31]　萬光治，《漢賦通論》（成都：巴蜀書社，1989 年），頁 257-259。

　　過去在傳播媒介受限的情況之下，由於「文學沒有畫面的限制，可以描述更大更多的東西」[32]，再加上賦家原不甘於靜態的寫物圖貌，便運用口語及文字，盡可能誘發閱聽者對視覺空間的聯想。但如今在影音科技的協助之下，確實可以讓平面山水變得立體、旋轉，並且用動畫或真正的攝影鏡頭取代「子虛」之口，於高空俯視全景之後，貼近細看「其中有山」的各類璀璨玉石，隨後鏡頭可轉到「其東」的「蕙圃」發現香草繽紛，再依序前往「其南」、「其西」、「其北」，觀賞平原、湧泉、森林之美，如此一來，閱聽者對於「雲夢澤」，豈不是更有身歷其境的感受？

　　除了「視覺」，賦中也有不少「聽覺」的描寫。例如〈子虛上林賦〉裡「亡是公」形容水勢，只能不斷使用「洶湧彭湃」、「砰磅訇礚」等狀聲詞，現在卻可以讓讀者聽到真正的水聲；又如天子畋獵歸來所舉行宴會，「亡是公」說現場是「撞千石之鐘，立萬石之虡」，「奏陶唐氏之舞，聽葛天氏之歌；千人唱，萬人和；山陵為之震動，山谷為之蕩波」，這樣響遏行雲、器樂與聲樂齊鳴的壯闊場面，堆砌再多的形容詞都不如錄製一段真正的樂曲，讀者必定更能體會賦中所欲傳達的歡暢淋漓。

　　此外，賦家當年為了恢闊氣勢，往往運用想像，創造出「侈言無驗」的事物，但過去受限於傳播媒介，善於誇飾如司馬相如，也只能呼喚「蜚廉」、「鳳凰」、「焦明」等神鳥之名，盡力創造出「追怪物，出宇宙」、「奔星更於閨闥，宛虹拖於楯軒」之類的文句，但他真正想讓皇帝欣賞的，就是可以臥虹摘星的摩天宮殿，以及神獸奔馳、太空狩獵的動態奇景，現今的電子傳播媒介，能把各種超乎現實的想像繪製出來，才真正符合他的表現需求。

---

[32]　李澤厚，《美的歷程》（台北：蒲公英出版社，1986年），頁80。

（四）賦有濃厚的遊戲性質

朱光潛認為：賦「含有若干文字遊戲的成分」,「可以說是文字富裕的流露」[33]。西漢賦家待詔於宮廷，原本就是言語侍從，專門在帝王身邊提供耳目之娛，因此，從事貴遊活動的雙方──創作者和欣賞者，都有意或無意地將賦家類比為俳優，賦也充滿濃厚的遊戲意味[34]。至六朝時期，皇室貴遊活動復興，這回主持宮廷雅宴的已不再是單純的聽覺享樂者，而是本身也受過文藝薰陶、熱衷筆墨競賽的高手[35]，於是，以事典、對偶、聲律的巧密精工來炫耀才學，再以同題共作一決勝負，造就了賦的另一種遊戲風貌。

古代賦篇若改編為「超文本」而允許「非線性閱讀」，讀者非但擁有了多重閱讀路線選擇權，也等於參與了文本的書寫。依照羅蘭‧巴特（Roland Barthes）的看法，文本可分為「可讀的」（Lisible）和「可寫的」（Scriptible）兩類：前者的讀者是被動的消費者，閱讀時獲得「愉悅」（Pleasure）；而後者的讀者是能動的生產者,「玩文本如同玩遊戲」（To Play the Text as One Plays a Game），閱讀時獲得「極樂」（Bliss）[36]。於是，閱讀「超文本」賦的趣味，就不只是在被動欣賞賦家的鋪排能有多遼闊、賦家的誇張能有多震憾、賦家的用典能有多奇僻……，而是主動塗改賦家原先的設定、重組賦家本來的篇章、試探賦家沒想過的可能……，這豈不是更有趣的遊戲？

---

[33] 朱光潛，《詩論》（台北：正中書局，1985 年），頁 191。

[34] 簡宗梧師，〈論漢賦的遊戲性質〉，收於政治大學中國文學系主編，《第三屆漢代文學與思想學術研討會論文集》（台北：國立政治大學，2000 年）。

[35] 簡宗梧師，《賦與駢文》（台北：台灣書店，1998 年），頁 113。

[36] 楊大春，《後結構主義》（台北：揚智文化事業公司，1997 年），頁 162-165。

三、以尤侗〈七釋〉為實驗作

基於上述的理論考察，本文選擇清代尤侗〈七釋〉做為將古代賦篇改編為「超文本」的實驗對象。

（一）非線性閱讀

尤侗〈七釋〉與之前以「七」為名的作品一樣，都是記述一個虛構的賓主對話過程。這類作品的始祖為西漢枚乘的〈七發〉，其文略謂「楚太子」有疾，前去探望的「吳客」認為太子的病因在於貪欲過度，非一般藥石能癒，乃逐一鋪陳音樂、飲食、車馬、巡遊、畋獵、觀濤等六種享受，以矯正太子的生活方式，但太子都不願採納，最後吳客提出將向太子引見方術之士，太子竟霍然痊癒。此後的仿作大抵依循〈七發〉的布局──虛設的「說話者」欲說服「受話者」，雙方共進行七次問答，在前六次，受話者總是向說話者表示「不敢攸同」、「請言其他」，直到第七次，受話者才終於有「疾病良已」、「實獲我心」的轉變。尤侗〈七釋〉也是沿用這套故事架構，其內容按原本的段落順序撮要如下：

表 6-1

A	→	三中子憂悶成疾，四飛君前往探視。
B	→	四飛君盛誇花鳥之麗，三中子未被說服。
C	→	四飛君盛誇風月之美，三中子未被說服。
D	→	四飛君盛誇遊獵之壯，三中子未被說服。
E	→	四飛君盛誇聲色之樂，三中子未被說服。
F	→	四飛君盛誇筆墨之娛，三中子未被說服。
G	→	四飛君盛誇山水之勝，三中子未被說服。
H	→	四飛君敘述仙道之逸，三中子積鬱全消。

稍加觀察即可發現，除了開頭的 A 段與結尾的 H 段之外，「三中子」
與「四飛君」意見相左的六次問答，即 B、C、D、E、F、G 六段，
其前後次序並沒有必然的關係，也就是說，作者原先設定的「花鳥
之麗→風月之美→遊獵之壯→聲色之樂→筆墨之娛→山水之勝」這
條閱讀路線，讀者其實可以不必按部就班，甚至還可以隨興更動，
每次都選擇不同的排序。因此，原屬「傳統文本」的尤侗〈七釋〉，
便適合改編成數位化的、可進行「非線性閱讀」的「超文本」。

（二）文本分割與連結

　　一個「超文本」通常由數個網頁組成，而網頁的開啟與關閉均
有賴於「節點」（Node）與「鏈結」（Link），所以，必須先將尤侗〈七
釋〉依其結構畫分出行進階段與路線（圖 6-2），才能設計網頁數目，
以及網頁之間的轉換鍵。

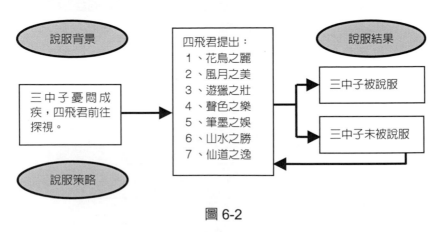

圖 6-2

　　一如閱讀原始〈七釋〉，讀者首先得了解「說服背景」，因此將
「四飛君說服三中子的原因」設為首頁（圖 6-3）。圖中在上方的是

「三中子」，他「坐愁城，鎖愁獄，束愁冠，結愁服……」；在下方的是「四飛君」，曰：「余請為子樹望憂之草，採蠲忿之柯，奏無愁之曲，唱長樂之歌，刪江郎之恨賦，贈陳王之良科，拭司馬之青衫，揚包老之黃河，子能聽我乎」；二人圖說文句均摘自原始〈七釋〉。讀者按右下方的「前往勸說」，即進入下一網頁。

圖 6-3

　　接下來進入「四飛君」的「說服策略」（圖6-4）。讀者在畫面上會看到「花鳥之麗」、「風月之美」、「遊獵之壯」、「聲色之樂」、「筆墨之娛」、「山水之勝」、「仙道之逸」七個環繞「四飛君」的選擇鍵，讀者可任選一個進入下一網頁。

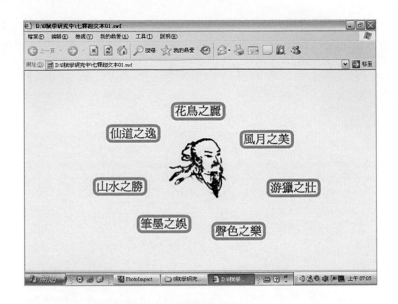

圖 6-4

　　讀者的每一個選擇，都會看見左方「四飛君」的說服內容。（圖6-5）為「花鳥之麗」，唯置於網頁時已將該段文字次序更動──將原文段末的「此花鳥之麗也，可以釋愁乎」移做標題，鋪敘「花鳥之麗」的內容置於其下；而「三中子」於聆聽後可有兩種選擇──「善」（○）、「未也」（Ｘ）。

　　雖然「四飛君」在分別敘畢「花鳥之麗」、「風月之美」、「遊獵之壯」、「聲色之樂」、「筆墨之娛」、「山水之勝」、「仙道之逸」後，「三中子」都有「善」和「未也」可供選擇，但只有「仙道之逸」的「善」可開啟「三中子接受」的網頁（圖6-6），其餘都只能從「未也」開啟「三中子不接受」的網頁（圖6-7），並可從右下角的「點我重來一次」回到（圖6-4），讓「四飛君」選擇其他尚未試過的「說服策略」。

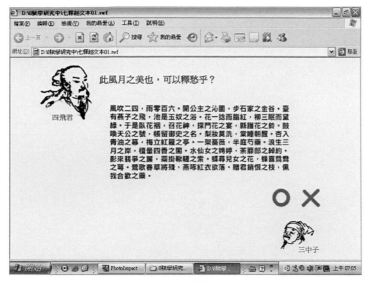

圖 6-5

圖 6-6

圖 6-7

（三）互動式文本

　　「傳統文本是單一化的，讀者只能循著作者思路接受作品，而超文本讀者可以多種路徑選擇」，「當讀者按照自己的意圖對這個超文本重新進行加工、組合時，讀者就脫離了欣賞者位置，變成了超文本的作者」[37]。尤侗〈七釋〉經過上述的改編，由於「四飛君」的說服策略可以讓讀者自行決定，所以「原作者」尤侗設定的「花鳥之麗→風月之美→遊獵之壯→聲色之樂→筆墨之娛→山水之勝→仙道之逸」這條閱讀路線，到了不同「讀者／新作者」手中就有不同的變化——倘若「仙道之逸」仍必須是最後一個說服策略，且在

---

[37] 王桂亭，〈電子超文本：意義與闡釋的敞開〉，《吉首大學學報》23 卷 1 期（2002年），頁 53。

此之前必須讓「花鳥之麗」、「風月之美」、「遊獵之壯」、「聲色之樂」、「筆墨之娛」、「山水之勝」輪番上場，則光是此六者的排列組合，便可得 720 條不同的閱讀路線！在過去只有平面印刷的時代，很難想像一篇看似不斷重複相同模式的兩人對話，竟有如此千變萬化的潛能！

　　然而，當讀者擁有了改寫情節的權力，不免也帶來其他問題。例如原本〈七釋〉裡的「四飛君」要經由七次往反才說服「三中子」，現在可不可以讓「四飛君」快一點達到說服目的？雖然七選六、七選五……的排列組合可以創造更多不同的閱讀路線，但是否將讓「七」體「問對凡七」的文類結構崩解？又若要限制「四飛君」與「三中子」之間必得「問對凡七」，那麼「三中子」被說服的理由可不可以是「花鳥之麗」、「風月之美」等，而不是原來的「仙道之逸」？如此開放的結果，究竟是讓〈七釋〉變調走味？還是讓〈七釋〉的「讀者／新作者」玩得更津津有味？這些都是未來修改「〈七釋〉超文本」時應該思考的問題。

四、結語

　　在「電子傳播媒介」無所不在、無遠弗屆的今日，縱然「書面文學」獨霸的時代已是一去不返，但還不至於從此一蹶不振——把「書面文學」轉為「電子傳播媒介」產品便是一種提振之道。例如幾年前托爾金（J. R. R. Tolkien）的《魔戒》原著所以暢銷，無疑是拜改編成電影所賜；而最近許多人讀張愛玲《惘然記》裡的〈色戒〉，不也是基於要和李安執導的電影《色戒》做比較？

　　同樣的，古典文學雖是「門前冷落車馬稀」，但還不至於「花鈿委地無人收」。將賦「通電上網」、發展成「超文本文學」即使不是

最終目的，也可以是讓賦在現代「辯麗可喜」的手段。以本文初步嘗試的「尤侗〈七釋〉超文本」來說，在電腦螢幕上所呈現的文字幾乎與原作無異，變動的只是加上圖畫，並開放由讀者自行選擇閱讀路線。雖然讀者參與之後，尤侗〈七釋〉就無法再「忠於原著」，但卻也因此而「別開生面」。倘若類此電腦螢幕上的互動接觸，可以提高讀者了解「賦」的意願，則選擇經典賦篇製成「超文本文學」，必將對國文教學提供相當大的助益；甚至還可用動畫模擬漢代宮廷中皇帝聆聽、賦家誦讀賦篇的情景，使學習者對賦的早期歷史有進一步認識。

　　事實上，賦向來是前衛的，古代許多文學技巧，在其他文類尚未使用之前，賦已率先實驗。以賦家們喜歡「辭務日新，爭光鬻采」[38]的心態若生於今日，豈會錯過將文字、圖象、動畫、聲音融為一體的嶄新書寫形式？因此，代替古人加入「超文本」這個「文學實驗的新平臺，文藝理論的新範疇，文化傳承的新手段，美學研究的新課題」[39]，固然是賦學最新潮的趨勢，卻也蘊含最復古的價值。

---

[38]　劉勰著，王更生注譯，《文心雕龍讀本》（台北：文史哲出版社，1998 年），頁 233。
[39]　黃鳴奮，〈超文本：科技與人文的薈萃〉，《吉首大學學報》23 卷 1 期（2002 年），頁 50。

柒、研究物情與褒贊國家

——王必昌〈臺灣賦〉的兩個導讀面向[*]

一、緒說

　　杜正勝先生曾在 1996 年 10 月 28 日的《自由時報》發表了一篇
短論，標題是：〈臺灣觀點的文選〉，文中提到：

> 我們長期的「國文」教育多採文選形式，文化的意義多於文
> 學的意義。在過去的教育格局和教材內容中，我們之了解中
> 國人的喜怒哀樂、進退出處、人生觀和價值觀，得自於「國
> 文」課本者恐怕遠比歷史課本為多。所以，如果這種教育形
> 式未變，今天要建立臺灣主體意識，要講本土化，應該重視
> 「國文」課本的選文。[1]

因此該文主張，應「借文學形式培養臺灣觀點、傳承臺灣文化的人
格」、「孕育熱愛鄉土的情懷」，並立足於「從傳統文化汲取養分，充
實本土化的內涵」，推薦清代乾隆時期的王必昌〈臺灣賦〉做為「國
文」課本的選文。

---

[*]　本文為國科會研究計畫成果（NSC-91-2411-H-011-003），原以〈以賦佐志：王必
　　昌〈臺灣賦〉的地理書寫〉為題於研討會發表，刊於《龍華科技大學第一屆中國
　　文學與文化全國學術研討會論文專集》（2002 年 12 月），收入本書時做了較大幅
　　度的修改。
[1]　該文已收入杜正勝，《臺灣心・臺灣魂》（臺北：河畔出版社，1998 年），頁 254-259。

其實杜先生暗示學校「國文」課程是「意識形態國家機器」（Ideological State Apparatuses）[2]的一部分，且「潛移默化」的力量超過其他科目，是相當有見地的。但所推薦的王必昌〈臺灣賦〉，閱讀難度頗高，真要當成「國文」課本的選文，恐怕會令教、學兩方面都相當費力。

王必昌〈臺灣賦〉全文長約 2200 字，無疑「詞華富麗，為臺灣風物佳什，足為史乘取資」[3]，臺灣省文獻委員會編纂的《臺灣省通志》、《重修臺灣省通志》都收錄該賦。那麼它在教學上該如何進行引導呢？誠如杜正勝先生所說：「〈臺灣賦〉融合地理、物產、民風和歷史於一篇，值得題解之處尚多」，而個人認為此賦可題解處雖夥，但方向大抵有二：一是將王必昌〈臺灣賦〉視為當時風物民情的客觀記錄，我們以「研究物情」的態度來追溯它、考證它；另一則是關注王必昌〈臺灣賦〉在特定歷史、文化背景下的凝視：

> 在過去的觀念裡，凝視（gaze）意味著觀看主體透過觀視的動作取得事實真相，所謂「眼見為憑」。然而，後結構理論的興起推翻了這種說法。在後結構理論中，經驗需要透過文化的中介，受制於歷史環境，形成於論述之中，於是凝視的概

[2] 阿圖塞（Louis Althusser）認為，國家不僅可聽從於軍隊，也聽從於思想的效力，亦即聽從於意識形態這個中介，因此，他區分了兩類國家機器──「鎮壓性的國家機器」（Repressive State Apparatus）和「意識形態國家機器」（Ideological State Apparatuses），「鎮壓性的國家機器」主要是以鎮壓方式產生作用，「意識形態國家機器」主要是以意識形態方式產生作用。參閱曾枝盛，《阿爾杜塞》（臺北：遠流出版公司，1990 年），頁 165-166。柯林尼斯可（Alex Callinicos）著，杜章智譯，《阿圖塞的馬克斯主義》（臺北：遠流出版公司，1990 年），頁 78。韋積慶，〈阿圖塞〉，收於葉啟政主編，《當代社會思想巨擘：當代社會思想家》（臺北：正中書局，1994 年），頁 150-152。

[3] 賴子清等，《嘉義縣志》（臺北：成文出版社），卷 7〈人物志‧學藝〉，冊 5，頁 1794。

念不再以化約、單一的形貌出現，歷史化（historicized）的觀點取代了「眼見為憑」的主張，凝視成為特定歷史、文化的產物，凝視的生成取決於當時的文化規範（cultural norms）與意識形態。換句話說，凝視並非通往真理之路，反而受限制於種種論述。[4]

亦即看王必昌是用何種角度來看待臺灣屬於大清帝國疆輿的事實，又是如何透過賦的書寫來「褒贊國家」[5]。

此外，該賦的「作者」問題宜先辨明。據連橫《臺灣通史》及臺灣省文獻委員會編纂的《臺灣省通志》、《重修臺灣省通志》，均記載：「王克捷，字必昌，諸羅人」，「著〈臺灣賦〉」。但事實上，「王克捷」與「王必昌」並非同一個人。「王必昌」是福建省德化縣人，乾隆乙丑科（十年）進士，由於乾隆十一年他曾與魯鼎梅合作修纂《（福建）德化縣志》，所以當魯鼎梅轉任臺灣知縣，遂於乾隆十六年找他來臺重修《臺灣縣志》。至於「王克捷」，據薛紹元於光緒年間所修的《臺灣通志稿・選舉志》，原籍福建省晉江縣，隨父親王商霖渡海，卜居諸羅縣，為乾隆癸酉科（十八年）舉人，乾隆丁丑科（二十二年）進士。將這兩人誤為同一人，可能始於連橫《臺灣通史》的一時失察，但日後臺灣方志卻多沿用《臺灣通史》之說，儘管《臺南縣志》發覺「鼎梅由德化調任臺灣縣令，乃乾隆十四年八月，至十六年議修邑志，克捷猶未舉鄉薦」，卻反而懷疑「『德化進

---

[4] 賴維菁，〈觀景・景觀：檢視三部維多利亞時期遊記如何書寫「番邦」的自然景物〉，《中外文學》29 卷 6 期（2000 年 11 月），頁 100。

[5] 范仲淹〈賦林衡鑑序〉：「律體之興，盛于唐室，貽于代者，雅有存焉。可歌可謠，以條以貫，或祖述王道，或褒贊國家，或研究物情，或規戒人事，煥然可警，錚乎在聞。」《范文正別集》（臺北：臺灣商務印書館影四庫全書，冊 1089），卷 4，頁 789。

士王必昌』是否有其人,實屬匪解」[6],可見「王克捷作〈臺灣賦〉」幾不可破。幸有高志彬〈清修臺灣方志藝文篇述評〉[7]詳加分辨,才使多年來張冠李戴的誤會得以澄清,恢復了王必昌無端失去的著作權。

二、研究物情

王必昌的〈臺灣賦〉其實是特別為《重修臺灣縣志》而寫,再刊入所編纂的〈藝文志〉內,其賦末所云可證:

> 謹就見聞,按圖記,輯俚詞,資多識。愧研練之無才,兼採摭之未備,聊敷陳夫風土,用附登於邑志。

此舉固然有公器私用之嫌,但因清代臺灣刻書不易,方志纂修者往往藉機收錄自己的相關作品,故不足怪[8]。而由於左思撰寫〈三都賦〉時,曾聲稱「其山川城邑,則稽之地圖;其鳥獸草木,則驗之方志」[9],且後世也不乏將賦當成方志來寫的情形[10],故王必昌既為「附

---

[6]　洪波浪、吳新榮主修,《臺南縣志》(臺北:成文出版社,1983年),冊5,頁1823。

[7]　收於東海大學中國文學系編,《臺灣古典文學與文獻》(臺北:文津出版社,1999年)。

[8]　《續修臺灣縣志》總纂謝金鑾對此風頗有異議,謝氏重訂《續修臺灣縣志》稿時,曾致書鄭兼才謂:「名志、佳志必不收現在詩,況吾兩人詩收入志書,只得醜名」,鄭兼才遂於道光元年(1821)補刻時,將謝金鑾、鄭兼才、潘振甲等志局中人詩作悉行刪去。請參閱林文龍〈臺灣早期詩文作品編印述略(1684~1945)〉,收於東海大學中國文學系編,《臺灣古典文學與文獻》(臺北:文津出版社,1999年),頁86-117。陳捷先《清代臺灣方志研究》也指出:「清代臺灣地區的方志中,詩文的含量是偏高的」(頁199),並比較十五種臺灣方志「藝文志」佔全書的比率及「詩賦」佔「藝文志」的比率。其中「詩賦」佔「藝文志」的比率幾乎都在30%以上,而王必昌《重修臺灣縣志》更高達76%(頁197-198)。

[9]　左思,〈三都賦序〉。

登於邑志」而撰〈臺灣賦〉，也有意「按圖記」，將賦寫成堪稱「區域之內百科全書」[11]的方志。讀者若略加翻檢，便能見到部分〈臺灣賦〉的文句乃濃縮自《重修臺灣縣志》中的記載，如「更有巍峨瑩澈，如冰如雪，是名玉山，奇幻特絕，隨霽色而偶呈，候雲封而變滅」，幾乎是〈山水志・山〉內一段敘述的改寫：

> 其尤異者，大烏山東北有玉山，亦名雪山，三峰並峙，上皆白石，晴朗時偶露天表。自羅漢門外望之，如紗籠香篆，奇幻晶瑩，頃刻間雲合霧鎖。[12]

而〈臺灣賦〉中有關風俗、物產等典故，也可以從《重修臺灣縣志》的載記索解，例如「鳩候氣而鳴六，雞應時而稱五。倒掛夜栖，翻飛雷舞」四句，參閱〈風土志・土產〉，可知是介紹四種禽鳥：

> 鳩（種類不一，有白鳩：每當風雨，鼓翅盤旋，霜衣雪襟，殊堪珍玩。能知氣候，交時即連鳴數聲。）
>
> 五鳴雞：大如鵪鶉，頂白，每漏下一鼓則一鳴。
>
> 倒掛鳥：似鸚鵡而小，翎羽鮮明，紅綠相間，緣枝循行，喙如鈎，足短爪長，性好倒掛，夜睡亦然，種出東洋、呂宋。
>
> 雷舞：蒼赤色，聞雷則舞。[13]

[10] 例如宋代王十朋〈會稽風俗賦〉，歷述會稽山川、人物、古蹟等，《四庫全書》將之畫歸「史部地理類」；或如清代褚邦慶〈常州賦〉，分為「總述」、「武陽」、「錫金」、「江陰」、「宜荊」、「清江」、「名宦」、「人物」、「流寓」、「方外」、「列女」、「物產」、「總結」十三部分，幾乎完全仿照方志的規模。
[11] 毛一波，《方志新編》（臺北：正中書局，1974 年），頁 75。
[12] 王必昌，《重修臺灣縣志》（臺北：行政院文化建設委員會，2005 年），上冊，頁 115。
[13] 王必昌，《重修臺灣縣志》（臺北：行政院文化建設委員會，2005 年），下冊，頁

因此，無論王必昌在《重修臺灣縣志》的記載是親身見聞或坊間傳說，其〈臺灣賦〉對《重修臺灣縣志》的仿擬或引用，均能令賦讀起來「信而有徵」，進而激發讀者「研究物情」的好奇。

正如方志是「亦地亦史的地方性綜合著作」，王必昌〈臺灣賦〉也是「地方歷史與人文地理、地文地理的綜合體」[14]，儘管他未必親自「數六六之群島，盼九九之危巔」，但他在賦裡的恢廓鋪陳，仍反映了十八世紀前半葉的臺灣自然景觀與人文景觀，甚至部分在今日還是「風土依然」。例如米、糖向來是臺灣農產大宗，王必昌亦謂：「漳、泉數郡，資粟粒之運濟；錦、蓋諸州，分蔗漿之餘贏」[15]；又如因大量栽種而被指為破壞山坡地水土保持的作物──檳榔[16]，其實早與臺灣人民的生活結下不解之緣[17]：

> 厥有檳榔，生此遐方。雜椰子而間栽，夾扶留以代糧。饑餐飽嚼，分咀共嘗。婚姻飾之以成禮，詬誶得之而輒忘。為領略其滋味，殆恍惚夫醉鄉。

581-582。

[14]　林天蔚，《方志學與地方史研究》（臺北：南天書局，1995 年），頁 3。

[15]　據連橫《臺灣通史・商務志》，荷蘭東印度公司佔領臺灣時，「出口之貨，糖約十五萬盾，米十萬盾」，已是大宗，另可參閱中村孝志著，北叟譯，〈荷蘭時代之臺灣農業及其獎勵〉，收於中村孝志著，吳密察、翁佳音編，《荷蘭時代臺灣史研究上卷・概說・產業》（臺北：稻香出版社，1997 年），頁 43-80。又有關清代臺米糶運大陸內地的情況，可參閱王世慶，〈清代臺灣的米產與外銷〉，《清代臺灣社會經濟》（臺北：聯經圖書公司，1994 年），頁 93-129。

[16]　檳榔由於扎根不深，極不利水土保持。據研究顯示，每一公頃檳榔一年須耗水十萬公噸，土砂流失量約五至十萬公噸。因此農委會決定將以五十億元的經費、二十年的期限，以鼓勵農戶改種造林樹種的方式，逐年砍除山坡地的檳榔樹。引自民國 89 年 6 月 8 日、6 月 10 日《中國時報》第 9 版。

[17]　當時臺灣原住民採檳榔的情形，可參閱蕭瓊瑞，《島民・風俗・畫──十八世紀臺灣原住民生活圖像》（臺北：東大圖書公司，1999 年）。有關檳榔與當代臺灣人民的生活，可參閱王蜀桂，《臺灣檳榔四季青》（臺北：常民文化事業公司，1999 年）。

因此，下文即摘釋賦中典故十則，略窺王必昌〈臺灣賦〉企圖為我
們保存的臺灣昔日影像。

1.「鯤身蟬聯而左抱，鹿耳蟠轉以右迎」

此二句所云為當年「臺江內海」的地理形勢。從《重修臺灣縣
志》所附「臺灣縣境圖」中可觀其大略（圖 7-1），卷二〈山水志・
澳嶼〉曰：

> 鹿耳門嶼，距縣治西北二十五里，內為臺江，外為大海，水中
> 浮沙突起，右有加老灣，左為北線尾，形似鹿耳，鎖鑰全臺。

> 七鯤身嶼，脈發自鳳山縣之打鼓山，迢遞北轉，穿田過港，
> 至邑治西南結七嶼，相距各里許，沙線遙連，勢若貫珠，不
> 疏不密，為郡城左臂。……三鯤身至七鯤身，皆採捕之人居
> 之，早潮網集，夜雨燈明，可詩可畫。[18]

康熙年間來臺採硫的郁永河，其〈臺灣竹枝詞〉之一對此也有描述：
「鐵板沙連到七鯤，鯤身激浪海天昏。任教巨舶難輕犯，天險生成
鹿耳門」[19]。而由於地處府城門戶，早年文人吟詠的「臺灣八景」，
「沙鯤漁火」和「鹿耳春潮」亦居其二[20]。

「臺江內海」原為沙洲與陸地間的潟湖，道光三（1843）年的
一場暴雨，致使曾文溪改道，「臺江內海」因沖入巨量泥沙而淤積更
甚，昔日的廣大水域，今日唯存七股潟湖（臺灣目前最大潟湖）、四

---

[18] 王必昌，《重修臺灣縣志》（臺北：行政院文化建設委員會，2005 年），上冊，頁
121-122。

[19] 陳漢光編，《臺灣詩錄》（臺中：臺灣省文獻委員會，1984 年），上冊，頁 143。

[20] 臺灣早年文人吟詠的「臺灣八景」為：「安平晚渡」、「沙鯤漁火」、「鹿耳春潮」、
「雞籠積雪」、「東溟曉日」、「西嶼落霞」、「澄臺觀海」、「斐亭聽濤」。

草湖等。而昔日的鹿耳門港，今日也已變成一條沒有淡水源頭、直接與外海相通的鹿耳門溪，成為臺南最大的養蚵場之一。

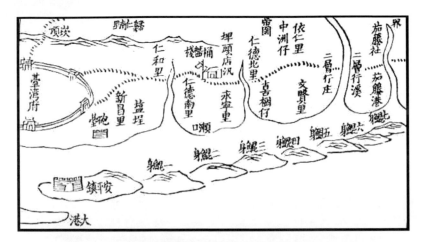

圖 7-1　《重修臺灣縣志》所附「臺灣縣境圖」局部

2.「況黑溝與白洋，更譎怪之萬千」

過去大陸移民渡臺，舟船會行經一段水流險惡的地區，由於那裡水色較深，被稱為「黑水溝」。臺灣古典詩中常提到「黑水溝」，如莊年〈和梅軒叔原韻〉：「舟行紅水黑溝間，蜃氣噓成海面山」，盧觀源〈渡臺灣放洋〉：「溝稱紅黑曾聞險，矗指東南不畏偏」[21]。《重修臺灣縣志》在〈山水志‧海道〉中有關於「黑水溝」的說明：

> 自臺抵澎為小洋，自澎抵廈為大洋。……鹿耳門外，初出洋時，水色皆白。東顧臺山，烟雲竹樹，綴翠浮藍。自南抵北，羅列一片，絕似屏障畫圖。已而漸遠，水色變為淡藍，臺山

---

[21] 分見陳漢光編，《臺灣詩錄》（臺中：臺灣省文獻委員會，1984 年），上冊，頁 292、400。

猶現於海面，旋見水色皆黑，則小洋之黑水溝也。過溝，黑
色轉淡，繼而深碧，澎湖諸島，在指顧間矣。自澎湖放洋，
近處水皆碧色，漸遠則或蒼或赤，蒼者若靛綠，赤者若臙紅。
再過深黑如墨，即大洋之黑水溝，橫流迅駛，乃渡臺最險
處。……黑水溝為澎、廈分界處，廣約六、七十里，險冠諸
海，其深無底，水黑如墨，湍激悍怒，勢似稍窪。[22]

「黑水溝」即澎湖水道，由北向南呈喇叭狀開口，水深由北端的 60
公尺，往南驟增為深於 500 公尺。澎湖水道無論冬夏，海流總是經
年向北，而且非常湍急。先民渡海所以常在「黑水溝」發生船難，
即為此故[23]。

3.「蛤仔難之產金，寒潭難入；毛少翁之產磺，沸土重煎」

「蛤仔難」為宜蘭舊名，係原住民語，嘉慶設廳時改譯為「噶
瑪蘭」。據《諸羅縣志》卷十二：「蛤仔難內山溪港產金，港水千尋，
冷於冰雪。生蕃沉水，信手撈之甌起，起則僵口噤不能語，爇火以
待，傅火良久乃定。金如碎米粒，雜沙泥中，淘之而出」[24]。

「毛少翁」或稱「麻少翁」，為凱達格蘭族社名，其地在今臺北
士林社子一帶。據《諸羅縣志》：「麻少翁、內北投，在磺山之左右，
毒氣蒸鬱，觸鼻昏悶，金銀藏身者不數日皆黑，諸番常以糖水洗眼。

---

[22]　王必昌，《重修臺灣縣志》（臺北：行政院文化建設委員會，2005 年），上冊，頁
　　135-139。

[23]　參閱詹森〈臺灣海峽的水文環境：全方位的探索〉，http://w3.kghs.kh.edu.tw/~kghs_
　　earth/DownloadFiles/E30-5.doc。

[24]　周鍾瑄主修，陳夢林總纂，《諸羅縣志》（臺北：宗青圖書出版公司），卷十二〈雜
　　記志·外紀〉，頁 300。有關臺灣採金的歷史，可參閱唐羽，《臺灣採金七百年》
　　（臺北：臺北市錦綿助學基金會，1985 年）。

入山掘礦，必以半夜，日初即歸，以地熱而人不可耐也」[25]。康熙時奉命來臺的郁永河即曾在附近採煉硫礦[26]。

4.「大崗絕巘，綴纍纍之牡蠣；外海異香，浮裊裊之龍涎」

大崗山在今高雄縣岡山鎮東北方。《重修臺灣府志》卷一〈封域‧山川‧附考〉：「大岡山之頂，蠣房殼甚多，滄海桑田，亦不知其何時物也」[27]，又云：「山陰有古石洞，莫測其所底，或以瓦擲之，窅然無聲，相傳其下通於海云」。大崗山為隆起珊瑚礁石灰岩地形[28]，是有可能因「滄海桑田」而有牡蠣殼；至於「莫測其所底」的洞穴，則應是雨水溶蝕石灰岩所形成的「地下潛流」或「滲穴」。

「龍涎香」是一種名貴的動物香料，古代傳說是海中「龍」的口水凝結而成，其實產自雄性抹香鯨，為其消化道的殘餘物。抹香鯨是世界最大的齒鯨，潛水時間很長，體型愈大的雄鯨潛得越深越久。雄鯨潛入深海捕食大烏賊後，大烏賊難以消化的口緣及軟骨，抹香鯨會自腸中分泌特殊物質包覆，日後吐出或排出體外，漂浮於海上，偶然衝至沙岸岩礁，由漁人拾獲販售，但大部分的龍涎香仍於捕鯨後自其體內取得。印度洋是抹香鯨的主要活動區域，自然也是「龍涎香」的主要產地。「龍涎香」在宋、元、明史書中記載不絕，

---

[25] 周鍾瑄主修，陳夢林總纂，《諸羅縣志》（臺北：宗青圖書出版公司），卷十二〈雜記志‧外紀〉，頁 288。

[26] 康熙三十五年，福州火藥庫失火，所藏硝黃火藥悉遭焚毀。次年，郁永河（浙江仁和人）奉命來臺採硫，於二月至府城，購求採硫工具；四月北上至淡水，五月經關渡抵北投。郁氏於北投停留五個月從事採硫，並置煉硫場於士林。其後寫下《裨海紀遊》一書，乃臺灣礦業史上的珍貴文獻。詳參《臺北市志》卷六〈經濟志‧農林漁礦篇〉第一章「清代」第四項「礦業」，頁 33-34；《重修臺灣省通志》卷四〈經濟志‧礦頁篇〉，頁 629-630。

[27] 六十七、范咸纂輯，《重修臺灣府志》（臺北：行政院文化建設委員會，2005 年），上冊，頁 130。

[28] 王鑫，《臺灣的地形景觀》（臺北：渡假出版社，1999 年），頁 226。

雖然臺灣南端也偶能發現「龍涎香」[29]，但王必昌的描述仍未免附會浮誇。

5.「山朝支麓，溫泉沸鑊；水沙連嶼，藉草浮田」

「山朝」即「三貂」，源自西班牙語「San Tiago」，約今臺北縣貢寮一帶，也是吳沙入宜蘭開墾的基地[30]。據《諸羅縣志》記載，「山朝山」內有溫泉一處，唯不詳確址[31]。

「水沙連」為日月潭舊名，據《諸羅縣志》，當地原住民「繞岸架竹木浮水上，藉草承土以種稻，謂之『浮田』」[32]；康熙六十一年的首任巡察御史兼提督學政黃淑璥，其〈詠水沙連社〉詩中也提到：「土乘水上作浮田，竹木交加草蔓延」[33]。然道光初年就任北路理番同知的鄧傳安，在其〈遊水裡社記〉中卻稱不曾發現「浮田」，並質疑「其實番黎不解菑畬，既視膏腴如磽碑，又安用此『浮田』哉？」因此，「藉草浮田」究竟是早已成為絕響？抑或一直是以訛傳訛？恐怕仍難遽作論斷[34]。

6.「鐵劍插於樹間，十圍連抱；藤橋懸於木杪，一線遙牽」

此聯前半寫的是臺北劍潭的傳說：「潭之畔有茄冬樹，高聳障天，圍合抱。相傳荷蘭開鑿時，插劍於樹，樹忽生皮，包劍於內，

---

[29] 龍村倪，〈《天方夜譚》與中國「龍涎香」傳奇〉，《歷史月刊》195 期（2004 年 4 月），頁 108-116。

[30] 關於「三貂」、「山朝」的語源，可參閱高雙印、吳秀玉，《開蘭始祖——吳沙之研究》（臺北：師大書苑，1997 年），第四章第一節〈開蘭基地——三貂〉。

[31] 周鍾瑄主修，陳夢林總纂，《諸羅縣志》（臺北：宗青圖書出版公司），卷十二〈雜記志・古蹟〉，頁 285。

[32] 同上註。

[33] 陳漢光編，《臺灣詩錄》（臺中：臺灣省文獻委員會，1984 年），冊上，頁 216。

[34] 林文龍，《臺灣中部的開發》（臺北：常民文化事業公司，1998 年），〈山中有水水中山——日月潭光華島得名〉，頁 295-301。

不可復見。」[35]這則傳說原本來自《臺灣志略》，其後屢有增飾，或謂鄭成功迫逐荷蘭人至此地，荷蘭人投劍潭中而走，故每逢黑夜或風雨時，輒有紅光燭天；或謂鄭成功曾率軍經此，渡潭時遇妖怪興風作浪，遂投寶劍於潭心，始鎮服妖怪，安然渡潭[36]。雖然這些傳說均屬無稽之談，但今劍潭山大忠宮，仍祀奉延平郡王鄭成功。

後半的「藤橋」則為原住民的高山交通工具：「番人聚居山上，出入崎嶇，大溪三重，水深險阻，無橋樑，老藤橫跨溪澗上，往來從藤上行，番人慣行不怖也」[37]。雍正時，吳延華有〈關渡藤橋〉詩云：「乾竇門邊淡水隈，溪流如箭浪如雷。魁籐一線風搖曳，飛渡何須蟒甲來」，自註曰：「番人架籐而渡，來去如飛」。但康熙年間曾數度乘海舶和艋舺通過關渡門的郁永河，卻從未提過有這樣的橋[38]，故其存在時間難以確認。

7.「白蟶塗鈍，麻虱龍蝦」

此四種海中鱗介都是臺灣民眾的美味佳餚，據《重修臺灣縣志》卷十二〈風土志・土產〉：

> 白蟶：形與內地蟶無異，而殼差薄，色白如玉，味尤清甘，四、五月有之。

---

[35] 周鍾瑄主修，陳夢林總纂，《諸羅縣志》（臺北：宗青圖書出版公司），卷十二〈雜記志・古蹟〉，頁 285。

[36] 關於臺北劍潭的傳說，可參閱何宜倫，〈臺北劍潭地名傳說的創造與演變〉，《花蓮教育大學民間文學研究集刊》第 2 期（2007 年 11 月）。

[37] 引自蕭瓊瑞，《島民・風俗・畫——十八世紀臺灣原住民生活圖像》（臺北：東大圖書公司，1999 年），頁 271。

[38] 王俊德、紀榮達，〈關渡大橋——歷史篇〉，http://chwk.huwei.com.tw/p4/bridge/bridge1/bridge1.htm。

塗魠：形類馬鮫而大，重者二十餘斤，無鱗，味甚美，自十月至清明多有。

麻虱目：魚塭中所產，夏、秋盛出，狀如鯔魚，鱗細，臺人以為貢品。

龍蝦：甲硬如蟹殼，鬚長二尺餘，鉗六、七寸，上有芒刺，尾下子纍纍相屬。

臺灣海域所產的龍蝦，約有 14～16 種之多。「蟶」為海產貝類，殼窄長呈剃刀狀，多見於潮間帶的泥沙中，肉白而味美。「麻虱目」語源當來自平埔族西拉雅語，目前為臺灣養殖漁業最重要的魚種之一，唯其性不耐嚴寒，故養殖的最大風險在於「寒害」。「塗魠」現多寫為「魠魠」，屬近海食用魚種，臺灣各地都有，東部及南部海域尤多。上述兩種魚所製作的臺灣小吃，常見者有虱目魚丸湯、虱目魚鹹粥、炸魠魠魚羹、紅燒魠魠魚羹等，甚至還有魠魠魚香腸。

圖 7-2　虱目魚

圖 7-3　魠魠魚

8.「番檨熟於盛夏，西瓜獻於元日」

「檨」為方言字，即芒果。據《重修臺灣縣志》卷十二〈風土志・土產〉：

> 其樹高大凌雲，……花淡黃色，結實累累，大如豬腰子。入春吐花，盛夏大熟。肉與核黏，切片以啗，甘如蔗漿。臺人或切片曬乾，用糖拌蒸，名「檨仔乾」；或用鮮檨細切，用糖熬煮，名「檨仔膏」；或用鹽漬醃久代蔬，名「蓬萊醬」。[39]

今日市場較常見的芒果為愛文、金煌等改良品種，但外表不起眼的土芒果（土檨仔）因香味獨特，也甚受喜愛。

臺灣「貢西瓜」之制始於康熙朝，原於三月半康熙生日進瓜，乾隆二年才改為每年正月，並將數額減為由閩浙總督、福建巡府各進十顆。貢瓜栽種於八月，較一般西瓜為早，所以能在正月之前成

---

[39]　王必昌，《重修臺灣縣志》（臺北：行政院文化建設委員會，2005 年），下冊，頁556。

熟。不過此制最遲至嘉慶十一年時即已廢止，王必昌此賦寫於乾隆
十七年（1752），恰好為臺灣西瓜曾上貢朝廷留下一則紀錄[40]。

9.「蔣集公績懋撫綏，陳清端澤流遐邇。茹冰檗以率屬，則林荔山之操履；持玉尺以衡材，則夏筠莊之造士」

「蔣集公」係指首任臺灣知府蔣毓英，字集公，康熙二十三年
到任，康熙二十八年陞江西按察使。「陳清端」係指陳璸，謚「清端」，
康熙四十一年曾任臺灣知縣，勤政愛民，後復於康熙四十九年任分
巡道，「民聞其再至也，扶老攜幼，歡呼載道，如望歲焉」。

「林荔山」指林天木，字荔山，雍正十一年任巡察御史兼提督
學政；「夏筠莊」指夏之芳，號筠莊，雍正六年任巡察御史兼提督學
政。林天木個性端嚴，不苟言笑，常以宋朝名儒為典範，甚至連寫
稿都必用楷書。夏之芳待人沖融，以澄敘官方、振興文教為己任，
曾編輯試牘《海天玉尺》，嘉會應試學子[41]。

10.「贅婿為嗣，隨婦行止，凡樵汲與薪穫，屬女流之所理」

前兩句敘述的是平埔族原住民的婚姻制度。蔣毓英《臺灣府
志》：「土番之俗與吾人異者，重生女而不重生男，男則出贅於人，
女則贅婿於家也」，但「贅婿」是套用漢族父系社會觀念的說法，應
正名為「從母居的婚姻」（matrilocal marriage）[42]。

---

[40] 據嘉慶十一年謝金鑾纂修的《續修臺灣縣志・地志・物產》，即謂「舊制貢西瓜，今罷」。詳參林文龍，〈清代臺灣貢瓜小考〉，收於《臺灣史蹟叢編》（臺中：國彰出版社，1987年），下冊（風土篇），頁191-198。

[41] 以上均參閱王必昌，《重修臺灣縣志》（臺北：行政院文化建設委員會，2005年），〈職官志・列傳〉，下冊，頁463、465、473。

[42] 參閱林美容，〈母系社會的婚姻型態〉，《人類學與臺灣》（臺北：稻香出版社，1992年），頁259-264。潘英，《臺灣平埔族史》（臺北：南天出版社，1998年），第五

後兩句敘述平埔族原住民家庭的生產體系。據《諸羅縣志》:「番婦耕穫樵汲,功多於男,唯捕鹿不與焉」,《重修臺灣縣志》卷十二〈風土志・風俗・番俗〉亦謂:「大抵以女承家,凡家務悉女主之,番男終身依婦而處」[43]。可知在家庭生產分工上,男子主要負責狩獵捕魚,女子則擔任農耕及家務瑣事[44]。

三、褒贊國家

官府纂修的方志不只是「區域百科全書」,也是「帝國檔案」的某種具體化形式。帝國「中心」要對「邊陲」進行統治,除了設置官署、派駐軍隊之外,還須仰賴一種文化的想像,此一「完整知識的烏托邦空間」,「一切已知或可知事物集體想像之總匯」,或稱為「帝國檔案」(the imperial archive),它是一種大家共享、卻為帝國服務的知識幻想,供給了「邊陲」臣服於「中心」所需要的意識形態[45]。

王必昌《重修臺灣縣志》分為〈疆域志〉、〈山水志〉、〈建置志〉、〈賦役志〉、〈學校志〉、〈祠宇志〉、〈禮儀志〉、〈武衛志〉、〈職官志〉、

章第四節〈平埔族的宗教與禮俗〉中「婚姻」部分;蕭瓊瑞,《島民・風俗・畫──十八世紀臺灣原住民生活圖像》(臺北:東大圖書公司,1999 年),第五章第三節〈生命禮儀〉「結婚」部分。

[43] 王必昌,《重修臺灣縣志》(臺北:行政院文化建設委員會,2005 年),下冊,頁544。

[44] 參閱程俊南,〈清代臺灣方志在社會人類學的材料──以《臺灣府志》與《諸羅縣志》有關 1717 年以前的平埔族風俗紀錄為例〉,《臺灣風物》49 卷 2 期(1999年 6 月)。

[45] 這是李察士(Thomas Richards)在 "The Imperial Archive: Knowledge and the Fantasy of Empire" 一書的看法,轉引自李有成,〈帝國與文化〉,李有成主編,《帝國主義與文學生產》(臺北:中央研究院歐美研究所,1997 年),頁 26-27。

〈選舉志〉、〈人物志〉、〈風土志〉、〈藝文志〉等編，不啻為區域內各類知識的總匯，但這些知識都貫徹在一個相同的思想綱領之下，試看《重修臺灣縣志》前諸位朝廷命官的序文：

> 臺灣，故奧區也。按《文獻通考》稱毘舍邪國，或又稱東港、婆娑洋，從古未有開闢者。我朝德威遠播，歸入版圖，生聚之、飲食之、教誨之，迄今幾及百年，舟車水陸，儼然一大都會矣，是不可以不志。……今之臺灣，涵濡聖澤，沐浴皇仁，凡制度、疑禮、考文，較之從前，風氣駸駸日上，是不可不重志也。[46]

> 我國家重熙累洽，德化覃敷，聲教四訖，薄海內外，罔不蒸蒸向化。臺灣為海外巖區，冠領三邑，藩籬數省，歸入版圖，幾及百年。聖天子涵濡樂育，久道化成，……以視從前，譬猶皇古之世，草昧初開，渾渾爾、噩噩爾；今則巍乎煥乎，已躋中天之盛已。[47]

> 臺地僻在遐島，《周禮》不載，《禹貢》無稽，上古無論已，自唐、宋以暨元、明，未入中國。明天啟間，荷蘭屯集，海舶往來，方與中華通，臺灣之名始著。旋為鄭成功竊踞，恃其險遠，行同倭寇，咸目島夷，恆為閩、粵、江、浙之患，漳、泉、福、興諸郡，被毒猶甚。我朝定鼎後，聖祖仁皇帝施仁武不殺之恩威，臣服其餘孽，是以聲名洋溢乎海隅日出

---

[46] 巡臺御史立柱序，王必昌，《重修臺灣縣志》（臺北：行政院文化建設委員會，2005年），上冊，頁 23。

[47] 巡臺御史錢琦序，王必昌，《重修臺灣縣志》（臺北：行政院文化建設委員會，2005年），上冊，頁 25。

之表，舟車所至、人力所通、茹毛飲血之倫、卉服文身之俗，
罔不率俾。猗歟休哉！振之以武威，修之以文德，建置郡縣，
版圖已定，星野之分、戶口之數、官師武備之設、山川風土
之宜、人物流寓之有記載、忠孝節義之有表彰，與夫城池、
倉庫、衙署、營制、學校、壇廟、宗祠之規畫，下至農田、
水利、官莊、租稅、財賦之所入，以及鳥獸、草木、蟲魚之
所產，樹藝以時，災祥並紀，無不犖然畢該。[48]

他們無不強調臺灣原本地處荒僻，蒙昧未開，係因「歸入版圖」、「聖
天子涵濡聖澤」才得以物阜民豐。因此，大凡「星野之分、戶口之
數、官師武備之設、山川風土之宜、人物流寓之有記載、忠孝節義
之有表彰，與夫城池、倉庫、衙署、營制、學校、壇廟、宗祠之規
畫，下至農田、水利、官莊、租稅、財賦之所入，以及鳥獸、草木、
蟲魚之所產」等各種知識，均須按時保存、定期更新，方能將「風
氣駸駸日上」、「已躋中天之盛」的情況記錄下來，俾使「我國家駿
德鴻猷，規模無外，邁唐虞、軼三代，於斯志徵之矣」，「以壯我朝
大一統之模者也」[49]。

此一思想，其實正與賦的一項重要書寫傳統──「宣上德而盡
忠孝」、「潤色鴻業」、「發揮皇猷」[50]相應，故分派賦為「佐志乘」

---

[48] 福建分巡臺灣道金溶序，王必昌，《重修臺灣縣志》（臺北：行政院文化建設委員
　　會，2005 年），上冊，頁 27。
[49] 福建分巡臺灣道托穆齊圖序，王必昌，《重修臺灣縣志》（臺北：行政院文化建設
　　委員會，2005 年），上冊，頁 30。
[50] 班固〈兩都賦〉序：「昔成康沒而頌聲寢，王澤竭而詩不作。大漢初定，日不暇
　　給；至於武、宣之世，乃崇禮官，考文章，……故言語侍從之臣，……朝夕論思，
　　日月獻納；而公卿大臣，……時時間作。或以抒下情而通諷諭，或以宣上德而盡
　　忠孝，雍容揄揚，著於後嗣，抑亦雅頌之亞也。」白居易〈賦賦〉：「況賦者，雅
　　之列，頌之儔，可以潤色鴻業，可以發揮皇猷。」

的角色，可說是恰如其分。我們不妨以下列王必昌〈臺灣賦〉的段落與上引金溶的序文相較，便可發現二者針對臺灣在明、清之際所建構的歷史知識並無二致：

> 溯夫天造草昧，遐裔荒墟，……洎乎鄭氏，乃凌險而負嵎，建偽官、開方鎮，萃濱海之逃逋。因利乘便，順風長驅，陷七都、破潮粵、犯溫臺、掠東吳，毒燄所觸，沿海焦枯；熊蹲四世，虎視方隅。維我仁廟，皇靈震疊；命將專征，克塽讋憚。遂按圖而設版，復定賦而計甲；闢四千載之方輿，安億萬姓於畚錘。慶文教之誕敷，群入學而鼓篋。或挽車而騎牛，或操舟而理輯。重洋問渡，舸艦帆聯；樂土興歌，人民踵接。

這套知識所提供的觀點是：鄭成功據臺，荼毒中國東南沿海，俟清帝國定鼎後，臺灣始得康寧，「既歸版圖，遂號名都」。此說在今日適當與否，另當別論，但在清廷領臺時期，統治者確實有必要提供這樣的知識讓百姓理解臺灣史，藉由意識形態的傳播來鞏固權力，並箝制其他可能的分歧思想。於是，鄭成功以前的歷史化約為：「曾一本竊據於澎島，林道乾勾致夫倭奴；繼以思齊之嘯聚，荷蘭之詭圖」[51]，「竊據」、「勾致」、「嘯聚」、「詭圖」等詞彙，否定了這群人居留臺灣的合法性；而「蓋茲邦之廣衍，兼四省而延袤；作南服之藩籬，挺一方之奇秀」，不僅向讀者提示了當年施琅力主臺灣「乃江、浙、閩、粵四省之左護」、務必永續經營的真知灼見[52]，也頌讚了朝廷決策的睿智。

---

[51] 明嘉靖四十二年（1563），海盜林道乾與曾一本因俞大猷的追勦而漂竄到澎湖，之後又到臺灣。顏思齊與鄭芝龍則大約於天啟元年（1621）來臺。參閱邱勝安，《臺灣史話》（臺北：黎明文化事業公司，1993年），頁18-33。

[52] 明鄭於康熙二十二年（1683）閏六月遣使至澎湖向清廷投降後，朝廷卻在「臺灣

　　為了讓臺灣從「未有開闢」到「蒸蒸向化」的演變軌跡更為清晰，揭露臺灣的「僻遠」是有必要的。王必昌〈臺灣賦〉指出了：臺灣海峽是「瞿塘之峽不足擬，又何論乎蜀道與太行」；臺灣的山脈，「《山經》所未鐫」、「山朝支麓，溫泉沸鑊；水沙連嶼，藉草浮田」、「鐵劍插於樹間，十圍連抱；藤橋懸於木杪，一線遙牽」等，「皆紀載之所未曾編」；至於「荷開獻歲，菊吐迎年」、「蟬未夏而先鳴，燕經秋而不去」的亞熱帶生態，更讓他詫異臺灣氣候「竟四時之無序」；此外，尚有「中土所罕見而莫悉」的水果：

> 番檨熟於盛夏，西瓜獻於元日。牙蕉子結數層，鳳犁香聞滿室。
> 若菩提果、波羅蜜、釋迦果、金鈴橘，尤中土所罕見而莫悉。

這些「異」都有一個相同的比較對象，就是「中土」。王必昌〈臺灣賦〉運用「中土」凸顯臺灣的「異域」色彩，實已潛藏著「我土／夷土」之分的想像地理（imaginative geography）：

> 他們在自己的腦海中畫定一片熟悉的空間為「我們的」，另外一片在「我們的」之外的陌生空間則為「他們的」，……「我土／夷土」之分的想像地理無須獲得蠻夷一方之承認，只要「我們」在我們的腦海中豎起這些疆界就夠了，「他們」就成為「他們」，而他們的疆域和心理就被認定為跟「我們的」大不相同。[53]

或棄或留」的問題上意見紛歧。當時施琅曾上〈臺灣棄留疏〉，謂「臺灣地方，北連吳會，南接粵嶠，延袤數千里，山川峻峭，港道迂迴，乃江、浙、閩、粵四省之左護」，強調「棄之必釀成大禍，留之誠永固邊圉」。直到康熙二十三年（1684）四月，清廷才劃臺灣為一府三縣，屬福建省，正式納入中國版圖。

[53] 這是薩伊德（Edward W. Said）在《東方主義》（Orientalism）一書的看法，轉引自李有成：〈帝國與文化〉，李有成主編，《帝國主義與文學生產》（臺北：中央研

這種對比，在早王必昌〈臺灣賦〉半個世紀寫成的高拱乾〈臺灣賦〉[54]裡就可以看到：

> 乃至蝦鬚百丈，鰷骨千尋；貝文似鳳，魚首如人；大龜之壽三萬歲，蝴蝶之重八十斤；非此邦之物產，蓋在乎南海之濱。又如蜃樓縹緲，海市高低；碧雲擁日，滄海為梯；光從定後，圓始天躋；非此邦之風景，又在乎東海之青齊。更或橋邊鱉泣，別淚如珠；山頭劍舉，雪城為墟；飛女仙之一石，起刺史於沾濡；扶紅裳之魚女，使之返於沮洳；而茲邦又無此怪異，事或見之於洞庭湖。

> 若欲盡寫夫杳渺之離奇兮，恐或見哂夫齊莊而端肅。即飲食亦平易而無奇兮，原未足以窮夫人間之水陸。

高拱乾上國貴卿的身段、輕慢鄙夷的口吻，在這兩段文字中表露無遺；臺灣在其高姿態的俯臨之下，美景、美食俱缺，一切都顯得乏善可陳，難望中土項背。相形之下，王必昌願意在賦中讚美玉山「奇幻特絕」，肯定臺澎海鮮「厥味多佳」，已是難能可貴。

但臺灣與中土的「異」，並不在於海峽的隔閡，而在於文化的落差。這種想像，當敘及「民風」時表現得更為明顯，「中土」與「臺灣」有著「文明」與「蠻荒」的差距，臺灣總是仰慕天恩的邊隅。康熙二十六年（1687）抵臺擔任儒學教授的林謙光[55]，其〈臺灣賦〉就寫道：

究院歐美研究所，1997年），頁25-26。
[54] 高拱乾於康熙三十一年（1692）抵臺任「福建分巡臺廈道兼理學政」，於康熙三十三年（1694）開始編修《臺灣府志》，內亦收錄自作〈臺灣賦〉。
[55] 林謙光，字芝嵋，號道收，福建長樂人，康熙十一年副貢生，康熙二十六年移臺灣府儒學教授，康熙三十年（1691）擢知浙江桐鄉縣事，著有《臺灣紀略》，收

翹首瞻依，幸彼俗之未陋；跂足蠕動，知大化之可頌。又有
蓬跣方除，膠庠初隸；載酒問奇，負經請諦。吟誦半雜於博
勞，衣冠尚存其椎髻。拱手於都講之庭，側身於敷教之地。

王必昌也認為，臺灣原有「土沃民逸」、「競事侈靡」、「群尚巫而好
鬼，每徵歌而角技」等不良風氣，生番更是兇惡駭人：

復有傀儡生番，鮮食茹血。蒙頭露目，手持寸鐵。伏林莽以
伺人，賽髑髏而稱傑。且聞遠社番婦，能作咒詛。犯之即死，
解之即蘇。喝石能走，試樹立枯。

這一切都有待清廷統治之後才有所改變。朝廷派遣入臺的首長如蔣
毓英、陳璸等進入賦中，固然是「思移風以易俗，賴當途之經理」
的代表；民間賢德之士如明末遺老沈光文，因作賦諷諭鄭經施政不
當而隱居山中教書行醫的遭遇[56]，也透過「僧衣作賦，沈文開萍蹤
坎坷」的文句稱頌其「足廉頑而立懦」。而女性之殉夫，如「永華之
女懸帛柩側」，係指明鄭功臣陳永華的女兒不堪夫君鄭克臧遭弒的哀
痛[57]，或如「寧靖之闔室偕殞」，則指寧靖王朱術桂於鄭克塽降清時

入《四庫全書》。參閱黃典權等，《重修臺灣省通志・人物志・人物傳篇》（臺中：
臺灣省文獻委員會，1998 年），頁 108。

[56] 全祖望〈沈太僕傳〉：「已而成功卒，子經嗣，頗改父之臣與父之政，軍亦日削。
公作賦有所諷，乃為愛憎所白，幾至不測。公變服為浮屠，逃入臺之北鄙，結茅
於羅漢門山中以居。或以好言解之於經得免。山旁有目加溜灣者，番社也。公於
其間，教授生徒，不足則濟以醫。」（《鮚埼亭集》卷二十七）詳參盛成，〈沈光文
研究〉，《臺灣文獻》12 卷 2 期（1961 年 2 月）；龔顯宗，〈臺灣文化的播種者沈
光文〉，原收於成功大學中國文學系主編：《第一屆臺灣儒學研究國際學術研討會
論文集》（1997 年），復收於龔氏所著《臺灣文學研究》（臺北：五南圖書出版公
司，1998 年）。

[57] 連雅堂曾有詩讚陳永華曰：「杖冊談時局，軍門禮數寬。兵農輔文教，遺教在臺
灣。」並稱其「器識功業與武侯（諸葛亮）等」。鄭經於永曆三十五年（清康熙二

決定以身殉明，其姬妾五人乃先其自縊[58]，她們的忠烈節操，竟然也成為「當王化之將暨，忠孝節義已大著於人心」的證明。更重要的是，「德化覃敷」的結果還能讓「近郭熟番，漸知禮制，童子入學，亦解文藝」。這些事件就個別而言當然都是真實的，但一旦透過特定的結構加以整編，便成為一組「聖治廣被」的寓言，將臺灣形塑為「他們」仿效、趨近「我們」的「開化中」區域，強化了中土與臺灣在文化上一高一低的想像。

做為「帝國檔案」，王必昌從《重修臺灣縣志》到〈臺灣賦〉，顯然有著一以貫之的政治意識。這使他在賦中敘及臺灣地震頻繁時，很巧妙地將「土地動蕩」隱喻為「政治動蕩」，因而將地震的緣故扭曲為「惟開闢之未幾，故節宣之未周」，以便曲終奏雅，祈願臺灣在大清「久道化成」之下「百昌咸遂」，終至「海不揚波，地奠其位」。從這個書寫態度反觀王必昌〈臺灣賦〉裡諸多對臺灣的頌揚，諸如「挺一方之奇秀」、「誠泱泱兮大風」、「實海邦之膏壤，宜財賦之豐盈」等，終究還是以帝國為中心的修辭，那想像中既「奇」且「大」的「膏壤」，不過是帝國本身「巍乎煥乎」的投影。

四、結語

在帝國的凝視下，王必昌〈臺灣賦〉可說與《重修臺灣縣志》異曲同功，扮演著「以賦佐志」、甚至是「以賦佐治」的角色。這無

十年）病逝，原應由長子鄭克𡒉即位，但因馮錫範謀立次子鄭克塽，遂誣指鄭克𡒉並非鄭經親骨肉，且予以刺殺。克塽嗣位，年尚幼若，委政於馮錫範，國事因此日非。見邱勝安，《臺灣史話》（臺北：黎明文化事業公司，1993 年），頁 77-100。

[58] 當明鄭降清時，從寧靖王而死的有五位姬妾。五人名分不一，袁氏、蔡氏為寧靖王妾，荷姑、秀姑及梅姐為侍女，後人敬其忠義，遂合稱「五妃」。

論就歷來方志藝文志屢屢強調「有關於興廢」、「有裨於風教」[59]的甄採原則，或就賦「宣上德而盡忠孝」的書寫傳統而言，都是可以理解的。許結、郭維森《中國辭賦發展史》也認為：王必昌〈臺灣賦〉可視為與全祖望〈皇輿圖賦〉、朱筠〈平定准噶爾賦〉、紀昀〈烏魯木齊賦〉、和寧〈西藏賦〉、英和〈卜魁城賦〉、徐松〈新疆賦〉等同屬一系列作品，這些「盛清疆輿賦」都是藉由對邊陲遐裔的描寫，「為封疆增色」[60]。不過，這並不表示王必昌〈臺灣賦〉只是一篇「褒贊國家」的政治宣言，其實這篇長約 2200 字的大賦，不但條理清晰，且全篇幾乎都以俳偶行之，內容更綜合了地理、歷史、物產、風俗等，儘管做為中學「國文」課本的選文實在閱讀不易，但若以「研究物情」的態度追索考察，絕對是認識臺灣古典文化的適當媒介。

　　近年來，「臺灣賦」在「臺灣古典文學」的研究領域中已經頗受注意，不但有一本專門的學位論文（王嘉弘《清代臺灣賦的發展》，東海大學中文系碩士論文，2005 年），由臺灣師範大學國文系教授許俊雅、東海大學中文系教授吳福助聯合主編的《全臺賦》也已經出版（國家臺灣文學館籌備處，2006 年 12 月）。也許等日後，這近二百篇的文獻經集思而廣益，我們可以找到比王必昌〈臺灣賦〉更適合做為課本教材的作品。期待將來在中學「國文」課本中，除了可以讀到「臺灣古典詩」，也可以在蘇軾〈赤壁賦〉之外，讀到一篇「臺灣賦」。

---

[59]　明《（成化）新昌縣志》「凡例」第五條：「舊志雜載詩文，今惟擇名人題詠，或有關於興廢、有切於景物者錄之」；明《（萬曆）金華府續志》「例義」：「藝文取其關係郡邑、故實有裨於風教者，錄之以垂後，餘不濫入」。

[60]　許結、郭維森，《中國辭賦發展史》（南京：江蘇教育出版社，1996 年），頁831-836。

捌、解析賦學常識之一

——「賦分為古賦、俳賦、律賦、文賦」的形成[*]

一、緒說

　　面對繁雜多樣的現象，「分類」可說是藉由某些相似性、共同性的歸納，以建立認知系統的最好方法。例如生物界以「界、門、綱、目、科、屬、種」七個層級為地球上的動、植物分類；化學元素可分為鹵素、稀土元素、鹼金屬元素、鹼土金屬元素等類；許慎編寫《說文解字》，也運用「據形系聯」將九千三百五十三字分隸五百四十部首。至於文學作品，雖然也是「體有萬殊，物無一量」，「各師成心，其異如面」[1]，但古代的文論家們仍試圖區分出詩、賦、論、頌等文類，這是因為文類區分之後，作家除了可依循文類成規以求精進，亦可背離文類成規以求突破；至於讀者，則可根據文類知識理解作品，或發現作品逸出既有成規的創意[2]。

　　自西漢揚雄將賦分為「詩人之賦、辭人之賦」兩類[3]、東漢班固將賦分為「屈原賦、陸賈賦、孫卿賦、雜賦」四類[4]，後代的賦體分

---

[*]　本文為國科會研究計畫成果（NSC-93-2411-H-011-002），原以〈一個賦體分類論述的形成——賦分為古賦、俳賦、律賦、文賦〉為題，刊於《台灣科技大學人文社會學報》第 1 期（2005 年 3 月）。

[1]　分見陸機〈文賦〉及劉勰《文心雕龍‧體性》。

[2]　參閱 Tung Chung-Hsuan（董崇選），"The Value of Genre Classification"，《中興大學文史學報》16 期，頁 198-199。

[3]　「或曰：『景差、唐勒、宋玉、枚乘之賦也，益乎？』曰：『必也淫。』『淫則奈何？』曰：『詩人之賦麗以則，辭人之賦麗以淫。如孔氏之門用賦也，則賈誼升堂、相

類方式可說是林林總總，難以盡數[5]，但現今最為大家熟悉的，莫過
於將賦分為「古賦、俳賦、律賦、文賦」這套模式。它不僅是多數
介紹「中國文學史」學者的共同的選擇[6]，在「國學導讀」之類的書
中也尋常可見。例如張踐主編的《國學三百題》第九十七題：「古賦、
俳賦、律賦、文賦各有哪些特點？」[7]，問題本身就已引導初學者接
受此一分類架構；又侃如《精簡國學基本問答》第十八題：「賦之種
類有幾？」，所提供的答案也是：「一、漢魏古賦；二、六朝俳賦；
三、唐代律賦；四、宋代文賦」[8]。此外一些文史工具書，如《中國
古典文學辭典》、《中國文論大辭典》、《中國大百科全書・中國文學
卷》、《歷代賦辭典》等，同樣傳達給檢索者「賦分為古賦、俳賦、
律賦、文賦」的訊息[9]。

如入室矣，如其不用何。』揚雄著，汪榮寶疏，《法言義疏》（台北：世界書局，
1962 年），頁 88。

[4] 班固撰，顏師古注，《漢書》（台北：宏業書局，1984 年），〈藝文志〉。

[5] 參閱何沛雄，〈略論賦的分類〉，《中國書目季刊》21 卷 4 期（1988 年 3 月），頁
19-25。

[6] 例如尤信雄〈中國文學史導讀〉：「辭賦，又可分辭（騷賦）和賦兩類；賦又可分
古賦（漢賦）、駢賦（俳賦）、律賦、散賦（文賦）等四種。」見周何、田博元主
編，《國學導讀叢編》（台北：康橋出版公司，1989 年），冊 4，頁 51-52。趙海金
《中國文學史》：「以上古賦、俳賦、律賦、文賦，為賦的四體。」（台南：興文齋
書局，1956 年），頁 29。王更生《中國文學講話》：「賦的演變分為古賦、俳賦、
律賦、文賦四種。」（台北：三民書局，1990 年），頁 9。涂公遂《國學概論》：「齊
梁而後衍為俳賦，唐以後變為律賦，宋以後流為文賦。」（台北：九思出版有限公
司，1981 年），頁 110。

[7] 張踐主編，《國學三百題》（台北：建宏出版社，1997 年），頁 300。

[8] 侃如《精簡國學基本問答》（台北：文鏡文化事業有限公司，1981 年），頁 72。

[9] 曾永義主編的《中國古典文學辭典》（台北：正中書局，1990 年）「賦」詞目云：
「此期（指漢代）之賦稱為辭賦，又名古賦。……於魏晉六朝，……乃稱駢賦。
駢賦入唐，……而有律賦。至宋代……，稱為文賦。賦之流變，大抵如此」（頁
612）。彭會資主編的《中國文論大辭典》（廣西：百花文藝出版社，1990 年）「賦」
詞目云：「賦分為四類：一曰古賦，二曰俳賦，三曰文賦，四曰律賦」（頁 120）。
又中國大百科全書總編輯委員會中國文學編輯委員會主編的《中國大百科全書・

　　此一猶如「中國文學研究者」這個「科學共同體」（scientific community）一致接受的「賦學」「範式」（paradigm，或譯為典範）[10]，究竟是誰提出來的？許多學者都指向明代《文體明辨》的編者「徐師曾」：

> 明代徐師曾的《文體明辨》把賦分為古賦、俳賦、律賦和文賦四種，比較概括地說明了賦體演變的結果。[11]

> 賦的分類，有三分法與四分法。三分法為文、騷、駢三格，惟不甚通行，通常依徐師曾《文體明辨》的主張，分古、俳、文、律為四體。[12]

> 賦的文體樣式，按明代徐師曾《文體明辨》的劃分，可以分為古賦、俳賦、律賦和文賦四大類。[13]

> 賦的分類，通常參照徐師曾《文體明辨》的主張，分古賦、俳賦、律賦、文賦四種。[14]

> 徐師曾依時代和風格，分賦為古、俳、律、文四類，允稱恰當，故一般文學史書多從其說。[15]

　　中國文學卷》（北京：中國大百科全書出版社，1988 年）及遲文浚、許志剛、宋緒連主編的《歷代賦辭典》（瀋陽：遼寧人民出版社，1992 年），其有關賦體的詞目皆僅設「古賦」、「俳賦」、「律賦」、「文賦」四條。

[10]「範式」是庫恩（Thomas Kuhn）科學哲學中的核心觀念，係謂一門學科裡共通的信念、價值、技術等的集合，它被「科學共同體」——某一時期某學科領域的研究者——所接受；且「科學共同體」也在其指導下，進行解決疑難（puzzle-solving）的工作——包括應該研究什麼問題、問題成立的當然緣由、思考問題的基本假定等。參閱金吾倫，《托馬斯・庫恩》（台北：遠流出版公司，1994 年），吳以義《庫恩》（台北：東大圖書公司，1996 年），楊士毅〈庫恩「典範」概念之分析〉（《世界新聞傳播學院學報》2 期，1992 年），鄭杭生、李霞，〈關於庫恩的「範式」：一種科學哲學與社會學交叉的視角〉（《廣東社會科學》2004 年 2 期）。

[11] 王力主編，《古代漢語》（北京：中華書局，1990 年），冊 4，〈古漢語通論（27）——賦的構成〉，頁 1354。

[12] 丘瓊蓀，《詩賦詞曲概論》（台北：台灣中華書局，1966 年），頁 143。

[13] 袁濟喜，《賦》（北京：人民文學出版社，1994 年），頁 3。

[14] 易君左，《中國文學大綱》（台北：出版者不詳，1971 年），頁 40。

然而只要稍加翻檢徐師曾《文體明辨》，便會發現將賦分為「古、俳、律、文」四類及四者的「名稱」固然來自《文體明辨》，但《文體明辨》對「古賦」和「文賦」的「定義」，卻與今日「中國文學史」或「國學導讀」的介紹有相當大的出入；而且《文體明辨》的敘述，幾乎都是從元代祝堯《古賦辯體》中抄錄出來的。因此，「賦分為古賦、俳賦、律賦、文賦」，與其說是某人的洞見，倒不如說是一項跨時代的「集體創作」。那麼，這個分類模式究竟是如何產生？如何演變？對於當代的賦學研究又有何影響？本文預備進行的工作，便是一探這「賦體四分法」的形成經過。

二、別裁偽體：由祝堯到徐師曾

（一）祝堯

祝堯[16]《古賦辯體》係於元代「選場以『古賦』取士」的背景下應運而生[17]，雖然其編撰動機係為協助學子躍登龍門，但祝堯並

---

15 何沛雄，〈略論賦的分類〉，《中國書目季刊》21 卷 4 期（1988 年 3 月），頁 23。

16 祝堯，字君澤，江西上饒人，為元仁宗延祐五年（1318）恢復科舉後的第二屆進士，生卒年不詳，其簡歷可參閱《廣信府志》（台北：成文出版社影同治十二年刊本），卷九之二〈人物・宦業〉，頁 732。

17 唐宋以「律賦」取士，故「賦格」與「賦選」多集中於律賦。但元代問世的「賦選」，卻都是《皇朝古賦》、《古賦正聲》、《古賦青雲梯》、《古賦題》之類，最主要的緣故，便是科舉改試「古賦」。吳訥《文章辨體・古賦》即謂：「延祐設科，以古賦命題，律賦之體，由是而變。」據《元史・選舉志》，元仁宗延祐二年（1315）首度舉行的科舉會試，「漢人」與「南人」的考試科目為：第一場：明經經疑二問，四書內出題；第二場：古賦、詔、誥、章、表內科一道；第三場：策一道，經史時務內出題。今按《古賦辯體》（台北：台灣商務印書館影四庫全書，冊 1366）卷八亦云：「渡江前後，人能龍斷，聲律盛行，……至於古賦之學，既非上所好，又非下所習，人鮮為之。……近年選場以古賦取士，昔者無用，今則有用矣。」又據《廣信府志・藝文》記載，祝堯另著有《四書明辨》、《策學提綱》，均與闡

不希望它只是一本兔園冊子，因而對「古賦」也提出不少有系統、有深度的見解。蓋唐、宋以來，所謂「古賦」，原是為了與「律賦」（又名「近體賦」）區隔才出現的名稱[18]，故一如「古體詩」和「近體詩」的畫界[19]，「古賦」也是從時間先後之別（唐代以前的賦），延伸為體製寬嚴之異（律賦以外的賦）。祝堯「辯體」的對象既是「古賦」，自然不包含「律賦」，因此他依據「時間」所分的「楚辭體」（實即「先秦體」）、「兩漢體」、「三國六朝體」、「唐體」、「宋體」五類，都在「古賦」的範圍之內：

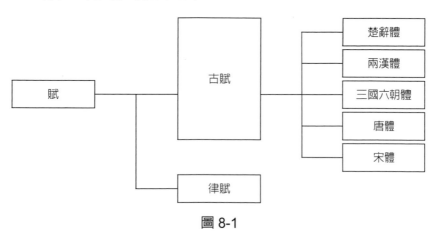

圖 8-1

場科目相應，故《古賦辯體》的編撰，實與科舉密切相關。

[18] 周中孚《鄭堂札記》：「唐人稱應試之賦為甲賦，蓋因令甲所頒，故有此稱，以別於居常所作古賦」。陸葇《歷朝賦格‧凡例》：「古賦之名始乎唐，所以別乎律也；猶之今人以八股制義為時文，以傳記、詞賦為古文也」。這或可從以下二例得到印證：（一）北宋姚鉉編《唐文粹》，「止以古雅為命，不以雕篆為工，故侈言蔓辭，率皆不取」，故卷一至卷九乃特別標名「古賦」，「古賦」即「律賦」以外之賦的統稱。（二）歐陽修《居士外集》的「古賦」和「近體賦」分別收於卷八及卷二十四，「近體賦」所列十一篇均注明「以〇〇〇為韻」。

[19] 吳澄〈谷山樵歌序〉：「唐初創近體詩，字必屬對偶，聲必諧平仄，由是詩分二體，謂蕭《選》所載漢魏以來詩為『古體』，而近體一名『律詩』。」見吳澄，《吳文正公集》（台北：台灣商務印書館影四庫全書），卷22，頁237。

　　祝堯的分類，表面上看只是將政治史的分期套在文學史上，但若參閱《古賦辯體》的說明，便可發現祝堯所分的時期，通常是「一段被某一文學標準規範和習例的系統所支配的時間」[20]。以「兩漢體」而言，其主要的特徵就是「尚辭」[21]；「三國六朝」及「唐代」則研延續「兩漢」鋪采摛文的發展，出現了「俳體古賦」和「律體古賦」；至於「宋代」，則是「文體古賦」盛行的時代。所謂「俳體」，祝堯指的是「詞句的工整對偶」；而「律體」，則是指「聲韻的精密對仗」[22]。至於「文體」，祝堯固然有「詞句非駢」之意，但主要還是指內容方面流於「說理議論」，這可以從《古賦辯體》中找到直接的佐證：

　　　　至於賦若以文體為之，則專尚於理。[23]

　　　　俳以方為體，專求於辭之工；文以圓為體，專求於理之當。[24]

---

[20] 「文學的時代劃分應該以純文學的標準來建立。如果我們的結果恰巧和那些政治、社會、藝術、以及思想史學家所研究的相同，那倒是沒有什麼關係的，只要我們的出發點必須是文學作為文學來發展。……因此一個時代便是一段被某一文學標準規範和習例的系統所支配的時間。」參閱 Rene Wellek and Austin Warren 著，王夢鷗、許國衡譯，《文學論》(Theory of Literature)（台北：志文出版社，1990年），頁 446。

[21] 祝堯《古賦辯體》卷三：「漢興，……所賦之賦為辭賦，所賦之人為辭人，一則曰辭，二則曰辭，若情若理有不暇及。」又卷四：「蓋自長卿諸人就騷中分出侈麗之一體以為辭賦，至於子雲，此體遂盛。」

[22] 「及相如『左鳥號之彫弓，右夏服之勁箭』等語，始分兩句作對，其俳益甚。……沈休文等出，四聲八病起，而俳體又入於律。為俳者，則必拘於對之必的；為律者，則必拘於音之必協。精密工巧，調和便美。」祝堯，《古賦辯體》（台北：台灣商務印書館影四庫全書，冊 1366），卷 5，〈三國六朝體序〉，頁 779。

[23] 祝堯，《古賦辯體》（台北：台灣商務印書館影四庫全書，冊 1366），卷 8，〈宋體序〉，頁 818。

[24] 祝堯，《古賦辯體》（台北：台灣商務印書館影四庫全書，冊 1366），卷 8，〈宋體序〉，頁 818。

此外，將「子雲此賦，則<u>自首至尾純是文</u>」[25]與「子雲〈長楊〉，<u>純用議論說理</u>，遂失賦本真。歐公專以此為宗，其賦<u>全是文體</u>」[26]。相互對照，也可以清楚看出祝堯所稱「文體」的涵意。

　　依《古賦辯體》的理論架構，「俳體」、「律體」、「文體」乃是祝堯審視歷代「古賦」之後，篩檢出來的「賦體語文變異現象」。它們有時會蔓延到某個時期的賦篇，如唐代「就有為古賦者，率以徐、庾為宗，亦不過少異於律爾」[27]、「宋之古賦，往往以文為體」[28]；也有可能是某位賦家或某篇賦作的書寫情況，如「歐公專以此為宗，其賦全是文體」、「杜牧之〈阿房宮賦〉，古今膾炙，但大半是論體」[29]；更有可能在同一篇賦中，過濾出某些部分是「俳體」、某些部分是「文體」，例如李白〈愁陽春賦〉的後半，便被祝堯指為「俳體」[30]；而蘇過〈颶風賦〉的後半，也遭祝堯判為「文體」[31]。至此，我們可以明顯的看出，「楚辭體／兩漢體／三國六朝體／唐體／宋體」和「俳體／律體／文體」，實為祝堯兩套不同的分類系統，前者以時代為區分，根據的是單一標準；後者則以語文現象為區分，混雜了形式（俳

---

[25] 祝堯，《古賦辯體》（台北：台灣商務印書館影四庫全書，冊 1366），卷 4，〈長楊賦〉題下注，頁 766。

[26] 祝堯，《古賦辯體》（台北：台灣商務印書館影四庫全書，冊 1366），卷 8，歐陽脩〈秋聲賦〉題下注，頁 820。

[27] 祝堯，《古賦辯體》（台北：台灣商務印書館影四庫全書，冊 1366），卷 7，〈唐體序〉，頁 802。

[28] 祝堯，《古賦辯體》（台北：台灣商務印書館影四庫全書，冊 1366），卷 8，〈宋體序〉，頁 817。

[29] 祝堯，《古賦辯體》（台北：台灣商務印書館影四庫全書，冊 1366），卷 7，〈唐體序〉，頁 802。

[30] 祝堯，《古賦辯體》（台北：台灣商務印書館影四庫全書，冊 1366），卷 7，李白〈愁陽春賦〉題下注，頁 812。

[31] 祝堯，《古賦辯體》（台北：台灣商務印書館影四庫全書，冊 1366），卷 8，蘇過〈颶風賦〉題下注，頁 827。

體、律體）及內容（文體）等標準。這兩套系統有時可以重疊──如三國六朝古賦常屬「俳體」，唐代古賦常屬「律體」，宋代古賦常屬「文體」；有時又各自為政──如「兩漢體」中的揚雄〈長楊賦〉屬「文體」；「唐體」中的韓愈、柳宗元賦並非「律體」，杜牧〈阿房宮賦〉也不是「律體」，而是「文體」；又「宋體」中的蘇轍〈黃樓賦〉也「無當時文體之病」。祝堯正是透過這兩種不同分類方式的交叉運用，所以《古賦辯體》不僅凸顯了各個時期賦風的差異，一個時期內賦篇的個別特色也得以呈現。

（二）吳訥、徐師曾

　　明朝初年，吳訥（1370～1455）基於「文章以體製為先」的觀點，編纂《文章辨體》五十卷、《外集》五卷[32]，析分文類五十四類。其中在「賦」的部分，吳訥分為兩類，一是「古賦」，收於「內集」卷二至卷五；另一則是「律賦」，收於「外集」卷一[33]。「古賦」方面，復依「楚」、「兩漢」、「三國六朝」、「唐」、「宋」、「元」及「國朝」的次序選列賦篇。由此可知，其分類方式乃完全沿襲祝堯，只不過加上「元」、「明」兩小類而已。至於古賦各期的序言，更是每見「祝氏曰」，顯然均自《古賦辯體》移錄而來。

---

[32] 本文所據吳訥《文章辨體》為明嘉靖三十四年（1555）湖州知府徐洛重刊本，現藏台北國家圖書館善本書室。

[33] 《文章辨體》為嚴辨體製，遂將「變體」置於「外集」，「律賦」即其中一類。其「凡例」曰：「四六為古文之變，律賦為古賦之變，律詩雜體為古詩之變，詞曲為古樂府之變。西山《文章正宗》，凡變體文辭皆不收錄，東萊《文鑑》則並載焉。今遵其意，復輯四六對偶及律詩、歌曲共五卷，名曰『外集』，附於五十卷之後，且以著文辭世變云。」

但這套分類方式到了徐師曾（1510～約 1573）時便有若干調整。徐師曾在嘉靖年間所編纂的《文體明辨》，不僅編纂動機和吳訥《文章辨體》相同，內容也是「大抵以同郡常熟無文恪公訥所纂《文章辨體》為主而損益之」[34]，唯析分文類增至一百二十七類。而他對「賦」的處理，也與吳訥不同，除了將「律賦」納入正編，且明言「今分為四體：一曰『古賦』，二曰『俳賦』，三曰『文賦』，四曰『律賦』」[35]，「古賦」還有「正」、「變」之別，「俳體間出於其中」者為「正」，「流於文賦之漸」者為「變」：

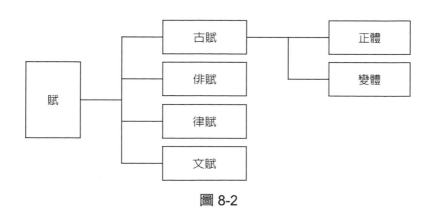

圖 8-2

[34] 徐師曾《文體明辨》（日本：中文出版社影萬曆八年（1580）刊本）書前〈序〉曰：「撰述始嘉靖三十三年甲寅春，迄隆慶四年庚午秋，凡十有七年，而後成其書。大抵以同郡常熟吳文恪公訥所纂《文章辨體》為主而損益之。……夫文章之有體裁，猶宮室之有制度，器皿之有法式也。為堂必敞，為室必奧，為臺必四方而高，為樓必陜而修曲，為筥必圓，為筐必方，為簠必外方而內圜，為簋必外圜而內方，夫固各有當也。苟舍制度法式而率意為之，其不見笑於識者鮮矣，況文章乎？……蓋自秦、漢而下，文愈盛；文愈盛，故類愈增；類愈增，故體愈眾；體愈眾，故辨當愈嚴。此吳公《辨體》所為作也。」見冊上，頁 3。又卷首〈文章綱領〉前兩條，也是申明「文章以體製為先」、「文莫先於辨體」的要旨。

[35] 徐師曾，《文體明辨》（日本：中文出版社影萬曆八年（1580）刊本），卷3，〈賦一上〉序，冊上，頁 212。

　　徐師曾雖然將賦「重新」分成四類，但從他使用「俳賦」、「文賦」之名，且大量抄錄《古賦辯體》的說明文字來看，這個「創新」的分類方式應該只是一項「重組」而已，其主要的改變在於下列三點：

(1) 「俳賦」成為與「古賦」、「律賦」平行的分類層級。對照《文體明辨》和《古賦辯體》所選錄的賦篇可以發現：《文體明辨》所認定的「俳賦」，主要來自《古賦辯體》中大部分的「三國六朝體」賦（不包括王粲〈登樓賦〉、陸機〈歎逝賦〉、張華〈鷦鷯賦〉、潘岳〈籍田賦〉、潘岳〈秋興賦〉、孫綽〈遊天台山賦〉），再加上「唐體」賦中的駱賓王〈螢火賦〉。

(2) 「文賦」成為與「古賦」、「律賦」平行的分類層級。對照《文體明辨》和《古賦辯體》所選錄的賦篇可以發現：「文賦」主要來自《古賦辯體》中大部分的「宋體」賦（不包括蘇軾〈屈原廟賦〉、蘇轍〈屈原廟賦〉、〈黃樓賦〉、〈超然臺賦〉、秦觀〈黃樓賦〉、張耒〈病暑賦〉、〈大禮慶成賦〉），再加上祝堯原就判為「文體古賦」的揚雄〈長楊賦〉和杜牧〈阿房宮賦〉。

(3) 「古賦」不再泛指「律賦」以外的賦篇。雖然徐師曾所畫分的「古賦」，在時代上依然含蓋了兩漢、三國六朝、唐、宋，但那些原本在《古賦辯體》中出現較多「俳體」或「文體」現象的「古賦」，均遭徐師曾逐出「古賦」門牆之外，另設「俳賦」及「文賦」予以安置。因此，徐師曾的「古賦」實為一具有價值判斷意義的類別，和過去祝堯、吳訥心目中「古／律」二分的「古賦」，在定義上有著極大的差距。

　　徐師曾所以將賦分為四類，目的係為「使文士學其如古者，戒其不如古者，而後古賦可復見於今也」[36]，這點與祝堯並無不同[37]。但祝堯「別裁偽體」的方法，只是拿著可以篩除「俳體、律體、文體」的濾網，對「自先秦至宋代」的「古賦（即非律賦）」進行一番「去蕪存菁」的檢視，以便挑出符合「復古」標準的篇章或段落，供士子研習揣摹。而徐師曾的做法卻較祝堯更為嚴格，進一步把「非律賦」中凡涉於俳體或文體的賦篇一概排除，只許合於「復古」標準的「非律賦」位居「古賦」之列。他們兩人固然都是基於「指導寫作」的需要而對賦進行分類，但與祝堯的「原版」相較，徐師曾的「改編版」卻反而產生分類標準不一的問題。首先，徐師曾的「古賦」乃一具有價值判斷意義的類別，根本就和用來描述特徵的「律賦」、「俳賦」、「文賦」完全不在同一分類基礎上。再者，「俳賦」與「律賦」是依文句是否蓄意對偶、音韻是否細求聲病所做的區分，而「文賦」卻是依內容是否流於議論所做的區分，三者的分類基礎還是不一樣。因此，徐師曾把賦分為「古賦、俳賦、律賦、文賦」，雖然如同把人分為「男人、女人、老人、窮人」般怪異，但這完全是考量「別裁偽體」所做的設計。

三、舊瓶新酒：徐氏分類法的衍變

　　儘管許多現代問世的「中國文學史」或「國學導讀」，都聲明「賦分為古賦、俳賦、律賦、文賦」是依照「徐師曾」的想法，但若進

---

[36] 徐師曾，《文體明辨》（日本：中文出版社影萬曆八年（1580）刊本），卷3，〈賦一上〉序，冊上，頁212。

[37] 祝堯《古賦辯體‧目錄》：「古今之賦甚多，愚於此編，非敢有所去取，而妄謂賦之可取者止於此也，不過載常所誦者爾，其意實欲因時代之高下，而論其述作之不同；因體製之沿革，而要其指歸之當一。庶幾可由今之體以復古之體云。」

一步比對，又會發現他們的界定分明與徐師曾不同。日本著名漢學家青木正兒（1887～1964）著、隋樹森譯、1947 年上海開明書局出版的《中國文學概說》如此敘述：

> 明徐師曾的《文體明辨》把它分為四種：古賦、俳賦、律賦、文賦即是。<u>古賦是漢代之賦</u>，用散句（即不成對句之句）。至六朝之賦，多用對句，而修辭更整頓起來了，這叫做俳賦，或駢賦。及至唐朝，把賦做為科舉試驗的一種科目，取士課之以賦，因此在音韻修辭上定了一個典型，這叫做律賦。宋代的賦與此相反，成為顯著的散文體了，這叫做文賦。[38]

再以丘瓊蓀《詩賦詞曲概論》為例，其第二編第二章才說「賦的分類，……通常依徐師曾《文體明辨》的主張，分古、俳、文、律為四體」，但隨後「古賦」及「文賦」的定義卻是：[39]

> 古賦指楚辭、孫賦及兩漢篇章而言。

> 文賦……不斷斷於格律，亦不兢兢於排比對偶，第以作散文方法行之。

此外，王力所主編《古代漢語》之〈賦的構成〉一節，同樣在提及「明代徐師曾的《文體明辨》把賦分為古賦、俳賦、律賦和文賦四種」後，寫出與徐師曾不同的解說：[40]

---

[38] 青木正兒著，隋樹森譯，《中國文學概說》（上海：開明書局，1947 年），頁 99。
[39] 丘瓊蓀，《詩賦詞曲概論》（台北：台灣中華書局，1966 年），頁 143、145。
[40] 王力主編，《古代漢語》（北京：中華書局，1990 年），冊四，〈古漢語通論（27）——賦的構成〉，頁 1354、1357。

漢代的賦是古賦。古賦又叫辭賦。

文賦……是用寫散文的方法寫賦。

這樣的「古賦」及「文賦」定義，絕對不是徐師曾的原意；尤其是將「古賦」等同於「漢賦」，更與徐師曾心目中的「古賦」大相逕庭。當然，以「文句散文化」重新詮釋「文賦」之後，或許可以使「俳賦」、「律賦」、「文賦」三者的分類標準獲得統一，但以「時間」（漢代）定義「古賦」，不僅與其他三類賦的分類標準相齟齬，且更容易形成一種將「賦的分期」與「賦的分體」緊密結合的分類方式。下列敘述，便顯示了此一傾向：

> 明朝徐師曾作《文體明辨》，把賦的演變分為古賦、俳賦、律賦、文賦四種。古賦就是兩漢的賦，俳賦是魏晉南北朝的賦，律賦是唐代的賦，文賦是兩宋的賦。[41]

> 漢賦至魏晉六朝，演變為駢賦，或稱俳賦，而漢賦開始被目為古賦。到唐代以詩賦取士，又有律賦的產生，到宋朝打破駢律賦的束縛，又有文賦的提倡。[42]

> 漢代的賦，後代稱為古賦，到了六朝，詩文都趨向排偶化，賦就變成了俳體，……唐代以詩賦取士，規定程式專講平仄對偶，稱為律賦，……宋代散文盛行，賦體趨向於散文化，稱為文賦。[43]

把「俳賦」等同於「六朝的賦」、「律賦」等同於「唐朝的賦」、「文賦」等同於「宋朝的賦」，也與徐師曾的想法完全不合。依據《文體

---

[41] 王更生，《中國文學講話》（台北：三民書局，1990年），頁9。

[42] 靡文開、裴普賢，《中國文學欣賞》（台北：三民書局，1970年），頁238。

[43] 趙海金，《中國文學史》（台南：興文齋書局，1956年），頁29。

明辨》，不僅「俳賦」有唐人之作，「律賦」為唐宋所共有，「文賦」
甚至還包括西漢揚雄的作品在內。但正因為「朝代」與「賦體」必
須緊密對應，因此除了上述「冒用」徐師曾「古賦、俳賦、律賦、
文賦」之名的「新編版」外，尚有數種不同的「擴充版」，例如傅隸
樸增列「戰國」的「騷賦」成為五類[44]；郭紹虞增列「短賦」、「騷
賦」而為六類[45]；鈴木虎雄、張正體增列「先秦」的「騷賦」、「清
代」的「股賦」而為六類[46]；李曰剛綜取諸家之說，增列「短賦」、
「騷賦」、「股賦」而為七類[47]。

　　這些在原本「古、俳、律、文四類」的基礎上所做的補充，固
是為了求其詳備，但在「名」、「實」之間仍有不少問題。例如李曰
剛的「短賦」係指荀卿賦，然而以篇幅長短界定體製，不但與「俳
賦」、「律賦」等不在同一分類標準上，且篇幅短小的賦無代無之[48]，
循「名」實難以責其「實」[49]。又如鈴木虎雄提出的「股賦」，與其
說「股賦」真的帶有八股文色彩，還不如說是為了敘述「清代賦」
而不得不生出「股賦」之名。其實所謂「股賦」，根本不是受八股文
影響才出現的新產物，它就是唐、宋時候的「律賦」而已[50]，只不

---

[44] 「賦的流變，隨時代而異，戰國時屈原宋玉等的作品，被稱為騷賦；到漢代一變而
為古賦；到六朝再變而為排賦；到唐代則由排賦變而為律賦；到宋代又由律賦變而
為文賦。」傅隸樸，《中國韻文概論》（台北：中華文化出版事業社，1954 年），頁 50。

[45] 郭紹虞，《照隅室古典文學論集》（上海：上海古籍出版社，1983 年），〈賦在中
國文學史上的位置〉，冊上，頁 82-85。

[46] 鈴木虎雄著，殷石臞譯，《賦史大要》（台北：正中書局，1992 年）；張正體、張
婷婷，《賦學》（台北：台灣學生書局，1982 年）。

[47] 李曰剛，《辭賦流變史》（台北：文津出版社，1987 年）。

[48] 以唐代而言，如李商隱〈蝨賦〉、〈蝎賦〉及羅隱〈秋蟲賦〉等，都不過四十餘字。

[49] 以篇幅長短分類，在《文心雕龍・詮賦》中便有「鴻裁」、「小制」之別：「若夫
京殿苑獵，述行序志，並體國經野，義尚光大，……斯並鴻裁之寰域，雅文之樞
轄也。至於草區禽族，庶品雜類，則觸興致情，因變取會，……斯又小制之區畛，
奇巧之機要也。」此處劉勰發現賦通常會因題材的差異而寫成長短不同的篇幅。
雖然長短很難有客觀的畫分，但至少「小制」是相對於「鴻裁」而言，不像李曰
剛的「短賦」看來似指短篇的賦，事實上卻指荀卿賦。

[50] 這點葉幼明〈論「八股文賦」不能成立〉一文辯之甚詳，可以參閱。文收於馬積

過「律賦」早已和「唐朝的賦」畫上等號，只得衍生此一與「實」不符的新「名」[51]。再者，無論祝堯析分的「文體」或徐師曾界定的「文賦」，都是著眼於「議論性質的內容」。但重新定義的「文賦」取「文句散行」之意，正是相對於「俳」、「律」而言，但襲用「古賦」之名的「漢賦」亦未入於俳律，豈非恰巧也是一種「文賦」？鈴木虎雄正有這樣的疑惑：

> 押韻之隨時押，絕非文賦所獨有之性質，已述之古賦亦然；又先秦古文中，亦屢為所用。若欲以隨時押韻而定文賦，則此類之古文、古賦亦可得稱為文賦，……若從而以揚雄〈長楊賦〉為文賦，則雖如雄之〈羽獵〉、司馬相如之〈子虛〉、〈上林〉亦可收之文賦中，如此，<u>古賦、文賦將至無所別</u>。[52]

這果然是個令人困擾的問題。蓋一般人由於把六朝以前未形成俳偶的賦，統統歸入以「時代」為區分標準的「古賦」中，因此並未察覺「文賦」的特徵根本不是宋代所獨有。鈴木虎雄的質疑，堪稱一針見血。為了避免夾纏，於是後來的學者便嘗試進行新、舊文賦之分：

> 「新文賦」：這是伴隨唐代古文運動而產生的一種賦體，因為它的語言基本上同唐宋古文的風格相似，只是大體押韻，成了所謂「押韻之文」，所以過去人們稱之為「文賦」。這個名稱是不妥貼的，因為唐宋古文家寫的文賦，<u>實際上還是從宋玉和司</u>

　高、萬光治編，《賦學研究論文集》（成都：巴蜀書社，1991年），頁190-201。
[51] 張正體、張婷婷《賦學》雖依鈴木虎雄之說將「股賦」獨立，但也承認「在我國的文學史上，並無其名。」就是鈴木虎雄自己也說：「有謂特設此稱使之獨立為無必要者，顧余使之獨立，為有實際之便」，這「實際之便」，就是為了讓「清代賦」也有一個類似「俳賦」、「文賦」之類的名稱。
[52] 鈴木虎雄著，殷石臞譯，《賦史大要》（台北：正中書局，1992年），頁259-261。

> 馬相如的文賦蛻變而來，……不過唐宋古文家的文賦，題材、
> 主題較多，構思變化也較多，所以我稱它為新文賦。[53]

「新文賦」之說一方面顧及了漢賦也是「文賦」（指不入俳偶，非祝
堯及徐師曾所定義者）的事實，一方面又能凸顯出中唐之後「以文
為賦」的特色，或許是個不錯的權宜之計[54]。但由於「賦分為古賦、
俳賦、律賦、文賦」早已深植人心，「舊文賦」和「新文賦」之說似
仍未獲得普遍接受。

四、結語

　　鈴木虎雄「古賦、文賦如何區別」的疑惑，與馬積高提出「新
文賦」的調整，都因為他們是用「文句非駢偶」來理解「文賦」，而
不是以祝堯或徐師曾的「內容議論化」來理解「文賦」，這使我們不
得不注意到，不同時期的術語──「文賦」，其實也產生了「不可通
約性」（incommensurability）[55]。不僅如此，青木正兒、丘瓊蓀等人
所謂的「古賦」，也與徐師曾定義的「古賦」全然不同，甚至徐師曾
和祝堯心目中的「古賦」也非同一回事。當一群在結構上具關聯性

---

[53] 馬積高，《賦史》（上海：上海古籍出版社，1987年），頁9。

[54] 馬積高《賦史》對賦的分類，只依語言形式區分為「騷體賦」、「詩體賦」、「文體
賦」三類，「文體賦」之下再分為「騁辭大賦」（舊文賦）、俳賦、律賦、新文賦
四種，大致上避免了分類標準不一的問題，但仍可以看出受徐師曾的影響。

[55] 庫恩認為，科學革命就是一種新的分類體系取代舊的分類體系，而每一個分類體
系都有其對應的一部辭典，內含一套特定結構的詞彙。兩部辭典之間不完全重疊，
有些術語可能是共有的，但有些則是該辭典專有的，兩部辭典各自專有的術語之
間具有不可通約性（incommensurability），或說是不可翻譯的（untranslatability）。
參閱金吾倫，《托馬斯·庫恩》（台北：遠流出版公司，1994年），鄭杭生、李霞，
〈關於庫恩的「範式」：一種科學哲學與社會學交叉的視角〉（《廣東社會科學》
2004年2期）。

的術語，其意義產生變動，就表示原有的分類模式和理論系統已經
有所改變。表面上看，徐師曾和青木正兒、丘瓊蓀等人都說「賦分
為古賦、俳賦、律賦、文賦」，青木正兒、丘瓊蓀等人也承認他們採
用的分類法得自徐師曾，但這四個看起來一模一樣的術語，卻對應
著兩種不同的分類模式。倘若疏忽了這項事實，誤將術語的相同性
當成理論的一致性，便可能發生「以今律古」的偏失。例如有論者
認為：「祝堯論古賦與文賦的概念往往相互為用，界線不甚分明」，
但祝堯本來就認為「文體的賦」只是「古賦」中一種不理想的型態，
界線何需分明？又說「（唐朝）這種不依唐律形式特點的賦，到底應
放在騷賦類中或是放在律賦類中，便會產生爭議」[56]，但事實上，
祝堯從未將「唐朝的賦」等同於「律賦」，誤解祝堯的說法才會產生
上述的爭議。這種誤解，可以表列如下：[57]

表 8-1

祝堯	楚辭體	兩漢體	三國六朝體	唐體	宋體
吳訥、徐師曾	古賦		俳賦	律賦	文賦

然而根據本文先前的分析，非但吳訥的看法絕非如上表所列，徐師
曾的「古賦、俳賦、律賦、文賦」之分，也絕不等同於祝堯的「楚
辭兩漢體、三國六朝體、唐體、宋體」之別。這張錯誤的圖表，正
足以反映「現代版」的「賦分為古賦、俳賦、律賦、文賦」是如何
深入人心，也可以證明這套看似術語相同的分類系統，早已裂變為

---

[56] 均引自李孟君、楊仲源，〈賦體分類試析〉，《建國學報》21 期（2002 年 7 月），頁 89。
[57] 萬光治，〈古賦與文賦芻論〉，收於政治大學文學院主編，《第三屆國際辭賦學學術研討會論文集》（台北：政治大學文學院，1996 年），頁 369。李孟君、楊仲源〈賦體分類試析〉也引用這張圖表。

「不可通約」、「無從交流」的範式。總之,「賦分為古賦、俳賦、律賦、文賦」既非「原創」於徐師曾,青木正兒、丘瓊蓀等人的「賦分為古賦、俳賦、律賦、文賦」也不是徐師曾原本的想法,從祝堯、吳訥、徐師曾、青木正兒、丘瓊蓀、⋯⋯乃至郭紹虞、鈴木虎雄、李曰剛、馬積高等,這套分類一直是一個在變動的論述,既不能繫名於某位作者,也沒有固定的邊界。

此外尤應注意的是:祝堯當初建立這套分類的雛型,以及徐師曾的援用改編,其實都有特定的排拒對象——律賦。蓋唐、宋進士科長期以律詩和律賦取士,但國家選才究竟該重經義或重詩賦的爭論,也未嘗間斷。蒙元取才原本是採「隨路歲貢儒吏」的辦法,逮元仁宗延祐二年(1315)恢復科舉,當時朝廷的思維已是「經學實修己治人之道,詞賦乃摛章繪句之學」,「試藝則以經術為先,詞章次之」[58],律賦遭到罷黜而代之以古賦,祝堯乃挺身編撰《古賦辯體》,「極論律之所以為律,古之所以為古」[59],並塑造「古賦/律賦」即是「優/劣」、「正宗/異端」的對立[60]。祝堯更特別設計了一套賦史觀——先從「辭」的角度發現「西漢之賦,其辭工於楚騷;東漢之賦,其辭又工於西漢;以至三國六朝之賦,一代工於一代」,繼而提出賦的「情」、「辭」兩要素是互為消長的——「辭之所為,繁矣而愈求,妍矣而愈飾,彼其於情,直外焉而已矣」,「辭愈工則

---

[58] 關於元代貢舉制度的內容與影響,請參閱丁崑健,〈元代的科舉制(下)〉,《華學月刊》125 期(1982 年 5 月)。

[59] 祝堯,《古賦辯體》(台北:台灣商務印書館影四庫全書,冊 1366),卷 7,頁 803。

[60] 「當考春秋之時,覘國盛衰,別人賢否,每於公卿大夫士所賦知之。愚不知今之賦者,其將承累代之積弊,嚘啾咿嚶而使天醜其行邪?抑將侈太平之極觀,和其聲而鳴國家之盛邪?則是賦也,非特足以見能者之材知,而亦有關吾國之輕重,學者可不自勉!」祝堯,《古賦辯體》(台北:台灣商務印書館影四庫全書,冊 1366),卷 8,頁 818-819。

情愈短，情愈短則味愈淺，味愈淺則體愈下」[61]；最後謎底揭曉：
律賦是美麗的巔峰，同時也是墮落的極端。至於徐師曾對「辨體」
的強調，原是明代復古派一向所堅持的理念，李夢陽、何景明的「唐
無賦」[62]之說，自然也影響了徐師曾對律賦的憎惡，抨擊律賦「但
以音律諧協、對偶精切為工，而情與辭皆置弗論」[63]，藉此警告初
學賦者切勿接觸律賦而陷入旁門左道。

　　賦的演變歷史原有多種詮釋，祝堯就是以建構一種歷史知識的
方式，將當時被認為是摛章繪句之學、傷害國家選才機制的律賦予
以排斥、隔離、放逐。徐師曾對律賦也是相同的態度，他雖然改編
了祝堯的分類方式，但目的仍是為了「辨體」，而且是以更嚴格的標
準，引導初學者「取法乎上」，摹習最純粹的古賦。「賦分為古賦、
俳賦、律賦、文賦」就是在這樣的需求之下發展出來的，「分類」只
是表面，其深層乃是以一組「古賦／律賦」、「正宗／異端」的二元
對立，建構一套歷史知識來實現「排拒律賦」的計畫。今天，由徐
師曾「古賦、俳賦、律賦、文賦」轉變而來的「漢古賦、六朝俳賦、
唐律賦、宋文賦」分類模式，早已廣為接受，且已佔據現代賦學知
識的核心，「六朝駢賦」、「唐律賦」、「宋代散文賦」等紛紛成為研習
者優先選擇的課題[64]。對於賦學研究來說，倘若沒有這套分類做為

[61] 祝堯，《古賦辯體》（台北：台灣商務印書館影四庫全書，冊1366），卷5，頁778。
[62] 李夢陽〈潛虯山人記〉：「山人商宋梁時，猶學宋人詩。會李子客梁，謂之曰：『宋無詩』，山人於是遂棄宋而學唐矣。已問唐所無，曰：『唐無賦哉！』問漢，曰：『無騷哉！』山人於是則又究心賦、騷於唐之上。」何景明〈雜言十首之五〉：「秦無經，漢無騷，唐無賦，宋無詩。」
[63] 徐師曾，《文體明辨》（日本：中文出版社影萬曆八年（1580）刊本），上冊，頁211。
[64] 如李瓊英《宋代散文賦研究》（1991年台灣師大碩士論文）、馬寶蓮《唐律賦研究》（1993年文化大學博士論文）、黃水雲《六朝駢賦研究》（1998年文化大學博士論文）。

「範式」，入門者是無法建立基本概念、按圖索驥的；但如果我們不能洞悉這套分類當初有其特定的企圖，甚至沿用其史觀來敵視律賦，則也可能對賦學研究造成某種程度的缺憾。

表 8-2　《古賦辯體》與《文體明辨》選錄賦篇對照表

《古賦辯體》分類	作者	篇名	《文體明辨》分類
古賦・楚辭體	屈原	離騷	列為「楚辭」類〈卜居〉、〈漁父〉視為「文賦之祖」，其餘為「古賦之祖」。
	屈原	九歌	
	屈原	九章	
	屈原	遠遊	
	屈原	卜居	
	屈原	漁父	
	宋玉	九辨	
	荀卿	禮賦	未選荀卿之賦
	荀卿	智賦	
	荀卿	雲賦	
	荀卿	蠶賦	
	荀卿	箴賦	
古賦・兩漢體	賈誼	弔屈原賦	列為「楚辭」類
	賈誼	鵩賦	古賦（正體）
	司馬相如	子虛賦	古賦（變體）
	司馬相如	上林賦	古賦（變體）
	司馬相如	長門賦	古賦（正體）
	班婕妤	自悼賦	古賦（正體）
	班婕妤	擣素賦	古賦（正體）
	揚雄	甘泉賦	古賦（正體）
	揚雄	河東賦	未選
	揚雄	羽獵賦	未選
	揚雄	長楊賦	文賦
	班固	西都賦	古賦（變體）
	班固	東都賦	古賦（變體）
未選此篇→	張衡	思玄賦	古賦（正體）
	禰衡	鸚鵡賦	古賦（正體）
古賦・三國六朝體	王粲	登樓賦	古賦（正體）
	陸機	文賦	俳賦

	陸機	歎逝賦	古賦（正體）
	張華	鷦鷯賦	古賦（正體）
	潘岳	籍田賦	古賦（變體）
	潘岳	秋興賦	古賦（正體）
	成公綏	嘯賦	俳賦
	孫綽	天台山賦	古賦（正體）
	顏延之	赭白馬賦	俳賦
	謝惠連	雪賦	俳賦
	謝莊	月賦	俳賦
	鮑照	蕪城賦	俳賦
	鮑照	舞鶴賦	俳賦
	鮑照	野鵝賦	俳賦
	江淹	別賦	未選
	庾信	枯樹賦	未選
古賦・唐體	駱賓王	螢火賦	俳賦
	李白	大鵬賦	未選
	李白	明堂賦	未選
	李白	大獵賦	未選
	李白	惜餘春賦	未選
	李白	愁陽春賦	未選
	李白	悲清秋賦	未選
	李白	劍閣賦	未選
	韓愈	閔己賦	古賦（正體）
	韓愈	別知賦	古賦（正體）
	柳宗元	閔生賦	古賦（正體）
	柳宗元	夢歸賦	古賦（正體）
	杜牧	阿房宮賦	文賦
古賦・宋體	宋祁	圜秋賦	未選
	歐陽脩	秋聲賦	文賦
	蘇軾	屈原廟賦	古賦（正體）
	蘇軾	前赤壁賦	文賦
	蘇軾	後赤壁賦	文賦
	蘇轍	屈原廟賦	古賦（正體）
	蘇轍	黃樓賦	古賦（變體）
	蘇轍	超然臺賦	古賦（正體）
	蘇過	颶風賦	文賦
	黃庭堅	悼往賦	未選

	秦觀	黃樓賦	古賦（正體）
	秦觀	湯泉賦	未選
	張耒	病暑賦	未選
	張耒	大禮慶成賦	古賦（變體）
	洪咨夔	老圃賦	未選
辨體對象不含律賦 右列七篇均未選錄	王勃	寒梧棲鳳賦	律賦
	韓愈	明水賦	律賦
	柳宗元	披沙揀金賦	律賦
	王曾	有物混成賦	律賦
	范仲淹	金在鎔賦	律賦
	范鎮	長嘯卻胡騎賦	律賦
	秦觀	郭子儀單騎退敵賦	律賦

玖、解析賦學常識之二

——祝堯《古賦辯體》「賦衰於唐」的賦史論述[*]

一、緒說

　　「文學史的介紹——無論洞見還是短視——構成了人們進入文學的唯一閘門。」[1]的確，關於「賦」，有些事實我們未必知道——例如《全漢賦》[2]輯錄 293 篇賦，《全唐文》所收唐賦則有 1622 篇，但有些說法卻經常看到，尤其是下引第一則，來自當年國立編譯館主編的《高級中學國學概要教科書》，不少人還背誦過：

> 賦到了唐宋漸漸衰微，唐代科舉作對偶的律賦，已毫無內容。到宋代歐陽修作〈秋聲賦〉，蘇軾作〈赤壁賦〉，以散文之體作賦，賦至此因又有一新風格，但此後便無所發展了。[3]

> （賦）變於騷，盛於漢魏，極於六朝，至唐律賦行而體始卑矣。[4]

> 賦當以楚辭為正則，自漢魏而後，愈趨愈下，而走向沒落之路。[5]

---

[*] 本文原以〈祝堯《古賦辯體》的賦史論述〉為題，刊於《北市師院語文學刊》第 9 期（2005 年 6 月），收入本書時做了較大幅度的修改。

[1] 南帆，〈文學史與經典〉，《文藝理論》1998 年 12 期，頁 115。

[2] 費振剛、胡雙寶、宗明華，《全漢賦》（北京：北京大學出版社，1993 年）。

[3] 國立編譯館，《高級中學國學概要教科書》（引自 1995 年版，下冊，頁 72-73）

[4] 薛鳳昌，《文體論》（台北：台灣商務印書館，1977 年），頁 99。

　　賦來源於楚辭，盛行於兩漢六朝，歷隋、唐而衰。[6]

　　辭賦之流變，創始於楚辭，肇名於荀子，盛行於兩漢六朝，歷隋唐而衰微。[7]

早年許多文學史著作或研究韻文、辭賦的專論，往往也向讀者暗示「唐宋之賦無足觀」。例如梁啟勳《中國韻文概論》談賦，從戰國敘至南朝梁遽告中斷，末尾僅摘錄〈秋聲〉、〈赤壁〉兩賦各數句做結；或如丘瓊蓀《詩賦詞曲概論》介紹「戰國兩漢的賦」和「魏晉南北朝的賦」時，分別都用了兩章的篇幅，但對唐、宋賦卻只抄上〈賦賦〉、〈江南春賦〉及〈前赤壁賦〉三首充數；又如陳去病的《辭賦學綱要》，其第二章到第十五章均集中討論兩漢賦，魏晉、六朝僅各分佔一章，唐、宋更併為一章。這些「專家見解」流通日廣，遂成為眾人讀賦之前先入為主的「先知」（Vorgriff）[8]，不但左右一般讀者閱讀賦篇的取向，也導引賦學研究者對研究課題的選擇。

　　這樣的賦史觀從何而來？其實在明代李夢陽、何景明斷言「唐無賦」[9]之前，元代已經出現類似的看法，如陳繹曾《文說》：「當讀《文

5　李曰剛，《辭賦流變史》（台北：文津出版社，1987 年），頁 4。

6　譚正璧，《國學概論講話》（台北：新文豐出版公司，1982 年），頁 160。

7　鄧鼎，《國學纂要》（台北：民力雜誌社，1966 年），頁 81。

8　「『先知』在這裡只取其字面上的含義，指我們在理解前已具有的觀念、前提和假定等。在我們開始理解與解釋之前，我們必須要具有某種已知的知識儲備，作為推知未知的起點或參系。即使是一個錯誤的假定或前提，也是理解開始發生的必要條件。……即使這些已知的東西與將來理解到的東西相抵觸，也只能在理解過程中不斷地得到修正，卻不能離開這些已知的東西來開始進行理解。」引自殷鼎，《理解的命運》（台北：東大圖書公司，1990 年），頁 29。

9　明李夢陽〈潛虯山人記〉：「山人商宋梁時，猶學宋人詩。會李子客梁，謂之曰：『宋無詩』，山人於是遂棄宋而學唐矣。已問唐所無，曰：『唐無賦哉！』問漢，曰：『無騷哉！』山人於是則又究心賦、騷於漢唐之上。」明何景明〈雜言十首之五〉：「秦無經，漢無騷，唐無賦，宋無詩。」

選》諸賦，觀此足矣，唐、宋諸賦未可輕讀」[10]，但更有系統、更具影響力的論述，則推元代祝堯《古賦辯體》[11]。《古賦辯體》全書按「楚辭體」、「兩漢體」、「三國六朝體」、「唐體」、「宋體」編次，原即有意展現「體製之沿革」[12]，但祝堯的用意可不是要編一本諸體賦選：

　　其意實欲因時代之高下，而論其述作之不同。[13]

既要辨別「時代」的「高下」、「不同」，就表示祝堯所做的並不是搜輯篇章、排比年月的工作，而是運用觀點、給予詮釋的工作。那麼，《古賦辯體》看待賦史的觀點為何？為什麼給予賦史這樣的詮釋？如果祝堯這本書確實關係著現代賦學常識的構成，則為了「知今」，「溫故」仍有其必要。

　　本文所使用的《古賦辯體》，係收於台灣商務印書館「影印文淵閣四庫全書」第 1366 冊中第 711 至 862 頁的版本，為免註腳繁冗，凡下文引自《古賦辯體》的言論，均逕以括弧標出（卷別：頁碼）的方式註明出處。

二、國家選才觀的制約

　　祝堯為元仁宗延祐五年（1318）進士，時距元仁宗延祐二年（1315）恢復科舉考試不久。他的〈手植檜賦〉曾獲選於《古賦青

---

[10]　陳繹曾，《文說》（台北：台灣商務印書館影四庫全書，冊 1482），頁 250。

[11]　曹明綱，《賦學概論》（上海：上海古籍出版社，1998 年）「前言」也指出：賦的研究長期落後於同屬韻文的詩、詞、曲，原因之一就是「元代祝堯一味推崇『兩漢體』而貶低六朝以來的賦作之後，明、清就一直流傳著『唐無賦』和『唐以後無賦』的觀念」。

[12]　祝堯，《古賦辯體》（台北：台灣商務印書館影四庫全書，冊 1366），〈目錄〉，頁 711。

[13]　祝堯，《古賦辯體》（台北：台灣商務印書館影四庫全書，冊 1366），〈目錄〉，頁 711。

雲梯》，著作則有《大易演義》、《四書明辨》、《策學提綱》、《古賦辯體》四種[14]，若比對當時科舉「漢人、南人」三場試的內容（如表9-1），可知這四種書多少都與考試相關。如果一個時代的知識生產和傳播，都受到一個時代的「認知範式」或「歷史先在性」所制約[15]，則像祝堯這樣自己參加科舉、贏得科舉、也想幫人戰勝科舉的人，他在著作中談論的選才觀，必然也反映了那個時代的選才思維。

表 9-1

第一場	明經經疑二問，四書內出題。
第二場	古賦、詔、誥、章、表內科一道。古賦、詔、誥用古體，章、表四六，參用古體。
第三場	策一道，經史時務內出題。

　　元代之初，科舉選才曾經中斷一段時間，元世祖忽必烈身邊的「理學集團」便在朱熹〈學校貢舉私議〉的啟迪下，開始推動學校育才選才制度。即使隨後「金源遺士集團」[16]倡議恢復科舉，「理學

14　據《（江西）廣信府志》（台北：成文出版社影同治十二年刊本）卷九之二〈人物‧宦業〉載：「祝堯，字君澤，上饒人，博學能文，所著有：《大易演義》、《四書明辨》、《策學提綱》、《古賦辯體》，延祐進士，授南城丞，改江山令，陞萍鄉州同（同知）。存心撫字，獄清訟革，吏畏民懷。」（冊2，頁732）其中舉的年代，據同書卷七之一〈選舉‧進士〉「延祐戊午霍希賢榜」，可知係於延祐五年。至於任官的時間，依《（浙江）衢州府志》（台北：成文出版社影光緒八年重刊本）卷十三〈縣官〉，祝堯為江山縣令「年代無考」（冊4，頁1029）。又依《（江蘇）無錫金匱縣志》（台北：成文出版社影光緒七年刊本）卷十五〈職官〉，祝堯為無錫州同知仍是「年次未詳」（冊1，頁228）。

15　周憲，《二十世紀西方美學》（南京：南京大學出版社，2000年），第十五章〈話語與權力〉，頁398-399。

16　蕭啟慶〈忽必烈時代「潛邸舊侶」考〉一文（《大陸雜誌》25卷1期至3期，1962年7～9月）將忽必烈身邊的幕僚分為「邢臺集團」、「正統儒學集團」、「金源遺士集團」、「西域人集團」和「蒙古集團」，後來丁崑健〈元代的科舉制度〉（《華學月刊》124期、125期，1982年4月、5月）徵引時，則將「正統儒學集團」

集團」仍堅持人才須由學校保薦，且科目應留「經義」而罷「詩賦」。事實上，國家選才「尚經義」或「尚詩賦」，爭論已久，自中唐到兩宋，反對「詩賦」列於科舉者，都是以「取士之道，當先德行，後文學。就文學言之，經術又當先於詞采」[17]為思考基礎。故日後當元世祖問趙良弼：「漢人唯務課賦吟詩，將何用焉？」實已透露出「詩賦無用」的想法，而趙良弼的答覆，更指出用或不用「詩賦」，並非單純的選才工具效能之爭，而是「國家所尚何如」的文化路線之爭：

> 此非學者之病，在國家所尚何如耳。尚詩賦，則人必從之；尚經學，人亦從之。[18]

到元仁宗決心恢復科舉時，由於「理學集團」的主張早已是國家培育人才的核心思想，故仁宗皇慶二年（1313）中書省呈奏的「取士之法」，就強調「經學」才是「修己治人之道」，「詩賦」則被斥為導致「士習浮華」的「摘章繪句之學」：

> 夫取士之法，經學實修己治人之道，詞賦乃摘章繪句之學，自隨唐以來，取人專尚詞賦，故士習浮華。今臣等所擬，將律賦、省題詩、小義皆不用，專立德行明經科，以此取士，庶可得人。[19]

同年十一月，仁宗在恢復科舉的詔書中說：

改稱「理學集團」。又按：金源，水名，後為金代的別稱。《金史·地理志》：「國言『金』曰『按出虎』，以『按出虎水』源於此，故名『金源』，建國之號，蓋取諸此。」

[17] 脫脫，《宋史》（台北：鼎文書局，1980年），卷155〈選舉一〉，冊5，頁3620。
[18] 宋濂，《元史》（台北：鼎文書局，1981年），卷159，「趙良弼傳」，冊6，頁3746。
[19] 宋濂，《元史》（台北：鼎文書局，1981年），卷81〈選舉一〉，冊3，頁2019。

> 舉人宜以德行為首，試藝則以經術為先，詞章次之。浮華過
> 實，朕所不取。……經明行修，庶得真儒之用；風移俗易，
> 益臻至治之誠。

「文化既是排除異己的有效系統，凡被視為異己而遭到文化排除在
外的，自然被認定為失序、脫軌、卑劣、低俗、背德或無理性，也
就是必須透過國家權力及其建制加以箝制、壓抑或邊陲化的種種他
性（alterities）」[20]。「經術為先，詞章次之」的宣告，已確認了誰是
「真儒」正統，誰是該「不取」、「不用」的異端；鎖定了異端，正
統方更尊顯。

在這個背景之下，「古賦」其實並非以「取代律賦」的姿態晉升
為考試項目，而是與「詔、誥、章、表」並列，做為「考察文書撰
寫能力」的五種選項之一而已。但祝堯《古賦辯體》卻很積極地把
古賦的「選場之用」──「近年選場以古賦取士，昔者無用，今則
有用矣」（8：818-819），類比為「移風易俗之用」：

> 方今崇雅黜浮，變律為古，愚故極論律之所以為律，古之所
> 以為古。（7：803）

古賦為「雅」，律賦為「浮」，「古賦／律賦」的差異，便如同「經
術／詞章」的差異。於是，就像朝廷將「詞章」邊緣化以鞏固「經
術」的中心地位般，祝堯也用「極論律之所以為律」來建構「古之
所以為古」，律賦的出現乃「雕蟲道喪」、「風俗不古」，戕害古賦
甚巨：

---

[20] 李有成，〈帝國與文化〉，李有成主編，《帝國主義與文學生產》（台北：中央研究
院歐美研究所，1997年），頁24。

> 夫古賦之體，其變久矣，而況上之人選進士以律賦，誘之以
> 利祿耶？……雕蟲道喪，頹波橫流，光鋩氣燄，埋鏟晦蝕，
> 風俗不古，風騷不今。後生務進干名，聲律太盛，句中拘對
> 偶以趨時好，字中揣聲病以避時忌，孰肯學古哉？（7：801）

祝堯甚至認為，古賦和律賦的去取，其實也是「有關吾國之輕重」
的國家文化路線之辨，走向律賦是「承累代之積弊」，擁抱古賦才是
「鳴國家之盛」：

> 嘗考春秋之時，覘國盛衰，別人賢否，每於公卿大夫士所賦
> 知之。愚不知今之賦者，其將承累代之積弊，嚘啾咿嚶而使
> 天醜其行邪？抑將侈太平之極觀，和其聲而鳴國家之盛邪？
> 則是賦也，非特足以見能者之材知，而亦有關吾國之輕重，
> 學者可不自勉！（8：818-819）

在唐朝與宋代的文獻中，雖然可以看到古賦、律賦在「賦」的家族
中分屬不同門戶，但除了單方面批評律賦無益世用、破碎纖靡之外，
古賦、律賦並沒有絕對的優劣之分。但在祝堯的論述中，「古賦／律
賦」卻是「優／劣」、「正宗／異端」的兩極對立。祝堯是否真的如
此憎恨律賦？不得而知，但他的說法無疑反映了當時捐棄「摛章繪
句之學」的選才之道及拒絕「浮華」的國家文化政策，而且因為《古
賦辯體》的傳播，生產並強化了朝廷的意識形態。

　　誠如福柯的分析，「區分理性與瘋狂」、「樹立真偽對立」是控制
話語的常見型態[21]。祝堯《古賦辯體》也已經預先設定一種區別——

21　周憲，《二十世紀西方美學》（南京：南京大學出版社，2000年），第十五章〈話
　　語與權力〉，頁404-405；王治河，《福柯》（長沙：湖南教育出版社，1999年），
　　頁163-165。

一理性的「古」，失序的「律」，並以這個區別陳述一套關於「古賦演變史」的知識──由理性走向失序的故事。

三、理性的正統

祝堯《古賦辯體》為了敘述賦史，先樹立兩種理性的「古」──班固〈兩都賦序〉：「賦者，古詩之流也」是理論的依據，屈原的作品則是實際的典範，兩者相輔相成，目的均為證明賦以「吟詠情性」為正統。

（一）賦者古詩之流

當初班固〈兩都賦序〉引述「賦者，古詩之流也」，旨在強調賦與「古詩」有共同的功能，不僅可「抒下情而通諷諭」，且「宣上德而盡忠孝」也延續了《詩經》的雅、頌精神：

> 把賦體創作與《詩》的關係建築在共同的社會功能上，這就使得其對賦體興起的描述，強調了與「賦詩」之制的消亡之間似斷實連的關係。這種關係的實質恰如孟子謂「《詩》亡然後《春秋》作」時的思路一樣，旨在突出《詩》教精神的不亡。[22]

但這句古代名言在祝堯《古賦辯體》中卻有「舊瓶裝新酒」的不同解釋：

> 後代之賦，本取於《詩》之義以為賦，名雖曰「賦」，義實出於《詩》，故漢人以為「古詩之流」。（9：835）

所謂「取於《詩》之義」，並非指文類的賦是從《詩經》「六義」的「賦」衍生而來，而是「賦之源出於《詩》，則為賦者固當以『詩』為體，不當以『文』為體」（9：836）：

> 然論「詩」之體必論「詩」之義。「詩」之義六，<u>惟「風」、「比」、「興」三義真是「詩」之全體；至於「賦」、「雅」、「頌」三義，則已鄰於「文」體。</u>何者？「詩」所以吟詠情性，如「風」之本義，優柔而不直致；「比」之本義，託物而不正言；「興」之本義，舒展而不剌促；得於未發之性，見於已發之情，中和之氣形於言語，其吟詠之妙，真有永歌、嗟歎、舞蹈之趣。<u>此其所以為「詩」，而非他「文」所可混。人徒見「賦」有鋪敘之義，則鄰於「文」之敘事者</u>；「雅」有正大之義，則鄰於「文」之明理者；「頌」有褒揚之義，則鄰於「文」之贊德者。殊不知古詩之體，六義錯綜，昔人以「風」、「雅」、「頌」為三經，「賦」、「比」、「興」為三緯；經，其「詩」之正乎？緯，其「詩」之葩乎？經之以正，緯之以葩，「詩」之全體始見。而<u>吟詠情性之作</u>，有非復敘事、明理、贊德之「文」矣。「詩」之所以異於「文」者以此。（9：836）

對於「六義附庸，蔚成大國」[23]的舊說，祝堯根本不認同；他表面上雖主張賦該「六義錯綜」，事實上卻儘量將賦與「六義」之「賦」畫清界線，因為「鋪敘」是「文」的特質而非「詩」的特質：

> 問其所賦，則曰：「賦者，鋪也」。如以「鋪」而已矣，吾恐其賦特一鋪敘之「文」爾，何名曰「賦」？（9：836）

---

[23] 劉勰著，王更生注，《文心雕龍讀本》（台北：文史哲出版社，1988年），〈詮賦〉，頁132。

相反的,「比」、「興」因為「不正言」、「不刺促」而深俱「吟詠之妙」,才該在賦的書寫中佔有重要地位。

在此,祝堯顯然挪用了宋代以來「詩」、「文」之辨的觀念,提供「賦者,古詩之流也」新的理解方式。雖然「以意為主」的「宋詩」與「吟詠情性」的「唐詩」分途形成兩種不同的美感類型[24],但宋人對以詩為寓理之具的詩學傾向,也頗有「押韻之文」、「經義策論之有韻者」的譏諷:

> 韓退之詩,乃押韻之文爾,雖健美富贍,而格不近詩。[25]

> 本朝……詩各自為體,或尚理致,或負材力,或逞辨駁,少者千篇,多至萬首,要皆經義策論之有韻者,亦非詩也。[26]

同樣的,祝堯基於「詩」、「文」不可相混的立場,認為「精於義理而遠於情性」的賦必有「文」體之弊(5:799),並批評流於說理的賦是「有韻之文」、「一片之文但押幾個韻爾」:

> 此等之作(指〈長揚賦〉),雖名曰「賦」,乃是有韻之「文」,併與賦之本義失之。(4:766)

> 賦之本義,當直述其事,何嘗專以論理為體邪?以論理為體,則是一片之文但押幾個韻爾,賦於何有?今觀〈秋聲〉、〈赤

---

[24] 李春青,〈「吟詠情性」與「以意為主」──論中國古代詩學本體論的兩種基本傾向〉,《文學評論》1999 年 2 期。

[25] 魏泰,《臨漢隱居詩話》,何文煥編,《歷代詩話》(台北:木鐸出版社,1982 年),上冊,頁 323。

[26] 劉克莊,〈竹溪詩序〉,《後村先生大全集》(上海:上海商務印書館),卷 94,冊 1,頁 816。

壁〉等賦，以文視之，誠非古今所及，若以賦論之，恐坊雷
大使舞劍，終非本色。(8：818)

祝堯利用「賦者，古詩之流也」的新解釋，將賦定位為「吟詠情性
之作」，如此一來，「欲求賦體於古者，必先求之於情」(8：818) 也
就理所當然了。

　　然而，賦的特徵原就頗重技巧的精心構造，而非情感的自然表
現，這點在劉勰《文心雕龍》以聲訓解釋「詩」、「賦」之名時，也
做了刻意的區別。〈明詩〉篇云：「詩者，持也，持人情性」，〈詮賦〉
篇謂：「賦者，鋪也，鋪采摛文，體物寫志也」，雖然劉勰並未徵引
〈詩大序〉「詩者，志也，在心為志，發言為詩」的觀點，將詩視為
人類情感的自然表現，而是依據《詩緯‧含神霧》「詩者，持也」的
注解，認為詩是疏導人類情感的工具，但無論如何，總是指出了詩
與主體情志的關聯。然則以「鋪采摛文」釋「賦」，固未否定賦足以
「寫志」，卻凸顯了講求技巧才是賦之所以為賦的關鍵。而祝堯對
此，其實也了解甚深：

　　先正而後葩，此詩之所以為詩；先麗而後則，此賦之所以為
　　賦。(4：769)

但祝堯在重新解釋「賦者，古詩之流也」時，卻刻意模糊這項差異，
轉而類比兩者同為「吟詠情性之作」，無疑是策略性的選擇。

（二）騷為賦之祖

　　視屈騷為賦家先驅，由來已久，如《文心雕龍‧辨騷》：「自風、
雅寢聲，莫或抽緒，奇文鬱起，其〈離騷〉哉！固已軒翥詩人之後，

奮飛辭家之前」[27]。《古賦辯體》也為「自漢以來，賦家體製大抵皆祖原意」（1：718）舉出一些例證，像是「假設問對」之法、「本文──亂」的二段式結構[28]：

賦之問答體，其原自〈卜居〉、〈漁父〉篇來。（3：749）

古今賦中或為歌，固莫非以騷為祖。他有「誶曰」、「重曰」之類，即是「亂辭」；中間作歌，如〈前赤壁〉之類，用「倡曰」、「少歌曰」體；賦尾作歌，如齊梁以來諸人所作，用此篇（指〈漁父〉）體。（2：739）

「亂曰」在後世，或代以「誶曰」、「系曰」、「詩曰」、「辭曰」、「頌曰」等[29]。而祝堯認為「亂」與「倡」、「少歌」同屬可歌，應承自朱子之論：「亂，樂節之名」、「少歌，樂章音節之名」、「倡，亦歌之音節」[30]，但將「重曰」也視為「亂辭」，則頗值得商榷。蓋「重曰」在屈騷中獨見於〈遠遊〉，王逸注：「憤懣未盡，復陳辭也」，洪興祖則進一步說明：「『離騷』有『亂』有『重』；『亂』者，總理一賦之終；『重』者，情志未申，更作賦也」[31]，可見「重」與「亂」在賦篇內的功能並不相同。

---

27 劉勰著，王更生注譯，《文心雕龍讀本》（台北：文史哲出版社，1988 年），〈辨騷〉，頁 64。

28 關於楚辭具有「本文─亂」或「本文─重」這種「二段式結構」的特點，可參閱竹治貞夫著，徐公持譯，〈楚辭的二段式結構〉，收於尹錫康、周發祥編，《楚辭資料海外編》（武漢：湖北人民出版社，1986 年），頁 109-130。

29 「誶曰」如賈誼〈弔屈原賦〉，《漢書》作「誶」，《史記》作「訊」；「系曰」如張衡〈思玄賦〉；「詩曰」如班固〈東都賦〉；「辭曰」如馬融〈長笛賦〉；「頌曰」如潘岳〈藉田賦〉。

30 分見朱熹，《楚辭集注》（台北：文津出版社，1987 年），頁 26、86、87。

31 分見洪興祖，《楚辭補注》（台北：長安出版社，1987 年），頁 166、47。

　　「奮飛辭家之前」的屈騷既是「奇文鬱起」，其「贍麗之辭」、「閎衍鉅麗之辭」自然也為後代賦家所追隨：

　　　　漢興，賦家……又取騷中贍麗之辭以為辭。（3：746）

　　　　後來賦家為閎衍鉅麗之辭者，莫不祖此（指〈遠遊〉）。（2：736）

這點在更早的漢代，儘管班固和王逸對於屈原的評價不同，卻都肯定屈騷對漢代賦家的影響，尤其是在辭采方面的影響，即「斟酌英華」、「竊其華藻」是也：

　　　　然其文弘博麗雅，為辭賦宗，後世莫不斟酌其英華，則象其形容。自宋玉、唐勒、景差之徒，漢興，枚乘、司馬相如、劉向、揚雄騁極文辭，好而悲之，自謂不能及也。[32]

　　　　屈原之詞，誠博遠矣，自終沒以來，名儒博達之士著造詞賦，莫不擬則其儀表，祖式其模範，取其要妙，竊其華藻，所謂金相玉質，百世無匹。[33]

而日後《文心雕龍》每提及屈騷對後世的沾溉，如〈辨騷〉篇謂：「才高者莞其鴻裁，中巧者獵其豔辭」、「枚、賈追風以入麗，馬、揚沿波而得奇」，均集中在辭采之「奇」、「豔」；又如「師範屈、宋，洞入夸豔」（才略）、「效騷命篇者，必歸豔逸之華」（定勢）、「朱馬以騷體製歌，桂華雜曲，麗而不經」（樂府）、「遠棄風雅，近師辭賦，故體情之製日疏，逐文之篇愈盛」（情采）等，也往往就辭采方面立說。

---

[32] 班固，〈離騷序〉，郭紹虞主編，《中國歷代文論選》（上海：上海古籍出版社，1990年），冊 1，頁 89。

[33] 王逸，〈離騷章句後序〉，王逸注，洪興祖補注，《楚辭補注》（台北：長安出版社，1987 年），頁 49。

　　但祝堯卻不願屈騷只是以「自鑄偉辭」、「驚采絕豔」[34]而為賦家之祖，他認為「閎衍鉅麗」固然是屈騷的特色，但畢竟只是表層，屈騷的核心實在於「情」：

> 後來賦家為閎衍鉅麗之辭者，莫不祖此（指〈遠遊〉），司馬相
> 如〈大人賦〉尤多襲之，然原之情非相如所可窺也。（2：736）

的確，屈騷呈現的正是一個激情的個人世界，屈原雖以「文綺」享譽，但也以「怨深」聞名。在〈九章〉諸篇中，屈原不斷表示他必須為「情」尋找出口：

> 惜誦以致愍兮，發憤以抒情。（惜誦）
> 情沉抑而不達兮，又蔽而莫之白。（惜誦）
> 心鬱邑余侘傺兮，又莫察余之中情。（惜誦）
> 茲歷情以陳辭兮，蓀詳聾而不聞。（抽思）
> 撫情效志兮，冤屈而自抑。（懷沙）
> 申旦以舒中情兮，志沉菀而莫達。（思美人）

屈騷幾乎是篇篇「憂與愁其相接」（哀郢）的。「恐重患而離尤」（惜誦）、「心鬱鬱之憂思兮，獨永歎乎增傷」（抽思）是屈原長期的心理狀態，觸景生情更是他所擅長，時而「望北山而流涕兮，臨流水而太息」（抽思），時而「悲回風之搖蕙兮，心冤結而內傷」（悲回風）。祝堯因此強調：

> 賦家閎衍鉅麗之體，楚騷〈遠遊〉等作已然，司馬、班、揚尤
> 尚此。……而太白又以豪氣雄文發之，事與辭稱，俊邁飄逸，

---

[34] 劉勰著，王更生注譯，《文心雕龍讀本》（台北：文史哲出版社，1988 年），〈辨騷〉，頁 66。

去騷頗近，然但得騷人賦中一體爾。若論騷人所賦全體，固當
以優柔婉曲者為有味，豈專為閎衍鉅麗之一體哉？（7：804-5）

追求豔耀綺靡，只得「騷人賦中一體」，「騷人所賦全體」則在「優
柔婉曲」。而「優柔婉曲」的含蓄深永從何而來？一方面固是屈原善
用比興，不指切事情：

> 凡其寓情草木，託意男女，以極遊觀之適者，變風之流也；
> 其敘事陳情，感今懷古，不望君臣之義者，變雅之類也；其
> 語祀神歌舞之盛，則幾乎頌矣。至其為賦，則如〈騷經〉首
> 章之云；比則如香草、惡物之類；興則託物興辭，初不取義，
> 如〈九歌〉沅芷澧蘭以興思公子而未敢言之屬。……則情形
> 於辭而意思高遠，辭合於理而旨趣深長。（1：718）

但祝堯認為還有一個更簡單、更直指核心的答案，那就是「漢以前
之賦出於情」（5：778）。

面對「怨深」、「文綺」均為屈騷特徵的事實，祝堯顯然選擇了讓
「自鑄偉辭」、「驚采絕豔」退居次要，甚至視之為一小部分，而讓悽
愴深永的情志居於主導位置，凸顯「情」在賦體書寫中的必要性。

四、失序的演變

文學史做為一項敘事行動，同樣具備了「史事編序」（to make
a chronicle）、「故事設定」（to shape a story）及「情節結撰」
（emplotment）三個要素[35]，才能就一整批事件分派「主角」、「配角」，

---

[35] 引自陳國球，〈關於文學史寫作問題——以柳存仁《中國文學史》為例〉，陳平原、
陳國球主編，《文學史》第三輯（北京：北京大學出版社，1996 年），頁 300-301。

將原本各自獨立的事件串成「開頭」、「經過」、「結尾」，甚至訂出一
個「主題」。祝堯《古賦辯體》基於敘述古賦的演變史，已先樹立兩
種理性的「古」，它們既是故事的時間起點，也是故事的終極價值。
接下來，就是安排角色上場──「兩漢體」、「三國六朝體」、「唐體」、
「宋體」，它們依照主要情節──「漢以後之賦出於辭」（5：778）
呈現經過設定的角色特徵，最後完成「失序」的主題。祝堯的目的，
就是要用「漢以後之賦出於辭」這一連串失序的演變，來襯托「漢
以前之賦出於情」才是正統，才是「古」。

（一）四類失序的古賦

　　四類失序的古賦中，「兩漢體」、「三國六朝體」、「唐體」的特徵
都是「尚辭」，只是程度不同；「宋體」雖不「尚辭」，卻是「尚理」。

1. 兩漢體

兩漢古賦的特徵，祝堯認為是「尚辭」：

> 蓋自長卿諸人就騷中分出侈麗之一體以為辭賦，至於子雲，
> 此體遂盛。（4：761）

> 漢興，……所賦之賦為辭賦，所賦之人為辭人，一則曰辭，
> 二則曰辭，若情若理有不暇及。（3：746-747）

漢賦於「辭」上的誇多鬥靡，主要表現在兩方面，一是排比，一是
瑋字。漢賦頻見排比，正顯示賦家有意將語言捏塑成對稱工整的型
態，例如班固〈西都賦〉：

於是後宮乘輚路，登龍舟；張鳳蓋，建華旗；袪黼帷，鏡清流；靡微風，澹淡浮；櫂女謳，鼓吹震；聲激越，謍屬天；鳥群翔，魚窺淵；招白鷳，下雙鵠；揄文竿，出比目；撫鴻幢，御繒繳。

至於瑋字的連篇累牘，更展現了賦家琢鍊語言的精湛功夫，試觀司馬相如〈上林賦〉中一段有關「水」的描寫：

觸穹石，激堆埼，沸乎暴怒，洶涌彭湃，滭弗宓汩，偪側泌瀄，橫流逆折，轉騰潎冽，澎濞沆溉，穹隆雲橈，宛潬膠盭，踰波趨浥，涖涖下瀨，批巖衝擁，奔揚滯沛，臨坻注壑，瀺灂霣墜，沉沉隱隱，砰磅訇礚，潏潏淈淈，湁潗鼎沸，馳波跳沫。

這當中有許多形容水勢或水聲的聯綿詞，其實是司馬相如利用口語自行創造的，例如「潎冽」、「宛潬」、「瀺灂」、「湁潗」、「洶涌彭湃」、「滭弗宓汩」、「偪側泌瀄」、「澎濞沆溉」、「砰磅訇礚」、「潏潏淈淈」等，雖然這些字彙已經有聯邊類聚的現象，但尚非刻意求奇[36]，後來賦家變本加厲，遂大規模地堆砌字形，如張衡〈南都賦〉，說木便長出「楈枒栟櫚，枍柘檍檀……」，說竹便生出「鐘籠䈽箊，篠簳箛箠……」，說鳥便飛出「鴛鴦鵁鸃，鴻鴇鴐鵝……」，說草便冒出「蘘荷薠莞，蔣蒲蒹葭……」，「字必魚貫」的琳琅滿目，令人嘆為觀止。

---

[36] 這些複音辭多屬形聲字，它們本是口語語彙，由於當時字無常檢，所以賦家下筆便任意將原有的聲符增益形旁，衍成後人難曉的瑋字。詳參簡宗梧師，〈漢賦瑋字源流考〉，《漢賦源流與價值之商榷》（台北：文史哲出版社，1980 年）。

2. 三國六朝體

　　祝堯以為三國六朝古賦的特徵也是「尚辭」，但逐漸流於「俳
體」，甚至開始觸探「律體」，因此他又將此期劃分為「晉宋」和「齊
梁」兩個階段。晉宋古賦以「俳體」為特徵，陸機和潘岳為其代表：

> 士衡輩〈文賦〉等作，全用俳體。……至潘岳首尾絕俳。（5：
> 799）

所謂「俳體」，祝堯指的是辭句偶對：

> 為俳者，則必拘於對之必的。（5：779）
> 為方語而切對者，此俳體也。（8：818）

試觀陸機〈文賦〉中的一段：「沉辭怫悅，若游魚銜鉤，而出重淵之
深；浮藻聯篇，若翰鳥纓繳，而墜層雲之峻。收百世之闕文，採千
載之遺韻。謝朝華於已披，啟夕秀於未振」，即皆由單句對和隔句對
所組成，全無散句，故祝堯稱這個時期的賦為「俳體」。

　　下逮齊梁，古賦又有「律體」的趨向，「律者，俳之蔓」，「為律
者，則必拘於音之必協」（5：779），這種對於賦篇聲韻的講究，祝
堯以為始自沈約：

> 沈休文等出，四聲八病起，而俳體又入於律。……〈郊居賦〉
> 中嘗恐人呼「雌『霓』」作「倪」，不復論大體意味，乃專論
> 一字聲律。（5：779）

此事見《梁書‧王筠傳》，略云：「（沈）約製〈郊居賦〉，構思積時，
猶未都畢，乃要（王）筠示其草。筠讀至『雌霓（五激反）連蜷』，
約撫掌欣抃曰：『僕常恐人呼為「霓」（五雞反）。』次至……，約曰：

『知音者稀，真賞殆絕，所以相要，正在此數句爾！』」³⁷足見當時
推敲聲律之縝密。此外，祝堯又指出：

> 徐、庾繼出，又復隔句對聯以為駢四儷六，簇事對偶以為博
> 物洽聞。（5：779）

南朝賦以駢四儷六的方式隔句對偶，在徐、庾未出之前縱然也可以
找到幾聯，例如鮑照的「藻扃黼帳，歌堂舞閣之基；琁淵碧樹，弋
林釣渚之館」（蕪城賦）、「集陳之隼，以自遠而稱神；栖漢之雀，乃
出幽而見珍」（野鵝賦），吳均的「亭梧百尺，皆歷地而生枝；階筠
萬丈，或至杪而無葉」（吳城賦）「葉葉之雲，共琉璃而並碧；枝枝
之日，與金輪而共丹」（橘賦）等，但即使到了庾信筆下，四六隔對
依然屈指可數，像庾信的名篇〈枯樹賦〉，便一聯也沒有，至於其鉅
作〈哀江南賦〉，雖然「序」裡的四六偶對俯拾即是，但賦本身則只
能找出兩聯：「掌庾承周，以世功而為族；經邦佐漢，用論道而當官」、
「灞陵夜獵，猶是故時將軍；咸陽布衣，非獨思歸王子」，故這種「隔
句對聯以為駢四儷六」之法，還是要到唐代「律賦」出現後才臻於
大盛。

3. 唐體

　　祝堯認為，唐代古賦受科舉使用「律賦」的影響，遂極度「尚
辭」而幾乎全面「律化」：

> 嘗觀唐人文集及《文苑英華》所載，唐賦無慮以千計，大抵
> 律多而古少。夫古賦之體，其變久矣，而況上之人選進士以

---

³⁷　見《梁書》（台北：鼎文書局，1980 年），卷 33，王筠傳，頁 458。

> 律賦，誘之以利祿耶？……後生務進干名，聲律太盛，句中
> 拘對偶以趨時好，字中揣聲病以避時忌，孰肯學古哉？（7：
> 801）

結果造成了「五、七言詩句竄入古賦」和「四六隔句對感染古賦」
的情況：

> 就有為古賦者，率以徐、庾為宗，亦不過少異於律爾。甚而
> 或以五、七言之詩為古賦者，或以四六句之聯為古賦者。（7：
> 802）

將五、七言詩句雜入賦中的作法，早在齊、梁時便頗為風行，例如
梁簡文帝的〈對燭賦〉，全篇三十二句裡就有五言十句、七言八句，
佔逾半數。唐初這類型的賦篇更多，像王勃的〈春思賦〉共兩百零
四句長，當中七言句便有一百一十四句，五言句也有五十句之多，
幾佔全篇四分之三；又如駱賓王的〈蕩子從軍賦〉，更以三十四個七
言句和八個五言句分佈於全篇五十四句中，讀起來根本已經像是一
首古詩了，明代李夢陽即因「病其聲調不類（賦）」，索性將此篇刪
改為七言的「蕩子從軍行」[38]。至於以四六隔句對入賦，原亦起於
六朝的實驗，到了唐代則廣受文人歡迎，不僅以之做為構成「律賦」
的一項特色，也將這類句型運用到古賦上。在《唐文粹》所收的「古
賦」中，便可以找到一些四六隔句對的蹤影，例如蘇頲〈長樂花賦〉：
「三月華矣，盡林間之槁木；千霜殞矣，亦庭下之枯蘭」，王維〈白
鸚鵡賦〉：「海燕呈瑞，有玉篋之可依；山雞學舞，向寶鏡而知歸」，
陳子昂〈塵尾賦〉：「或以神好正直，天蓋默默；或以道惡強梁，天

---

[38] 李夢陽，《空同集》（台北：台灣商務印書館影四庫全書，冊 1262），卷 18，頁 130。

亦茫茫」，而李德裕的〈瑞橘賦〉中更多至三聯：「貞枝凝碧，蔚湘岸之夕陰；華實變黃，動江潭之秋色」、「樹隱方塘，比丹萍之初實；盤映皎月，與赤瑛而共妍」、「并食不割，竊愧晏嬰之知；捧之以拜，重感桓榮之賜」。不過，與篇幅相當的律賦比較起來，這些古賦使用四六隔句對的頻率仍不算高。

唐代古賦俳律之盛，祝堯認為早始於「唐初王、楊、盧、駱專學徐、庾穠纖妖媚」（7：803），而「唐體」一卷中收錄最多的李白賦，祝堯也認為不過是六朝之風的延續：

> 李太白天才英卓，所作古賦差強人意，但俳之蔓雖除，律之根故在，雖下筆有光燄，時作奇語，只是六朝賦爾。（7：802）

唐代能超出俳律之外的古賦作家，惟少數如韓愈、柳宗元等屬之。

4. 宋體

宋代古賦的特徵，祝堯認為是「宋之古賦，往往以文為體」（8：817），所謂「以文為體」，其實義同於「以論理為體」、「專尚於理」：

> 至於賦若以「文體」為之，則專尚於「理」。（8：818）

> 俳以方為體，專求於辭之工；「文」以圓為體，專求於「理」之當。（8：818）

例如祝堯評蘇過〈颶風賦〉的後半已落入「文體」，而用「文體」作出來的賦，原不過是加了韻腳的「論」：

> 小坡此賦尤為人膾炙，若夫「文體」之弊，乃當時所尚。然此賦前半篇猶是賦，若其〈思子臺賦〉則自首至尾「有韻之論」爾。（8：827）

故「以文為體」主要還是指涉「內容偏向議論」。又如祝堯在歐陽脩
〈秋聲賦〉下評曰：

> 其賦全是文體。（8：820）

〈秋聲〉一題，唐代劉禹錫也曾寫過，內容歷述秋天多種聲音，繼
而抒發感懷：

> 猶復感陰蟲之鳴軒，歎涼葉之初墮。異宋玉之悲傷，覺潘郎
> 之么麼。嗟乎！驥伏櫪而已老，鷹在韝而有情。聆朔風而心
> 動，盼天籟而神驚。力將疼兮足受紲，猶奮迅于秋聲。

但到了歐陽脩手裡，敘述秋景的文字卻變得較以往清簡，不過是「其
容清明，天高日晶」、「其意蕭條，山川寂寥」之類，秋天已不再是
感時歎逝的觸媒，反而是思考萬物盛衰循環之理的空間：

> 夫秋，刑官也，於時為陰；又兵眾也，於行為金。是謂天地
> 之義氣，常以肅殺而為心。天之於物，春生秋實，故其在樂
> 也，商聲主西方之音，夷則為七月之律。商，傷也，物既老
> 而悲傷；夷，戮也，物過盛而當殺。

至賦的最後，又抽繹出人「奈何以非金石之質，欲與草木而爭榮」
的思想，全篇根本就是用一種知性而冷峻的眼光來透視形上的秋，
而非以感性細膩的筆觸來圖狀聲聞目寓的秋，因而祝堯才會一言蔽
之曰「全是文體」。宋代這種類型的賦可說是層出不窮，像邵雍的〈洛
陽懷古賦〉更直接以條列「其一」、「其二」的方法大談政治良窳之
勢，簡直就和一篇奏疏毫無二致了。

　　至於宋代「文」體古賦，祝堯以為肇始於唐代杜牧的〈阿房宮
賦〉，甚至可以溯源至漢代揚雄的〈長楊賦〉：

宋賦諸家，大抵皆用此格（指〈阿房宮賦〉）。（7：816）

至子雲此賦（指〈長楊賦〉），則自首至尾純是文，賦之體鮮矣。厥後唐末宋時諸公以文為賦，豈非濫觴於此？（4：766）

〈長楊賦〉設計了「子墨客卿」義正辭嚴地為人民請命及「翰林主人」理直氣壯地為皇帝辯護，議論色彩極濃，所以祝堯認為它開闢了後世以文為賦的蹊徑。

（二）失序演變的主因

依據上述，祝堯所分派的「兩漢體」、「三國六朝體」、「唐體」、「宋體」等古賦，當然不是按政治時期任意區隔，而是「一段被某一文學標準規範和習例的系統所支配的時間」[39]。但某個階段究竟被何種文學規範和習例所支配，其實見仁見智；而各階段之間又為何有演變的連續性，也是橫觀側看各不同。祝堯在敘述古賦史的諸種可能中，選擇了「辭」的「一代工於一代」做為「演變失序」的線索：

蓋西漢之賦，其辭工於楚騷；東漢之賦，其辭又工於西漢；以至三國六朝之賦，一代工於一代。（5：778）

荀卿詠物，但於句上求工，已自深刻；晉宋間人又於字上求工，故精刻過之。（6：794）

---

[39] 「文學的時代劃分應該以純文學的標準來建立。如果我們的結果恰巧和那些政治、社會、藝術、以及思想史學家所研究的相同，那倒是沒有什麼關係的，只要我們的出發點必須是文學作為文學來發展……因此一個時代便是一段被某一文學標準規範和習例的系統所支配的時間。」Rene Wellek and Austin Warren 著，王夢鷗、許國衡譯，《文學論》（台北：志文出版社，1990年），頁446。

> 六朝之賦，至顏（延之）、謝（惠連、莊）工矣；若明遠（鮑
> 照），則工之又工者也。（6：796）

因為「辭」的愈趨工巧，並非代表賦體的「進化」，反而是賦體的「退
化」。《古賦辯體》屢屢散佈「辭勝體卑」的訊息：

> 月露之形、風雲之狀，江左末年，日甚一日，……如此等賦，
> 豈復有拙、朴、粗之患邪？殊不知已流於巧，巧而華、華而
> 弱矣。（6：798）

> 晉宋間賦雖辭勝體卑，然猶句精字選；徐、庾以後，精工既
> 不及，而卑弱則過之。就六朝之賦而言，梁陳之於晉宋，又
> 天淵之隔矣。（6：799）

「辭」的「進化」為何與「體」的「退化」是一體之兩面？祝堯的
解釋是：

> 辭愈工則情愈短，情愈短則味愈淺，味愈淺則體愈下。（5：
> 778）

但何以屈騷的「驚采絕豔」就不是「辭勝體卑」？因為屈騷已被祝
堯預設成合乎「賦者，古詩之流也」的「吟詠情性」的典範，已被
調整成是由「發憤抒情」導引著「自鑄偉詞」，是「若出於辭而實出
於情」、「自情而辭」（2：743）、「先以情而見乎辭」（4：769）。或者
坦白說，「漢以前之賦出於情，漢以後之賦出於辭」是不能更改的情
節綱領，即使祝堯明知「〈鸚鵡〉、〈野鵝〉二賦尤覺情意纏綿，詞語
悽婉」（5：748），還是不能否定「有辭無情，義亡體失，此六朝之
賦所以益遠於古」（5：779）。

　　另一方面，「宋體」古賦雖然「略於辭」，但因「專尚於理」而「昧於情」（8：818），與宋詩偏離「吟詠情性」的情形一樣，故亦「難得近古」：

> 宋賦雖稍脫俳律，又有「文」體之弊，精於義理而遠於情性，絕難得近古者。（8：819）

但值得注意的是，祝堯係將「宋體」古賦解釋為懲前代古賦「尚辭」之失的矯正，只可惜「矯枉過正」：

> 惡俳、律之過，而特尚理以<u>矯其失</u>。（7：802）

> 俳固可惡，<u>矯往過正</u>，「文」亦非宜。（7：825）

> 自宋以來，賦者雖知賦之當則，而又不知賦之當麗，故墮於一偏，正所謂<u>矯枉過正</u>者也。（7：818）」

足見祝堯真正在乎的對象還是那個「枉」，也就是「尚辭」，「尚辭」之習由漢至唐日益嚴重，導致賦體江河日下，即便宋體古賦企圖革新，但三年之艾救不了七年之疾，何況還未對症下藥，故終究無法醫治「漢以後之賦出於辭」的沉痾。

　　祝堯為何堅持這就是古賦演變的線索？正因為「尚辭」的背後，還有一個更需要被揪出來的「唐以來進士體」：

> 「俳」體……而加以「律」；「律」體……而加以「四六」，此唐以來進士體所由始也。（7：801）

律賦是「俳」、「律」、「四六」的總合，是「尚辭」的極至，這時我們終於明白祝堯的用心，只要他鎖定「俳化」、「律化」為古賦演變的路徑，就可以讓人聯想到徹底「尚辭」的律賦乃是徹底「無情」

的脫軌失序，並為他妖魔化律賦的言語──「雕蟲道喪」、「承累代之積弊」提供證明，繼而順理成章地將律賦禁錮隔離。

　　《古賦辯體》一書原應只討論古賦，沒必要談論律賦，但祝堯在說明理想古賦形態的同時，卻用講述「古賦演變史」的方式來影射律賦的罪惡與危險，於是，理性與失序判然分明，正統因異端現形而愈加鞏固。

五、結語

　　在國家選才以「經術為先，詞章次之」的元代，自己參加科舉、贏得科舉、也想幫人戰勝科舉的祝堯，其《古賦辯體》其實也正複述當時的意識形態。他積極地把國家取士「用古賦，棄律賦」，類比為「用經學，棄摛章繪句之學」，把古賦的「選場之用」，類比為「移風易俗之用」，強調古賦是「鳴國家之盛」的選擇。為了讓一切順理成章，祝堯編寫了一段古賦演變史──先透過重新解釋「賦者，古詩之流也」，將賦定位為「吟詠情性之作」；再以調整成「發憤抒情」為主、「驚采絕豔」為從的屈騷做為典範；然後以「漢以前之賦出於情，漢以後之賦出於辭」做為敘事架構，呈現兩漢至唐代古賦不斷「尚辭」而墮落至「唐進士體」的失序亂象。「賦衰於唐」之說，其目的乃是「陷律賦於不義」，以保障古賦的正當性。

　　祝堯《古賦辯體》對古賦演變的詮釋，自然是別有居心，否則對一個向稱「美麗之文」[40]、其書寫者又素好「極麗靡之辭，閎侈鉅衍，競於使人不能加也」[41]的文類，卻將「技藝的追求」視為「向

---

[40]　皇甫謐，〈三都賦序〉，蕭統編，李善注，《文選》（台北：藝文印書館，1983年），頁652。
[41]　班固撰，顏師古注，《漢書》（台北：宏業書局，1984年），〈揚雄傳下〉，頁901。

下沉淪」的表現，豈不異哉？但祝堯絕非故意散播不實的訊息，他的想法畢竟受到當時的「認知範式」所制約，導致他所寫的古賦演變史，成了克羅齊（Benedetto Croce）所謂「詩學的歷史」（poetic history）。克羅齊認為史家均含有偏見，其所著為不客觀的歷史也是必然的。不過克羅齊並不以此為意，他反而指出：「所有真正的歷史都是當代史」（All true history is contemporary history）。他認為真正的「歷史」，必須與當代的「需求」（interest）相關聯，否則，那便只是「死的歷史」，只能算是「編年誌」（chronicles）。但如此一來，豈非每一部歷史都是基於某一時空的偏見寫成，又如何判斷歷史的真假？以克羅齊的眼光看，由於任何歷史作品都代表著某一時空的精神，故每部歷史在某種意義上都真，只不過精神永遠在變，每部歷史也都將被後出者所取代[42]。

　　然而，元代《古賦辯體》「賦衰於唐」的賦史觀，其實仍跨越時空地在現今許多文學史著作中被引用，這或許是專家們基於現時「需求」，經過辨證思考所做的決定，但也可能是在不明究裡的情況下，抄錄沿襲迄今。近二十年，一個迥異於「賦衰於唐」的賦史觀似乎逐漸浮現：

> 唐賦不僅數量之多超過前此任何一代（現存一千餘篇），即就思想性和藝術性來說，也超過前此任何一代。[43]

> 唐賦題材廣泛，風格多樣，是賦史上重要的發展階段，只是為唐詩的高度繁榮所掩蓋，因此沒有引起後人足夠的注意與重視。[44]

---

[42] 以上關於克羅齊的史學思想，參考江金太，《歷史與政治》（台北：桂冠圖書公司，1987年），第一章「歷史相對主義」。

[43] 馬積高，《賦史》（上海：上海古籍出版社，1987年），頁4-6。

[44] 俞紀東，《漢唐賦淺說》（上海：東方出版中心，1999年），頁35。

　　唐賦無論體製、數量、質量，還是題材內容和藝術風格，均
　　無愧於賦史上鼎盛之稱。[45]

我們期待更多元的賦史詮釋，但在此同時，探究長期習焉不察的賦
學常識，追溯其形成背景，當有助於我們找尋解釋賦史的新觀點。

---

[45]　韓暉，《隋及初盛唐賦風研究》（桂林：廣西師範大學出版社，2002 年），頁 3。

主要參考文獻

一、古籍

六十七、范咸（纂輯）（2005 版）。**重修臺灣府志**。台北：行政院文化建設委員會。

王必昌（總輯）（2005 版）。**重修臺灣縣志**。台北：行政院文化建設委員會。

王芑孫（1982 版）。**讀賦卮言**。收於何沛雄（主編），賦話六種。香港：三聯書店。

王修玉（編）（無日期）。**歷朝賦楷**。

王逸（注），洪興祖（補注）（1987 版）。**楚辭補注**。台北：長安出版社。

王棨（1967 版）。**麟角集**。收於嚴一萍（輯），百部叢書集成。台北：藝文印書館。

余丙照（1979 版）。**增註賦學入門**。台北：廣文書局。

吳訥（無日期）。**文章辨體**。明嘉靖三十四年湖州知府徐洛重刊本。

李元度（1891）。**賦學正鵠**。經綸書局刊本。

李放（纂輯）（1985 版）。**皇清書史**。收於周駿富（輯），清代傳記叢刊，台北：明文書局。

李昉（主編）（1958 版）。**太平廣記五百卷**。台北：新興書局。

李昉（主編）（1986 版）。**文苑英華**。收於紀昀（主編），景印文淵閣四庫全書。台北：台灣商務印書館。

李調元（1962 版）。**賦話**。台北：世界書局。

李薦（1986版）。**師友談記**。收於紀昀（主編），景印文淵閣四庫全書。台北：台灣商務印書館。

邱先德（編）（無日期）。**唐人賦鈔**。

洪邁（1981版）。**容齋隨筆**。台北：大立出版社。

孫梅（1962版）。**四六叢話**。台北：世界書局。

徐松（1982版）。**登科記考**。京都：中文出版社。

徐師曾（無日期）。**文體明辨**。日本：中文出版社。

浦銑（1982版）。**復小齋賦話**。收於何沛雄（主編），賦話六種。香港：三聯書店。

班固（1984版）。**漢書**。台北：宏業書局。

祝堯（1986版）。**古賦辯體**。收於紀昀（主編），景印文淵閣四庫全書。台北：台灣商務印書館。

馬傳庚（編）（無日期）。**選注六朝唐賦**。

陸敬安（1979版）。**冷廬雜識**。收於筆記小說大觀，第28編第8冊。台北：新興書局。

陳繹曾（1986版）。**文說**。收於紀昀（主編），景印文淵閣四庫全書。台北：台灣商務印書館。

陳繹曾（2002版）。**文筌**。收於續修四庫全書，上海：上海古籍出版社。

陳繹曾（無日期）。**新刊諸儒奧論策學統宗增入文筌詩譜**。元刊本。

陶湘（編）（1985版）。**昭代名人尺牘續集小傳**。收於周駿富（輯），清代傳記叢刊，台北：明文書局。

揚雄（著），汪榮寶（疏）（1962版）。**法言義疏**。台北：世界書局。

楊承啟（編）（無日期）。**鋤月山房批選唐賦**。

楊維楨（1986版）。**麗則遺音**。收於紀昀（主編），景印文淵閣四庫全書。台北：台灣商務印書館。

董誥（主編）（1996 版）。**全唐文**。北京：中華書局。

雷琳、張杏濱（編）（無日期）。**賦鈔箋略**。

劉昫（主編）（1980 版）。**舊唐書**。台北：鼎文書局。

劉勰著，王更生注譯（1988　版）。**文心雕龍讀本**。台北：文史哲出版社。

歐陽脩、宋祁（1980 版）。**新唐書**。台北：鼎文書局。

潘遵祁（編）（無日期）。**唐律賦鈔**。

鄭起潛（1981 版）。**聲律關鍵**。收於商務印書館（主編），宛委別藏。
　　台北：台灣商務印書館。

顧南雅（無日期）。**律賦必以集**。道光壬午重刊本。

二、今人論著

Alex Callinicos（著），杜章智（譯）（1990）。**阿圖塞的馬克斯主義**。
　　台北：遠流出版公司。

Rene Wellek and Austin Warren（著），王夢鷗、許國衡（譯）（1990）。
　　文學論。台北：志文出版社。

丁崑健（1982）。**元代的科舉制度**。華學月刊，124 期、125 期。

尹海金、曹瑞祥（編）。**清代進士辭典**。北京：中國文史出版社。

仇小屏（2005）。**限制式寫作之理論與應用**。台北：萬卷樓圖書公司。

毛一波（1974）。**方志新編**。台北：正中書局。

王力（主編）（1990）。**古代漢語**。北京：中華書局。

王文華（2000）。**蛋白質女孩**。台北：時報文化出版公司。

王兆鵬（2004）。**唐代科舉考試詩賦用韻研究**。濟南：齊魯書社。

王更生（1990）。**中國文學講話**。台北：三民書局。

王治河（1999）。**福柯**。長沙：湖南教育出版社。

王炳照、徐勇（2002）。**中國科舉制度研究**。石家庄：河北人民出版社。

王桂亭（2002）。**電子超文本：意義與闡釋的敞開**。吉首大學學報，23 卷 1 期。

王國璠（纂修）（1980）。**臺北市志**。台北：台北市文獻委員會。

王嘉弘（2005）。**清代台灣賦的發展**。台中：東海大學中文系碩士論文。

王德威（2002，9 月 13 日）。**蛋白質的修辭學**。中國時報，人間副刊。

王鑫（1999）。**臺灣的地形景觀**。台北：渡假出版社。

丘瓊蓀（1966）。**詩賦詞曲概論**。台北：台灣中華書局。

朱光潛（1985）。**詩論**。台北：正中書局。

江金太（1987）。**歷史與政治**。台北：桂冠圖書公司。

江昭青（2005，11 月 9 日）。**成大網站添聲色，國文「動」起來**。中國時報，C4 版。

江慶柏（編）（2007）。**清朝進士題名錄**。北京：中華書局。

何沛雄（1988）。**略論賦的分類**。中國書目季刊，21 卷 4 期。

何新文（1993）。**中國賦論史稿**。北京：開明出版社。

余我（1995）。**中國古典文學評介**。台北：台灣商務印書館。

吳以義（1996）。**庫恩**。台北：東大圖書公司。

李曰剛（1987）。**辭賦流變史**。台北：文津出版社。

李有成（主編）（1997）。**帝國主義與文學生產**。台北：中央研究院歐美研究所。

李孟君、楊仲源（2002）。**賦體分類試析**。建國學報，21 期。

李春青（1999）。**「吟詠情性」與「以意為主」──論中國古代詩學本體論的兩種基本傾向**。文學評論，1999 年 2 期。

李順興（1998）。**觀望存疑或一「網」打盡──網路文學的定義問題**。http://benz.nchu.edu.tw/~sslee/papers/hyp-def2.htm。

李奭學（2002，8 月 19 日）。**台北摩登：評王文華著《蛋白質女孩》**。中國時報，第 39 版。

李澤厚（1986）。**美的歷程**。台北：蒲公英出版社。

杜正勝（1998）。**臺灣心・臺灣魂**。台北：河畔出版社。

汪小洋、孔慶茂（2005）。**科舉文體研究**。天津：天津古籍出版社。

侃如（1981）。**精簡國學基本問答**。台北：文鏡文化事業有限公司。

周憲（2000）。**二十世紀西方美學**。南京：南京大學出版社。

林天蔚（1995）。**方志學與地方史研究**。台北：南天書局。

林文龍（1987）。**清代臺灣貢瓜小考**。收於臺灣史蹟叢編。台中：國彰出版社。

林文龍（1999）。**臺灣早期詩文作品編印述略（1684～1945）**。收於東海大學中國文學系（主編），臺灣古典文學與文獻。台北：文津出版社。

林淇瀁（2000）。**流動的繆斯：台灣網路文學生態初探**。收於台灣師範大學國文學系（主編），解嚴以來台灣文學國際學術研討會論文集。台北：萬卷樓圖書公司。

青木正兒（著），隋樹森（譯）（1947）。**中國文學概說**。上海：開明書局。

俞士玲（1999）。**論清代科舉與辭賦**。收於南京大學中文系（主編），辭賦文學論集。南京：江蘇教育出版社。

俞紀東（1999）。**漢唐賦淺說**。上海：東方出版中心。

南帆（1998）。**文學史與經典**。文藝理論，1998 年 12 期。

施淑（1982）。**漢代社會與漢代詩學**。中外文學，10 卷 10 期。

洪波浪、吳新榮（主修）（1983）。**臺南縣志**。台北：成文出版社。

胡壯麟（2004）。**口述・讀寫・超文本——談語言與感知方式關係的演變**。外語電化教學，100 期。

胡懷琛（1958）。**中國文學史**。台北：台灣商務印書館。

唐羽（1985）。**臺灣採金七百年**。台北：臺北市錦綿助學基金會。

袁濟喜（1994）。**賦**。北京：人民文學出版社。

馬積高（1987）。**賦史**。上海：上海古籍出版社。

高志彬（1999）。**清修臺灣方志藝文篇述評**。收於東海大學中國文學系（主編），臺灣古典文學與文獻。台北：文津出版社。

涂公遂（1981）。**國學概論**。台北：九思出版有限公司。

商衍鎏（2005）。**清代科舉考試述錄及有關著作**。天津：百花文藝出版社。

國家考試國文科專案小組（2002）。**國家考試國文科命題參考手冊**。台北：考選部。

尉天驕（1987）。**恐龍的笨拙——對李澤厚論漢賦的不同意見**。南京大學研究生學報，1987 年 1 期。

張正體、張婷婷（1982）。**賦學**。台北：台灣學生書局。

張伯偉（2005）。**全唐五代詩格彙考**。南京：鳳凰出版社。

張政偉（2002）。**文學「惘」路：對網路文學前景的憂慮**。主題文學學術研討會論文集。台北：萬卷樓圖書公司。

張凱（2002）。**語言測驗理論與實踐**。北京：北京語言文化大學出版社。

張踐（主編）（1997）。**國學三百題**。台北：建宏出版社。

曹明綱（1998）。**賦學概論**。上海：上海古籍出版社。

曹虹（1991）。**從「古詩之流」說看兩漢之際賦學的漸變及其文化意義**。文學評論，1991 年 4 期。

盛成（1961）。**沈光文研究**。臺灣文獻，12 卷 2 期。

許俊雅（2006）。**回顧與前瞻──近二十年來台灣古典文學研究述評**。漢學研究通訊，25 卷 4 期。

許俊雅、吳福助（主編）（2006）。**全臺賦**。台南：國家台灣文學館籌備處。

許結（2001）。**中國賦學歷史與批評**。南京：江蘇教育出版社。

許結、郭維森（1996）。**中國辭賦發展史**。南京：江蘇教育出版社。

郭紹虞（1983）。**照隅室古典文學論集**。上海：上海古籍出版社。

陳飛（2002）。**唐代試策考述**。北京：中華書局。

陳籽伶（2003）。**「俗賦」的淵源與演化**。台中：逢甲大學中文系碩士論文。

陳國球（1996）。**關於文學史寫作問題──以柳存仁《中國文學史》為例**。收於陳平原、陳國球（主編），文學史，第三輯。

陳萬成（1999）。**《賦譜》與唐賦的演變**。收於南京大學中文系（主編），辭賦文學論集。南京：江蘇教育出版社。

陳鈴美（2005）。**王棨律賦研究**。台中：逢甲大學中文系碩士論文。

陳漢光（編）（1984）。**臺灣詩錄**。台中：臺灣省文獻委員會。

陳鐵民（2006）。**梁瑀墓誌與唐進士科試雜文**。北京大學學報，43 卷 6 期。

傅璇琮（1995）。**唐代科舉與文學**。西安：陝西人民出版社。

曾枝盛（1990）。**阿爾杜塞**。台北：遠流出版公司。

曾廣開、齊文榜（1995）。**王棨考**。湖北大學學報，1995 年 6 期。

游適宏（1998）。**「七」：一個文類的考察**。國立編譯館館刊，27 卷 2 期。

程玉凰（1997）。**洪棄生及其作品考述**。台北：國史館。

程俊南（1999）。**清代臺灣方志在社會人類學的材料──以《臺灣府志》與《諸羅縣志》有關 1717 年以前的平埔族風俗紀錄為例**。臺灣風物，49 卷 2 期。

程章燦（2005）。**賦學論叢**。北京：中華書局。

費振剛、胡雙寶、宗明華（輯校）（1993）。**全漢賦**。北京：北京大學出版社。

須文蔚（2003）。**台灣數位文學論**。台北：二魚文化事業公司。

黃惠娟（2002）。**用左腦廝殺商場，用右腦寫暢銷書：作家王文華兼顧工作與興趣的雙重生活**。商業周刊，748 期。

黃鳴奮（2002）。**超文本：科技與人文的薈萃**。吉首大學學報，23 卷 1 期。

塗怡萱（2003）。**清代邊疆輿地賦研究**。埔里：暨南國際大學中文系碩士論文。

楊士毅（1992）。**庫恩「典範」概念之分析**。世界新聞傳播學院學報，2 期。

楊大春（1997）。**後結構主義**。台北：揚智文化事業公司。

楊紹旦（1991）。**清代考選制度**。台北：考選部。

楊護源（1996）。**丘逢甲：清末台粵士紳的個案研究**。台中：中興大學歷史學系碩士論文，。

溫珮妤（2002）。**王文華的蛋白質行銷術**。Cheers，25 期。

萬光治（1989）。**漢賦通論**。成都：巴蜀書社。

萬光治（1996）。**古賦與文賦芻論**。收於政治大學文學院（主編），第三屆國際辭賦學學術研討會論文集。台北：政治大學文學院。

葉幼明（1991）。**論「八股文賦」不能成立**。收於馬積高、萬光治（主編），賦學研究論文集。成都：巴蜀書社。

葉伯棠（1977）。**清代文官考選制度之研究**。台北：嘉新水泥文化基金會。

葉連祺、林淑萍（2003）。**布魯姆認知領域教育目標分類修訂版之探討**。教育研究月刊，105 期。

詹杭倫（1993）。**唐鈔本《賦譜》初探**。四川師範大學學報，增刊 7 期。

詹杭倫（2005）。**賦譜校注**。收於詹杭倫、李立信、廖國棟（合著），
　　唐宋賦學新探。台北：萬卷樓圖書公司。

鈴木虎雄（著），殷石臞（譯）（1992）。**賦史大要**。台北：正中書局。

趙海金（1956）。**中國文學史**。台南：興文齋書局。

劉兆璸（1979）。**清代科舉**。台北：東大圖書公司。

劉潤清、韓寶成（2004）。**語言測試和它的方法**。北京：外語教學與
　　研究出版社。

廣東丘逢甲研究會（編）（2001）。**丘逢甲集**。長沙：岳麓書社。

歐佩佩（2005）。**王文華現象：都市、品味、消費與愛情——台灣當
　　代大眾文學的一個面向**。台南：成功大學台灣文學研究所碩士
　　論文。

歐陽友權（2003）。**網絡文學論綱**。北京：人民文學出版社。

歐陽友權（2004）。**數字化語境中的文學嬗變**。理論與創作，2004
　　年 3 期。

潘榮勝（編）（2006）。**明清進士錄**。北京：中華書局。

鄭明萱（1997）。**多向文本**。台北：揚智文化公司。

鄭杭生、李霞（2004）。**關於庫恩的「範式」：一種科學哲學與社會
　　學交叉的視角**。廣東社會科學，2004 年 2 期。

鄭國慶（2002）。**傳播媒介**。收於南帆（主編），文學理論新讀本。
　　杭州：浙江文藝出版社。

蕭啟慶（1962）。**忽必烈時代「潛邸舊侶」考**。大陸雜誌，25 卷 1
　　期至 3 期。

蕭瓊瑞（1999）。**島民・風俗・畫——十八世紀臺灣原住民生活圖像**。
　　台北：東大圖書公司。

龍村倪（2004）。**《天方夜譚》與中國「龍涎香」傳奇**。歷史月刊，
　　195 期。

韓暉（2002）。**隋及初盛唐賦風研究**。桂林：廣西師範大學出版社。

簡宗梧師（1980）。**漢賦源流與價值之商榷**。台北：文史哲出版社。

簡宗梧師（1993）。**漢賦史論**。台北：東大圖書公司。

簡宗梧師（1996）。**俗賦與講經變文關係之考察**。收於政治大學文學
　　院（主編），第三屆國際辭賦學學術研討會論文集。台北：政治
大學文學院。

簡宗梧師（1998）。**生鏽的文學主環——賦**。國文天地，14 卷 6 期。

簡宗梧師（1998）。**賦與駢文**。台北：台灣書店。

簡宗梧師（2000）。**論漢賦的遊戲性質**。收於政治大學中國文學系（主
　　編），第三屆漢代文學與思想學術研討會論文集。

簡宗梧師（2003）。**賦之今昔**。重慶工商大學學報，20 卷 1 期。

簡宗梧師（2003）。**賦體之典律作品及其因子**。逢甲人文社會學報，
　　第 6 期。

簡宗梧師、游適宏（2002）。**清人選唐律賦之考察**。逢甲人文社會學
　　報，第 5 期。

簡茂發（2005）。**2001 年修訂 Bloom's 認知領域教育目標分類體系評
　　述**。選才，125 期。

顏忠賢（2007，7 月 16 日）。**我願意相信，他是純情的——關於王
　　文華的《蛋白質女孩》**。中國時報，37 版。

鄺健行（1999）。**科舉考試文體論稿：律賦與八股文**。台北：台灣書店。

羅聯添（1985）。**唐代進士科試詩賦的開始及其相關問題**。中國歷史
　　學會史學集刊，17 期。

蘇紹連（2005）。**從真紙到電紙的詩旅——我的超文本詩作**。乾坤詩
　　刊，2005 年夏季號。

蘇雪林（1970）。**中國文學史**。台中：光啟出版社。

顧廷龍（主編）（1992）。**清代硃卷集成**。台北：成文出版社。

龔顯宗（1998）。**臺灣文學研究**。台北：五南圖書出版公司。

國家圖書館出版品預行編目

試賦與識賦：從考試的賦到賦的教學 / 游適宏
　著. -- 一版. -- 臺北市：秀威資訊科技, 2008.11
　　面；　　公分. -- (語言文學類；AG0100)
BOD 版
參考書目：面
ISBN 978-986-221-111-3 (平裝)

1.賦　2.辭賦論

822　　　　　　　　　　　　　　97021090

語言文學類　AG0100

試賦與識賦
──從考試的賦到賦的教學

作　　者 / 游適宏
發 行 人 / 宋政坤
執行編輯 / 黃姣潔
圖文排版 / 黃莉珊
封面設計 / 莊芯媚
數位轉譯 / 徐真玉　沈裕閔
圖書銷售 / 林怡君
法律顧問 / 毛國樑　律師
出版發行 / 秀威資訊科技股份有限公司
　　　　　　台北市內湖區瑞光路 583 巷 25 號 1 樓
　　　　　　電話：02-2657-9211　　　傳真：02-2657-9106
　　　　　　E-mail：service@showwe.com.tw

2008 年 11 月 BOD 一版
定價：300 元

讀 者 回 函 卡

感謝您購買本書，為提升服務品質，請填妥以下資料，將讀者回函卡直接寄回或傳真本公司，收到您的寶貴意見後，我們會收藏記錄及檢討，謝謝！如您需要了解本公司最新出版書目、購書優惠或企劃活動，歡迎您上網查詢或下載相關資料：http:// www.showwe.com.tw

您購買的書名：＿＿＿＿＿＿＿＿＿＿＿＿＿＿＿＿＿＿＿＿＿＿＿

出生日期：＿＿＿＿年＿＿＿＿月＿＿＿＿日

學歷：□高中 (含) 以下　　□大專　　□研究所 (含) 以上

職業：□製造業　□金融業　□資訊業　□軍警　□傳播業　□自由業
　　　□服務業　□公務員　□教職　　□學生　□家管　　□其它＿＿＿

購書地點：□網路書店　□實體書店　□書展　□郵購　□贈閱　□其他

您從何得知本書的消息？
　□網路書店　□實體書店　□網路搜尋　□電子報　□書訊　□雜誌
　□傳播媒體　□親友推薦　□網站推薦　□部落格　□其他＿＿＿＿＿

您對本書的評價：(請填代號　1.非常滿意　2.滿意　3.尚可　4.再改進)
　封面設計＿＿＿　版面編排＿＿＿　內容＿＿＿　文／譯筆＿＿＿　價格＿＿＿

讀完書後您覺得：
　□很有收穫　□有收穫　□收穫不多　□沒收穫

對我們的建議：＿＿＿＿＿＿＿＿＿＿＿＿＿＿＿＿＿＿＿＿＿＿＿

＿＿＿＿＿＿＿＿＿＿＿＿＿＿＿＿＿＿＿＿＿＿＿＿＿＿＿＿＿＿＿

＿＿＿＿＿＿＿＿＿＿＿＿＿＿＿＿＿＿＿＿＿＿＿＿＿＿＿＿＿＿＿

＿＿＿＿＿＿＿＿＿＿＿＿＿＿＿＿＿＿＿＿＿＿＿＿＿＿＿＿＿＿＿

11466
台北市內湖區瑞光路 76 巷 65 號 1 樓

秀威資訊科技股份有限公司 收

BOD 數位出版事業部

⋯⋯⋯⋯⋯⋯⋯⋯⋯⋯⋯⋯⋯⋯⋯⋯⋯⋯⋯⋯⋯⋯⋯⋯⋯⋯

（請沿線對折寄回，謝謝！）

姓　　名：＿＿＿＿＿＿＿＿　年齡：＿＿＿＿　性別：□女　□男

郵遞區號：□□□□□

地　　址：＿＿＿＿＿＿＿＿＿＿＿＿＿＿＿＿＿＿＿＿＿＿＿

聯絡電話：(日) ＿＿＿＿＿＿＿＿＿＿　(夜) ＿＿＿＿＿＿＿＿＿＿

E-mail：＿＿＿＿＿＿＿＿＿＿＿＿＿＿＿＿＿＿＿＿＿